召し使い様の分際で

Characters
登場人物
黒嶺領《こくれいりょう》　青月《せいげつ》
ダイガ王国の双子の王子。冷静な性格で用心深い。アーネストには心を開いておりーー？
アーネスト・ルイ・ウォルドグレイブ
エルバータ帝国の第五皇子。『妖精の血筋』の末裔で凄まじい美貌の持ち主。双子の王子の召し使いになったがーー？
黒嶺領《こくれいりょう》　寒月《かんげつ》
ダイガ王国の双子の王子。勝気な性格で押しが強いところも。アーネストを構うことが好き。

濫剛《ランゴウ》 光宗《ミツムネ》
ダイガ王国の将軍。アーネストを迎えに来たときから贔屓にしている。
黒嶺領《コクレイリョウ》 歓宜《カンギ》
ダイガ王国の王女。アーネストを敵対視していたが――？
ジェームズ・フェリー
ウォルドグレイブ家に代々仕える執事。アーネストにとって育ての親のような存在。
櫟丸《イチイマル》 白銅《ハクドウ》
ダイガ王国でのアーネストの従僕。猫の獣人でマルム茸が好き。

第一章　妖精の血筋の皇子

唐突だが、僕の祖国エルバータ帝国は、戦に敗れた。

美しい文化と長い歴史を持つ華やかな国だった。宗主国《そうしゅこく》として周辺国を従属させ、長く栄華を極めていた。

けれどちょっと……かなり、ものすごく、傲慢《ごうまん》すぎたのだと思う。


エルバータ帝国も元はと言えば、他国から支配されるひとつの大公国にすぎなかった。

しかし、ときには隷属《れいぞく》する家畜《かちく》のように扱われた屈辱を糧《かて》に、徐々に力を蓄え、やがて周辺国を貪欲に呑み込む大国へと化けていった。

国内外の覇権《はけん》を制したアンリオ一世が初代皇帝に即位したのが、約八百年前。そこからさらに属国を増やして肥大化したエルバータの、現在の皇帝レオ・アントワーヌ・フロランタン・アルドワン三世が、僕の父上である。……一応。

長く戦を繰り返してきたエルバータだったが、先代皇帝の御世には、『比肩《ひけん》せし国はなし』と称するに至る圧倒的な国力を備え、今日に至るまで大きな戦のない、平和な時代が続いた。

平和は、文化や芸術を発展させる。エルバータは帝都アスクウィスを中心に交易を盛んにし、芸術家を集め、貴族たちの城は競うように豪奢《ごうしゃ》になり、美食を極め、衣装、化粧、遊興《ゆうきょう》など、あらゆる分野で流行の発信地となった。

僕は帝都に行ったことがないので、彼の地はもちろん、世界情勢に関しても、座学で得た知識しかないけれど。

各国の要人が集まる政治の中枢《ちゅうすう》であり皇帝の住まいでもある、サン＝サーンス大宮殿は、ひとつの街と言えるほど広大なのだとか。迷路のような大庭園に、皇族たちの離宮に、壮麗な歌劇場まであるという。

敷地内を縦横に流れる大運河で人と物を流通させると聞いたときには、想像するだけで疲労感に襲われた。僕の領地のこのダースティン村なんて、脱走したロバが徘徊しても、すぐに見つかるくらいなのに。

煤《すす》の出ない高級な蝋燭《ろうそく》を、金の燭台《しょくだい》や水晶のシャンデリアに惜しげなく灯し、貴族たちは夜な夜な、観劇や賭けごとや密会に明け暮れて。

けれど、熟れるに任せた果実は、やがて腐る。

北の新興国ダイガの獣人たちが勢力を増し、エルバータの従属国をも併呑《へいどん》しながら版図を広げているという噂は、僕の領地ダースティンにまで——エルバータの隅の隅、帝都から遠く離れたこのド田舎にまで、届いていた。

ゆえに何度か、皇帝である父上へ、慎重な対応を促す文をしたためてみたけれど。

「病弱な第五皇子は余計な心配をせず、黙って療養してなさい」

といった趣旨の返事をもらって終わりだった。

父上の筆跡ではない。たぶん父上の元へ届く前に、義母であるヘッダ皇后の息のかかった文官辺りに握り潰されているのだと、老執事のジェームズが言っていた。

ジェームズは、僕の祖父の代から我がウォルドグレイブ伯爵家に仕えてくれている。彼は祖父が帝都アスクウィスに滞在した折や、母上がサン＝サーンス大宮殿で過ごしていた頃も随行《ずいこう》していたので、顔が広いし、皇室の内情にも通じているのだ。

とにかく、今思えば、もっと粘り強く警告するべきだったと思う。

でも僕もどこかで、「まさかエルバータが攻め込まれることはないだろう」と、希望的観測に頼って甘く考えていた。平和ボケというやつだ。

◇

「ううっ、お可哀想なアーネスト様！」

「ずーっと帝都に入ることもできんかったのに、こんなときばっか利用されるなんて、ひど過ぎるべよぉ！」

……呼び鈴を鳴らしても誰も来ないので、厨房《ちゅうぼう》までおりて来てみれば。

料理人や小間使《こまづか》いなど屋敷の使用人たちが全員集まり、大音量でおいおい泣いて、すごい騒ぎになっていた。ジェームズまでもが……

「泣くでない！　一番悲しいのはアーネスト様だ、アーネスト様に涙を見せてはならぬ！」

と絶叫して、誰より大きな声で号泣している。これでは呼び鈴も聞こえないわけだ。非常に顔を出しづらい状況だけども、僕は茶が飲みたい。

「ごめんね、邪魔するよ」

「うおっ！　アーネスト様っ！」

全員が仰天して僕を見た。振り向いた遠心力で鼻水をなびかせた者までいる。面白いから毎年恒例の新年の宴《うたげ》で、隠し芸として披露すると良いかもしれない。

……いや、もうじきこの屋敷も接収《せっしゅう》されるのだった。僕はここを去るし、彼らと宴《うたげ》を楽しむことも、もうできない。

「アーネスト様、なぜこんなところへ！」

涙目のジェームズが、すごい勢いで跪いた。

「ああ、茶を……」

「ええ。ええ。わかっておりますとも！　おつらいのですね、寂しいのですね！　この屋敷を去るためのお気持ちの整理など、とてもできないのですね！　ウォルドグレイブ伯爵家ひとすじにお仕えして参りましたこのジェームズ、あなた様のお心なら、誰よりわかっておりますよ！」

「いや、茶を飲みた」

「せめてわたくしだけでもお供できたならーっ！　無念でございます、殿下あぁぁ」

その叫びを皮切りに、また全員で号泣し始めた。

僕に涙を見せてはならぬと言っていなかったか、ジェームズよ。

「お茶……」

未練たらしく呟いてみたが、聞いてもらえそうにない。

それでも、大好きなみんなが僕との別れを悲しんでくれているのは、こんなときだけど素直に嬉しかった。

そう。僕はもうじき、この国を出て、ダイガ王国へ行く。

この国にはもう、皇族は必要ないのだ。


エルバータ帝国はダイガ王国に敗れ、帝都は無残に蹂躙《じゅうりん》されたと聞いている。

大宮殿は三日三晩をかけて焼き尽くされたとも、財宝をすべて奪われた上で、ダイガ兵の宿舎になっているとも聞くが……なにせ、ここダースティンは、帝都から遠く離れた片田舎なもので、確かなことはわからない。

とにかく、平和ボケした我が国は、強靭《きょうじん》で知られる獣人の戦士が集うダイガ王国のことも、一貫して見下してきた。だから親交を深めるどころか、「力押しばかりで知性のない、野蛮《やばん》な獣人ども」と侮っていた。

自分たちが享楽《きょうらく》に耽《ふけ》るあいだも戦い続けていたダイガ軍が、どれほど戦巧者《いくさこうしゃ》で一騎当千《いっきとうせん》の強者揃いか。

「現場からは陳情《ちんじょう》の声が山ほど上がっていたでしょうに、国政の中枢《ちゅうすう》にいる者たちが腐っていては……実際に戦に突入するまでダイガの脅威を正確に把握できていなかったという時点で、もう終わっています」

ジェームズはそう嘆いていた。

敵の総大将は虎の獣人の第一王子と第二王子で、この二人は特に、災害級の強さであったらしい。人型にも獣型にもなれるという獣人についても、僕はジェームズから教わった知識しかないのだが。虎と聞けばいかにも強そうで、想像するだけでドキドキした。

獣人の圧倒的な強さの前に、いよいよ危うくなってから和睦《わぼく》を図ろうとしたようだが、あとの祭り。大国の終焉《しゅうえん》としてはかなり情けないけれど、田舎で隠居《いんきょ》同然に暮らしていた僕には、非難する資格もない。

生き残った皇族は現在、ダイガ王国内で幽閉《ゆうへい》されている。

皇妃や皇女など女性たちは、城の一室に遇されているようだが、父上は……皇帝や皇子たちは、同じく捕虜《ほりょ》になった重臣たちと共に、地下牢に閉じ込められているという。

黄金の玉座から、地下牢の虜囚《りょしゅう》へ。

父上はもちろん皇后も、異母兄姉や大臣たちも、ひどい屈辱を味わっているに違いない。

「だからといって、なぜにアーネスト様が交渉役をせねばならぬのですか」

旅支度をしてくれながら、ジェームズは同じ話を何度も繰り返した。

「ダイガの王族は話が通じる相手とは思えませぬ。向こうがアーネスト様の存在を知らずにいたのは、奴らの調査不足ではありませぬか。ですのに『隠れていた卑怯者』などと無礼千万な言いがかりをつけてくるとは、許せません！」

……そうなのだ。

一応は皇族である僕が、父上たちと共に地下牢に入れられることなく、こうして自邸でみんなと過ごせているのは。

ちょっと複雑な僕の生い立ちにより、親族からもすっかり存在を忘れられていたために、ダイガ軍も僕の存在を把握しようがなかった、からなのだった。

僕アーネスト・ルイ・ウォルドグレイブは、エルバータ帝国の第五皇子として、この世に生を享けた。

僕の母ローズマリーは、ウォルドグレイブ伯爵家のひとり娘で、僕が十の年に亡くなった。

年々、記憶の中の母の面影は薄れていくけれど、少女のように無邪気で優しい人だったことは、よく覚えている。

ジェームズは今でも、「アーネスト様と同じく、この世のものとも思えぬほど美しい、優しく聡明なお嬢様でした」と言って懐かしんでは目元を拭っている。

祖父に「拾っていただいた」と言うジェームズは、執事として三代に渡りウォルドグレイブ家に尽くしてくれているので、祖父と母の話だけじゃなく、多岐に渡っていろんなことを教えてくれる。

何を尋ねても答えが返ってくるくらい博識《はくしき》なのだ。

さて、我がウォルドグレイブ家は、『妖精の血筋』と呼ばれている。

遠い祖先が妖精の王に愛されて、二人のあいだに子供が生まれた。その子が成長し、妖精の知識でたくさんの人を救ったので、その功績を評価されて伯爵位を賜《たまわ》ったという。

でも、僕は実際に妖精を見たことなんかないし、物語の世界のように、魔法が使えるわけでもない。魔法を使える存在がこの世にいると聞いたこともない。

不思議な技を使えるという点では、人と獣の姿を自在に変えられるという獣人のほうが、ずっと神秘的だろう。まさに魔法のようだ。

彼らに比べれば僕なんか、いたって普通の人間だと思う。

ただ、世間からは『妖精の血筋』の者は、代々ずば抜けて賢かったり美しかったりすると評され、羨ましがられてきたとジェームズは言うが……本当だろうか。

だって妖精の血がもたらしたのは、良いことばかりじゃない。妖精の血がこの世界と合わないのか、我がウォルドグレイブ家は病弱で短命な者が多いのだ。

おまけに配偶者まで早世《そうせい》傾向が強い。その理由は、これもジェームズから教わったのだけど、そもそも躰の弱い人たちが、藁《わら》にもすがる思いで『妖精の知識』を頼りに、ダースティンまでやって来て、当主が親身に相談に乗るうち恋仲に発展した末、結婚に至る例が多かったから。

ウォルドグレイブのご先祖様たちも、体力の問題から行動範囲は狭かったのだろう。

互いにただ生きるだけで苦労する者同士が奇跡のように出会って、支え合い、やがて愛し合うようになった——の、かもしれない。

残念ながら未だそうした出会いが皆無の僕には、乏しい想像力を働かせるしかない。

でも『妖精の知識』ですべての病が治るなら、ウォルドグレイブ家の人間は、とうに健康になれていたはず。つまり結局、夫婦そろって病弱のままであることに変わりはなく。

それでもご先祖様たちは、みんな仲睦まじく、最期のときまで愛し合っていたのだと、歴代当主が書き加えてきた『妖精の書』に記されている。

そうした事情の積み重ねの結果、ウォルドグレイブ家の人間は、今や僕ひとりのみ。

この現状を見ても、躰だけでなく繁殖力まで激弱なことが、証明されていると思う。

僕の母もやはり病弱だったので、成人するまで、このド田舎のダースティンから出ることがなかった。けれど社交界デビューのため初めて帝都を訪れて、大宮殿の舞踏会に参加したその夜、皇帝《父上》から見初められてしまった。

二十も年の離れた皇帝には、当然、正妃である皇后がいて、その時点で五人の皇子皇女をもうけていたし、愛人も常に複数いた。

それなのに、母に強く執着した父上は、強引に第二妃として迎えてしまった。

祖父が健在ならば、どうにかして皇帝と娘の縁談を回避したはずだとジェームズは言う。が、祖父もまた病床の身で、それは叶わず。母には皇帝の望みを拒むすべがなかった。

「結果としてアーネスト様という素晴らしい若君を授かったのですから、やはり妖精王のご加護があったのでしょう」

ジェームズは、そう言ってくれたけど……

第二妃として嫁いでみれば、連日連夜、皇后とその子供たちから虐げられ、使用人たちからまで意地悪される毎日だった母。

僕を妊娠《にんしん》してからは嫌がらせが命の危険を感じるレベルになったため、母は帝都を出て皇家の保養地で出産し、その後も皇后から逃れるべく、大宮殿と地方の皇族領地を転々と移り住んだ。

その頃には祖父も亡くなっており、相当心細い思いをしたみたい。

その間に元々弱い躰がさらに衰弱して。

「このままでは明日にも命が尽きそうです。アーネストと共に故郷のダースティンで、心静かに、残り少ない余生を過ごさせてくださいませ」

涙ながらに父上に訴えて、ようやく領地に逃げ込むことができたというから、妖精王はもっと積極的に助けてくれてもよかったのにと思ってしまう。

それはともかく。そもそも庶民と違って皇帝には、複数の妃を置くことが認められている。その父上に、それまで正妃以外の妃がいなかったのは、ヘッダ皇后が自分以外の「妃」を認めなかったからだ。愛人ならまだしも、第二だろうが第三だろうが、「妃」と名の付く位にほかの女性を置くことを、彼女は許さなかった。

父上は即位の際から皇后の生家である侯爵家を後ろ盾にしてきたため、妻に強く出られず、寵姫《ちょうき》をいたぶられても見ないフリ。苛烈な気性の皇后からいじめられるとわかっていて、母を第二妃にした父上を、ジェームズが今でもこっそり、「あのチンカス野郎」と呼んでいるのを知っている。

彼は僕ら母子に付き従い、皇后の魔の手から守るためにかなり苦労したようだから……許してやってほしい。

そういう経緯なので僕は、皇子といっても、二十二歳のこの年まで大宮殿はおろか帝都にも足を踏み入れず、地域密着型の伯爵として、長閑《のどか》な領地で長閑《のどか》な領民たちと暮らしてきた。

僕も『妖精の血筋』の虚弱体質をしっかり受け継いでしまったけれど。温暖で自然豊かなこの土地は、躰の負担も少なく過ごしやすい。ジェームズを筆頭に使用人たちも気の良い者ばかりで、家族のように和気あいあいと、平和に暮らすことができていた。

でも、戦が始まった。

そして驚くほど早々に、エルバータは敗れた。

皇族はひとり残らず虜囚《りょしゅう》となっていると知った僕は、このダースティンにも、いつダイガ兵が押し寄せて来るかわからないと考えた。

一応は僕にも皇子という肩書があるので。そんな僕が逃げ回れば、他者を巻き込みかねない。潔く自邸で追っ手を待つことに決めて、使用人や領民たちにも状況を説明し、可能な限りの支度金を用意した上で、安全な地域へ逃がす算段もつけた。

その上で説得したのだが……ひとり残らず、他所へ行くことを断固拒まれた。

「ウォルドグレイブ家の皆様は、代々、この土地と領民を守ってくださった。だから今度は、我らがアーネスト様をお守りするべよ！」

うおーっ！　と盛り上がる領民たちに、感謝の気持ちで胸が熱くなった。

が、その後すぐに「そんなことより収穫の続きだぁ！」と、さっさと帰って行ったので、守りたかったのは僕より畑なのかもしれない。実際、農民にとって畑の管理は死活問題だからね。

国中が混乱している今、下手に移動するほうが危険かもしれないし。僕は再度みんなと話し合い、このままみんなで敵の到着を待とうと決めた。

……だが……来なかった。

毎日毎日、交代で領民たちが村の入り口に立ち、ダイガ軍が見えてくるかと見張っていたのだが……来なかった。

もともと呑気な田舎気質《ダースティン》。ひと月もすると誰もが用心することに疲れてしまい、見張りもやめて、普通に畑仕事に精を出す日常に戻った。

ようやくダイガ兵たちが現れたのは、さらにひと月ほどあとのことだ。

そのとき領民たちは、まったく気負うことなく。

「あれまー、遅かったねえ。待っとったんよお。ほれ、菜豆食べるけ?」

採れたての新鮮野菜を差し出しながら出迎えた。

それは敵将であるダイガ王国第三部隊のランゴウ老将軍を大いにたじろがせ、のちに本人も苦笑しながら語っていた。

「エルバータで我らをあんなふうに出迎えたのは、アーネスト様の領民だけでしたよ」

◇

ランゴウ将軍たちの来訪により、僕らは初めて、獣人と対面した。

ジェームズから教わっていた通り、人の姿だと僕たちと変わらない。でも平均してエルバータ人より大柄で、がっちりと厚みのある体型の兵士が多かった。

自分の意思で人の姿と獣の姿を使い分けられるとは、なんと不思議で、神秘的な種族だろうか。

ランゴウ将軍は敵ながら公平で誠実な男で、決して無抵抗の民や土地を蹂躙《じゅうりん》するようなことはなかった。この地にやって来たのが彼の部隊であったことは、ダースティンと領民たちにとって、大変な幸運だった。

ただ、屋敷での初対面のとき、「んんっ!?」と目を瞠《みは》って凝視してきたのは謎だったけれど。

若干よろめいていたし。

それは彼の部下たちも同様で、予想外に人懐っこい領民たちに戸惑いつつも、皇子である僕と対面するにあたっては表情をこわばらせ、嫌悪の気持ちを隠しきれない者たちもいた。

僕はそれを階段の踊り場から見ていた。当時、ちょっと体調を崩していたものだから、少し遅れて迎えに出たのだ。そんな僕に目を向けた兵士の皆さんは、ギョッとしたように目を見ひらき、あんぐりと口をひらいて固まってしまっていた。

おそらく、健康的な領民たちを見たあとに、青白い顔をした僕がよろよろと登場したものだから、彼らの目には死人のように映ったのだろう。無理もない。

驚きすぎたせいか急にみんな赤面して、魂を抜かれたごとき表情でこちらを見つめてきて、いつのまにか前のめりになっていた後列の者たちが前列を押し出した結果、「押すな」「ヨダレ垂らすな」と口論が巻き起こり。

ランゴウ将軍の「いいかげんにせんか！」という怒号が響いて締めとなった。

その後、我に返った様子で恐縮する兵士たちに、館の使用人たちが……

「いつものことさあ。初対面の人はみんな、たまげるんだ」

「村の者でも未だに見惚れて、鼻血出てても気づかないことが、ようあるんだわ」

などと言ってなぐさめ……なのかなんなのかよくわからないが、理解を示すと、兵士たちも照れくさそうに「そうでしょうとも」「いやあ。本当に、たまげました」などと反応。

急速に打ち解けていた。

将軍と僕は互いに自己紹介をし、ひとまず当たり障りのない会話をしたところで、領民たちが「腹減ってるべ」と自然発生的に食材を持ち寄ってきたので、その夜は広場でダイガ軍と領民一同、大鍋の具沢山シチューを囲みながらの夕食会となった。

当然、僕も参加したのだが、ただでさえ大らかで友好的なダースティン式の歓待《かんたい》に面食らっていたダイガ兵たち。

「エルバータの皇族の方が、庶民と食事を共にされるのですか!?」

そう言ってさらにビックリしていたので、僕のほうがビックリした。

そこでようやく、憎きエルバータの皇子がいては、不快で食事が不味くなるのだろうと思い至り。

「失礼しました。やはり中でいただきますね。どうぞごゆっくり」

しょんぼりした気持ちを押し隠して屋敷に戻ろうとすると、一斉に「わあああ！　違います、行かないでください！」と引き留められた。

彼らはつまり、『獣人を汚らわしい存在と見下すのが常の、傲慢《ごうまん》なエルバータの皇族』が、いそいそと同席しようとしたので、驚いたらしい。

それを聞いたジェームズは、憤慨して彼らを叱りつけた。

「あのような者たちとアーネスト様を、一緒にしないでいただきたい！」

領民たちも「そうだねえ」と同意して大笑いし……

「アーネスト様が皇子殿下だってこと、わしら大概忘れてるわ」

正直に申告する彼らと、一緒に笑う僕を見て、ダイガの皆さんは呆気にとられていた。


そんな調子で、将軍たちがダーステインに滞在中は、毎日みんなで食事したり、兵士たちが村の畑仕事や雑用を手伝ってくれたり、当初の警戒はなんだったのかというほど穏やかに過ごせていた。

兵士たちの中には、ふとした拍子に獣の耳や尻尾を覗かせる者もいて、将軍から怒られていた。

そのたびあわてて引っ込めていたが……耳も尻尾も自在に変容するなんて、すごすぎる。僕も領民たちも興味津々だ。

彼らによると、ものすごく驚いたときなどについ変容させてしまうことが多いらしく。

犬か、それとも狼か、ふさふさした尻尾が出現したりすると、僕らは「おおー！」と目を輝かせ、感動のあまり拍手した。

だって、この世の神秘が目の前に出現しているのだ！　驚嘆《きょうたん》せずにいられようか。

そうした反応についても、「みなさん、怖いとか気味悪いとか思わないのですか」と驚かれたけれど……そんなこと、思うわけがない。領主の僕からして、まちがいなく誰よりコーフンしていたし。

僕は昔から、モフモフ系に弱い。

犬でも猫でもウサギでも、モフモフしている生きものを見ると、無性に愛でたり撫でたり吸ったりしたくなる。モフモフに関しては、我ながら変質者じみた執着心だと思う。

でもランゴウ将軍は、獣人を見慣れないエルバータ人には恐れる者も多いからと、細心の注意を払ってくれて、それを部下にも徹底させていた。

そこには長くエルバータから、「野蛮《やばん》な獣人」と差別されてきた歴史が、横たわっているのだと思う。

差別された側で、しかも戦勝国の将軍でありながら、腰低くエルバータ人を気遣ってくれたランゴウ将軍は、尊敬すべき高潔な人格者だ。

その思いを彼に直接伝えて称賛すると、将軍は照れくさそうに笑った。

「長く生きていると、いろんな経験をしますからのう。ですから、醍牙人《だいがじん》にも悪人はいるし、エルバータ人にも善良な人はいるのだと、知っているのですよ。それだけです」

そんな将軍たちのおかげで、ダースティンは平和な日常を維持したまま、次なる時代へと移ろうとしていた。

ウォルドグレイブ家《妖精の血筋》がいない、新たな時代へと。

ランゴウ将軍は、もちろん、はるばる遊びに来たわけではない。

親睦《しんぼく》を深めたあとだけに気まずそうではあったが、来訪の翌日には、目的をしっかり伝えてくれていた。ただ、彼の話には無駄な部分も多かったので、要約すると——

亡き母と僕が領地に引きこもっているあいだに、皇后と異母兄姉たちは、これ幸いと僕らの痕跡を皇族の系譜《けいふ》から削っていたんだって。そこまでされていたとは知らなかった……。例によって父上も、我関せずで通したのだろう。

そのせい、なのだろうか。地図職人が新たに描き直した地図には、ダースティンが記載されていなかったという。徹底しているなあ。

ダイガ側はその地図を利用したので、僕の存在を知ったあとも、ダースティンの場所を把握するのに時間を要したのだ。なにせ同国人でも知らない者のほうが多い、秘境扱いのド田舎だからね。

そうした諸々が重なった結果、皇族みんなが捕まったあとも、僕は自邸で暮らしていられたわけだけど。ジェームズはそれもこれも……

「妖精王のご加護です！　この土地とアーネスト様を、敵から隠してくださったのですよ！」

そう言い切っていた。

……そうだといいね。

でもやっぱり、現実は手強いね。

僕の存在を思い出してダイガ側に告げたのは、ほかでもない、皇后と異母姉たちだった。

なぜ彼女たちが僕のことを思い出したか。将軍の話によると。

『服従《ふくじゅう》の証として、エルバータの元皇女をダイガの王子に嫁がせるように』

そう命令が下されたのがきっかけだった。

どうやらダイガ側は、エルバータがダイガに屈したことを、婚姻《こんいん》を利用して対外的に誇示したいらしい。

ダイガもエルバータ同様、王族は正妃のほかに妃を持つことができるそうだ。

しかし、これまで周辺国を見下してきたエルバータの皇族に、屈辱を味わわせるための婚姻《こんいん》ならば、まず正妃にする気はないだろう。よくて第二、第三妃。妃の位のない側室扱いということも充分あり得る。

エルバータの皇女にとっては大変な恥辱《ちじょく》だろうが、断ればおそらく、地下牢にいる皇帝《父上》や皇子《異母兄》たちの命はない。

そのことは承知していただろうに、二人いる未婚の皇女《異母姉》は、どちらも頑なに拒んで、互いに責任を押し付け合った。親兄弟の命が懸かっているのに、ちょっと薄情な気もするが……

でもダイガの王子というのは、此度の戦で災害みたいに暴れ回ったと噂の、第一王子と第二王子のことだろう。だから異母姉たちが怖がる気持ちも理解はできる。

それはわかるのだけど、獣人の女官たちがいる前で大揉めしたあげく。

「なにが王子よ、所詮ケダモノじゃないの！　どうせ毛むくじゃらで醜い大男なのでしょう！　絶対いや、エルバータの皇女がケモノに嫁ぐなんて、そんな辱《はずかし》めを受けてたまるものですか！」

なんて言ってしまったらしく……当然それらの会話は各所に報告されて、ランゴウ将軍も知っていた。さらに……

「あの王女もいるのでしょう⁉　仕返しされるに決まっているわ！」

とも言っていたらしいけど、それはどういう意味なのだろう。

ランゴウ将軍に尋ねても、言葉を濁して話を逸らされた。

とにかく断固拒否だと散々泣きわめいた異母姉たちと皇后は、不意に……

「あら？　ちょっと待って。あいつはどこにいるのよ！」

そう、僕のことを思い出した。

そこからは三人がかりで僕のことを売り込みにかかり。

「『妖精の血筋』の話を聞いたことはあるかしら？　男だけれど、わたくしたちなんて敵わないくらいの美人に育っているはずよ！　ダイガも同性婚はよくあるのでしょう⁉」

そう。エルバータもダイガも、同性婚にはなんの支障もない。

だから『婚姻《こんいん》』が必要というだけなら、皇女でなく皇子でも良いわけだ。

だが男の皇族は地下牢に入れられているという現状を考えれば、王子たちがその選択をする可能性は低いように思われる。

それでも――

「そうよ！　家族がみんな捕まったというのに、自分だけ隠れていた卑怯な男とはいえ、妖精の血筋の最後のひとりなのだから！　稀少よ！」

「どうぞド田舎から引きずり出して、嫁にするなりなんなり、好きにしてちょうだいな！」

そんなふうにまくしたてたので、ダイガ側も「まだ皇子がいるなら捕らえねば」と、捜索を始めたという次第。

将軍からその話を聞いたとき、僕のうしろに控えていたジェームズは、「ちょっと失礼いたします」と部屋から出て行ったかと思うと、遠くのほうで、「あのチンカス詰めのクソ団子どもがー！チンクソの血筋めっ、チンクソの血筋めぇぇぇっ！」と絶叫していた。

全部、僕や将軍や彼の部下たちが顔を突き合わせている部屋まで聞こえていた。

その後、なにごともなかった顔で戻ってきた彼は、キリリと老将軍に訴えた。

「『卑怯な男』とは聞き捨てなりません。アーネスト様は逃げも隠れもしておらず、昔からこの土地にお住まいであるという、ただそれだけのこと」

「わかっておりますぞ、執事殿。領民たちがアーネスト様を心から慕っているあの様子を見れば、元皇后たちの評価が的外れであろうことくらい、すぐに察せられますとも」

「おおお、さすがは将軍を務めるお方！」

年寄り同士、ガシッと交わされた握手。しかし。

「なれど、これはすでに決定事項でしてな……」

将軍が気まずそうに、僕宛ての『召喚命令《しょうかんめいれい》』と書かれた文を取り出すと、ジェームズはクソ団子を見る目で将軍を見た。

そんな目をしてやるな、ジェームズよ。彼も命令に従っているだけだろうから。

差出人は、件の二人の王子の連名だった。

「カンゲツ」と「セイゲツ」と読むらしい。

署名部分はダイガ文字で、ランゴウ将軍に教えてもらった。第一王子と第二王子が双子だということも、このとき知った。文の内容は、意訳するとこんな感じ。

『元皇子アーネストに告げる。

皇族として生まれながら、祖国存亡の危機に自分だけ隠れ住んでいたとは、卑怯卑劣この上ない。おまけに病弱らしいな、惰弱《だじゃく》な奴。貴様には停戦交渉の交渉官を命じる。親兄姉の命が惜しければ、エルバータ代表として正々堂々出席しやがれ。言っとくが、供を連れてくることは許可しない。

以上』

……交渉官と言われても、経験も知識もないのだけれど……

よくわからないけど、頑張ろう。うん。

――そうしたわけで、僕はもうじき、ダイガ王国へ向かう。

僕なきあとの領地はランゴウ将軍の支配下に置かれるというのが、なによりの救いだ。彼なら領民を虐げることなく守ってくれるだろう。

いよいよ明日は出国という夜、書斎《しょさい》で念入りに旅の荷物を確認してくれていたジェームズの様子を見に行くと、この世の終わりという表情で、重ねた旅行鞄を凝視していた。

「ダイガ王国は、どんなところだろうね？　北方の寒さって、想像がつかないよ」

明るい声を心がけたのだが、またも老執事の涙腺を刺激してしまったらしい。くしゃりと顔が歪んで。

「お、お、おいたわしゅうございます、アーネスト様！　お躰が弱いのに、やたら寒いところに、寒い寒いところにぃぃぃ！」

「やたら寒い寒い……」

「その宝玉のごとき美貌《びぼう》に、しもやけができるやも！　繊細《せんさい》な藤色の瞳に、雪が入るやも！　ああ、わたくしがお仕えできるなら、玉のお肌と黒絹の御髪のお手入れも万全ですのに！　たったおひとりで敵国に向かわねばならないとは、なんとおいたわしいぃぃ、アーネスト様あぁぁ」

号泣は、室外の使用人たちにまで伝染したらしい。あちらこちらから、またも「うおおお！」と絶叫やら泣き声やらが聞こえてくる。

僕は苦笑して、老いても常にピシリと背筋が伸びているジェームズの、今は丸められた背中を撫でた。

「泣かないで、ジェームズ。僕は大丈夫だから」

「……本当に行かれるのですか？　今からでも強烈な下痢《げり》を引き起こす薬草を使って、長距離の移動などとても無理だと、将軍に訴えませんか」

そんなことをするわけがないと、わかっているくせに。

鼻をかむジェームズの肩を、「これでも、皇族だからね」とポンポン叩く。

「責任は果たさなきゃ」

「皇族だなんて！　あの者たちがアーネスト様に何をしてくれましたか!?　ローズマリー様を亡くしたあとまで、思い出したようにひどい嫌がらせをしてくる以外の何を！　皇族としての恩恵などないに等しかったというのに、あの者たちの失策の、尻拭いまでさせられて！」

言いながら、またボロボロ泣き出してしまった。

「男前が台無しだよ、ジェームズ」

「行かないでください、アーネズド様ぁ」

「……ジェームズは僕に、いろんなことを教えてくれたよね。皇族の系譜《けいふ》や歴史についても。大宮殿で育っていれば受けていたであろう、皇族としての作法や教育も。寝込んでばかりいた僕には、ジェームズの教えが世界のすべてだった。ジェームズのおかげで、楽しく世界が広がったんだよ。本当に、感謝しているんだ」

礼を言ったのに、ジェームズはガックリとうなだれた。

「……もしもいつか、アーネスト様が大宮殿《サン＝サーンス》に呼び出されたとき、憎らしい皇后たちに馬鹿にされるようなことがあってなるものかと。だらしなく腐りきったあの者たちより、アーネスト様のほうがずっとずっと素晴らしいのですから、それにふさわしい教育をと。そういう意地があったのです。わたくしが仕える主人は、世界一優しく賢く美しい、自慢のお方なのですから」

「ふふっ。ジェームズは本当に褒め上手だね」

そう言うと、ジェームズはなぜかハッとしたように僕を見て、新たな涙を浮かべた。

そんな彼の両手を握って、「聞いて」と微笑みかける。

「父上と違って、僕が治めてきたのは、この小さなダースティンだけ。でもだからこそ、今この国中で助けを求めているであろう、ひとりひとりの民のことを、思わずにはいられないんだ」

「アーネスト様……」

「大切な人を亡くしたり、家も仕事も失ったり、飢えたり、傷を負ったり。暴力に怯える人たちもいるかもしれない。もしもダースティンのみんながそんな目に遭っていたらと想像するだけで、胸が張り裂けそうだよ。今回みんなそろって無事だったのは、本当に、運が良かったんだ」

「妖精王のご加護です」

僕は素直に「そうだといいねえ」とうなずいた。

「これからも、みんなを守ってほしいからね。僕はもう……充分、恵まれたから。僕みたいな虚弱でも役に立てることがあるのなら、エルバータに住むひとりひとりの未来のために、頑張ってみようと思う。それはダースティンを守ることにもつながるから。そうでしょう？」

そう言うと、僕の手を握り返す手が震え出した。

「……皇族としての教育など、しなければよかった」

「ジェームズ……」

「わがままな馬鹿子息になるよう、お育てすればよかった。今すぐここから逃げ出してくれる、薄情な領主にお育てすればよかった……！」

むせび泣く躰を、ぎゅうっと抱きしめた。

「ありがとう、ジェームズ……。ずっと大好きだよ」

寒い地でも、このあたたかさをいつでも想い出せますように。

……おそらく僕はもう、生きてこの地へ戻ることはない。

みんな、今までこんな頼りない主に尽くしてくれて、本当にありがとう。心から感謝しているよ。

これからも心安らかに生活できますように。

どこにいても祈っているからね。

◇

ダイガ王国へ向かう当日。

皆と最後の別れの挨拶をしているあいだ、兵士の皆さんは申しわけなさげに待っていた。彼らが責任を感じる必要はないのに。

僕は用意された馬車に乗り込みながら、ふと思い至ってランゴウ将軍に尋ねた。

「ぐるぐる縄を打たれて、市中引き回しにされるわけではないの？」

将軍はギョッとした顔で首を横に振った。

「アーネスト様にそんなこと致しませぬよ！　どこ情報ですか」

ジェームズの愛読書『老《お》いぼれ捕物帳《とりものちょう》』情報だけど、間違っていたか。

そのジェームズは、未だ泣きっぱなしだ。

「アーネスト様あぁ、薬草もできるだけ詰めまじた。将軍にもお願いしておきまじたので、きちんと召じ上がってくだざいぃ」

号泣しすぎて立つのもやっとという状態。「うん、わかったよジェームズ」と礼を言いつつ、心配でならなかったが、同じく号泣する領民たちが支えてくれていた。うん、大丈夫だ。

それを見届けて、ランゴウ将軍に「出発しましょう」と声をかけた。

動き出した馬車を、子供たちが泣きながら追いかけてくる。大人たちの泣き声も重なった。

「妖精王様、どうかアーネスト様にご加護をー！」

「わしらずうっと、お帰りをお待ちしておりますからな！」

「将軍殿ー！『アーネズド様を苛める輩《やから》は、末代まで執事が祟る』と、必ず警告じでぐだざれよーっ！」

ジェームズ、声がガサガサだ。笑っていたら、涙がポトポト膝に落ちた。

「ふ……っ、うぅ」

ずっとこらえていた涙が、次々あふれて、止まらない。

母亡きあと、泣いてばかりだった僕をあやして、健康に気を配って、実の孫のように、大切に育ててくれたのに。最後に泣かせたまま別れるなんて……本当にごめんね、ジェームズ。

窓に貼りつくようにしてジェームズたちを見ていたら、騎乗で並走するダイガ兵たちが、心配そうに僕を見ていることに気がついた。

泣いているのを知られてしまった。恥ずかしい。けど……

拭っても拭ってもにじむ視界で、木々に遮られて見えなくなるまで、みんなの姿を目に焼き付けた。

◇

「アーネスト様。なにかご不便はございませんかな？」

「大丈夫だよ。ありがとう、ランゴウ将軍」

このやり取り、何回目だろう。

ジェームズの嘆きっぷりを見て年寄り同士感じるものがあったのか、将軍は、なにかと声をかけ気遣ってくれる。

護衛という名目の押送役を命じられたのがランゴウ将軍の隊だったのは、本当に幸運だった。エルバータ人に敵意を持つ兵士たちに囲まれての長旅は、心身共に過酷だったろうから。

でも……。国境を越えるまでの何十日ものあいだに、何度も無残な光景を目にした。

焼き尽くされた畑、村、町。破壊された街並み。

なんとも言えない胸の悪くなる臭《にお》い。

鳴り響く弔いの鐘と慟哭《どうこく》。

汚れた姿で長い行列をつくる、やつれきった人々。

通り道ではなかったから、帝都は見ていないけれど。きっと僕が思う以上に悲惨な場所が、たくさんあるのだろう。

そうかと思えば、ダースティンのように、通常の生活を営んでいる様子の地域もあった。収穫を待つ作物が実り、家畜《かちく》は長閑《のどか》に草を食んで。

僕はたまたま幸運に恵まれただけの領主で、領地や民が無事だったのも僕の功績ではない。

だから他所のことも、なにが明暗を分けたのかわからない。

ただ、はっきりしているのは、これから停戦の交渉役として、傷ついた人たちの役に立たなければと、気持ちを新たにしたことだけだ。

大切な人を喪ったり、日常を奪われて呆然と座り込む民たちのために。少しでも彼らの益になり、彼らを守る条件を引き出さなければいけない。

……なにをどうすれば良いのかは、やっぱりわからないけど……

「アーネスト様、お寒くありませんか」

「大丈夫だよ、ありがとう」

例によって気遣ってくれるランゴウ将軍に、僕も同じ答えを返した。

でも。実を言えば、ものすごく寒い。ジェームズの「やたら寒い寒いところ」という表現は、大げさでもなんでもなかった。国境辺りから「冷えてきたな」と毛布を羽織っていたが、いよいよダイガに入国してからは、進むほどに底冷えがひどくなった。

隊員たちが座席に毛布を敷いてくれたり、足元も毛布でくるんでくれたりと、すごく親切なので、心はポカポカしたけれど。

エルバータでは、これから実りの秋を迎えるところだった。でもここは、僕の感覚ではすでに冬だ。というか、ダースティンなら真冬でもここまで寒くない。

将軍や馬たちの吐く息も白い。が、特に着膨れるでもなく、平気な顔。

ダイガ王国民からすると、こんなのは寒いうちに入らないのだろうか。慣れだろうか。強がりだろうか。どちらにしてもすごい。

あと、馬車に乗り続けるのもすごい苦行。寒くてつらいのか揺られてつらいのか、もうなにがなにやら。

……情報過多で頭もしんどい。初めて見るものや場所ばかりで、考えさせられることが多すぎて、体力も削られて。景色を楽しむ余裕ももちろんなかった。

——ので、今さらだが落ち着いて、よく観察してみることにする。

まず目につくのは、街道脇に続く落葉樹の黒い枝と、常緑樹の緑。遠くにはギザギザと尖った黒い山並み。灰色の空の下、頂上が白く煙って見える。

……あれはもしかして、雪が降っているのだろうか。

にわかに興味が湧いて、よく見てみようと馬車の窓をバコッと開ける。

「アーネスト様。お顔を出されては風が冷たいでしょう」

若い隊員のひとりが、馬を横づけして話しかけてきた。

「大丈夫だよ。あ、顔を出すと邪魔かな？」

「まさか！　ただ、慣れぬ寒さでお風邪をひかれては大変ですので」

笑顔の隊員に続いて、ほかの隊員たちも割り込んでくる。

「そうですよアーネスト様。よければもっと毛布をお出ししましょうか？」

「そろそろお腹がすいたのでは？」

「おい、おれが話してるのに！」

「そんなん、話したもん勝ちだ！」

なにやら揉め始めた隊員たちに、ランゴウ将軍が怒声を叩きつけた。

「うるさい！　アーネスト様のお世話は、わしがする！」

途端、隊員たちから不満の声が噴出する。

「将軍ばかりずるいですよ。おれたちだってお話してみたい！」

「そうだそうだ！」

「独り占めよくない！」

「黙れい、こわっぱ共！　喝《かつ》っ！」

年輪を感じさせる一喝で、隊員たちはおとなしくなった。

僕は「喝《かつ》！」と本当に言う人を初めて見た。なんだろう……拍手を送りたくなるこの気持ち。老将軍、役者のようだ。

思わぬところで感心していると、「ちょうどいいから休憩」と将軍が告げた。なにがちょうどいいのかと思っていたら、将軍は足早に森の奥へと入って行く。

誰かが「あれは相当、切羽詰まってたな」と言うのを聞いて、そういうことかと合点がいった。

そういえばジェームズも、まめに尿意を催していた。

尿意はともかく、ランゴウ将軍配下の兵士たちは、みんなとても気さくで親切で、休憩のときなど、あれこれ話しかけてくれる。今もせわしなく集まってきては……

「急げ、爺さんの小便が長引いているうちに！」

「早くしないとまた独り占めされるぞ！」

「大丈夫だ。年寄りは小便が細いから、出し切るまで時間がかかる」

などと言いながら、木々が伐採されひらけた場所で手早く火を熾《おこ》し、「ここへどうぞ！」と手招いてくれた。

焚き火って、寒い中であたると、しみじみ暖かいものなんだね。火の粉が飛んで、いつのまにか服に穴が開いていたりするけど。今までは穴が開く距離に近づかないよう、ジェームズが気をつけてくれていたんだな。そういうことも、この旅で初めて学んだことだ。

「どうぞ」と手渡された木の椀には、蜂蜜《はちみつ》入りのお茶。香りからして、あたため効果のある薬草茶だろう。頭から毛布でくるんでくれたり、みんな本当に優しい。

「ありがとう」

嬉しくてにこにこしながら礼を言うと、隊員たちの表情がほわんと緩んだ。

「ああ〜……イイ。とてもイイ」

「お花だ……これはもう、お花そのものだ……」

お花？　こんな冬枯れの森に？　どこに咲いているのかとキョロキョロする。

「今、軽食も用意していますので、お待ちくださいね」

食べ物を探していると勘違いされてしまったみたいだ。お腹はすいていないのだけど。

「体調はどうですか？　必要な物などありませんか？」

「いつも爺さんが独り占めして、なかなか喋らせてもらえませんからね。爺……じゃなかった、将軍では気づかないことや困りごとなどありましたら、将軍が小便している今のうちに仰ってください。お気軽に！」

……えーと……なんだかいろいろ言われたけども、爺さんとはランゴウ将軍のことだということはわかった。

しかしなぜ、彼が用を足しているうちに言わねばならないのだろう。軍隊にはそういう掟があるのだろうか。戸惑う僕を、みんなが覗き込んできた。

「いやあ、やっぱり別嬪《べっぴん》さんだあ……信じられん」

「黒髪キラッキラ」

「ほのかにいい匂いまでする」

「マジ、こんな美人うちの国にはいねえよな」

「絶対いねえ。比較にならねえ。いや、すみません。みんなエルバータで初めてアーネスト様を拝見して以来、もう大騒ぎでして」

「大騒ぎ……？」

よくわからず小首をかしげたら、みんな一斉に「ぐはあっ！」「きゃわわっ」と頽《くずお》れたり胸を押さえたりした。

……困った。彼らの意図が理解できない。

どうしたものかと思っていると、隣で膝から崩れ落ちていた青年が、「あのときはさぁ」と、なにか思い返すように眉根を寄せた。

「ランゴウ将軍が一番興奮してたかもな。なんか奇声を発してなかったか？」

『んんっ!?』とか言ってよろめいてたやつな。超絶美人を拝んだ衝撃で、痰《たん》が詰まったのかと思ったが」

「爺さんになっても美人にはときめくもんなんだな……」

「おまけに、しっかり本国に報告送ってたしな」

「あー……」

そこで彼らは、なぜだか天を仰いだ。

「そら、王子殿下たちは黙ってねえわ」

「大丈夫なのかな、アーネスト様……」

今度はそろって心配そうに僕を見つめてくる。いったいなんの話だろう。

訊いてみようと思ったところへ、ランゴウ将軍が焦った様子で走ってくるのが見えた。下衣を引き上げながら何か叫んでいる。

それに気づいた隊員のひとりが、「おいおい」とのけぞった。

「いつになく早いな爺さん！　そんなにアーネスト様を独り占めしたいんか」

「おそるべし爺の執念」

「いや待て。なんか向こうを指さしてるぞ」

笑っていた隊員たちが、一瞬にして警戒態勢をとった。

さすが戦士の国の精鋭《せいえい》という切り替えの速さ。野生の獣が縄張りの侵入者に気づいたがごとく、ビリッと空気が張りつめる。間を置かず、ひとりの隊員が耳を——いつの間にか犬のように変容した耳を、一方向に向けながら言った。

「聞こえる」

わずかに間をおいて、ほかの者も緊張した顔でうなずいた。

「ああ。この馬脚《ばきゃく》の運び方は、あの方だ……まずいな」

駆け込んできたランゴウ将軍が怒鳴った。

「王女殿下だ！　歓宜《カンギ》様がおいでになるぞ！」

それを合図に、みんながまたも僕を見た。困惑の声が上がる。

「どうしましょう、将軍！」

息を切らしたランゴウ将軍は、なにが起きたかわからずただボーッと突っ立っている僕の前方を示した。

「そこで並べ！　なるべく隠せ！」

「はっ！」

隊員たちは声をそろえて了解し、素早く整列する。そうこうするうち、ようやく僕の耳にも馬の足音が聞こえてきた。

小気味よく石畳を蹴立てる蹄《ひづめ》の音は、僕らの前で止まった。

風が起きそうなほど勢いよく降り立ったのは、若い女性。


――将軍はさっき、「王女殿下」と言っていた。


確か「カンギ」と。

……ん？　そういえば異母姉たちが、王女のことをなにやら言っていたのではなかったか？

思い出そうとするあいだにも、枯れた笹薮を蹴り上げた王女が、大股で近づいてきた。

「エルバータの元第五皇子を移送中だそうだな」

ひとつに結ったみごとな赤毛と、眼光鋭い緑の瞳、肉感的な唇が印象的なその女性は、僕よりも上背がある。僕もエルバータ基準なら、それほど背が低いわけではないのだけど。

外套《がいとう》を着ていてもわかるほど厚みのある筋肉質な躰。王女というより兵士のようにキビキビとした足取りには、失礼かもしれないが勇ましさを感じた。

その間も隊員たちは、なぜだか、僕を王女の前へと促すでもなく、逆に壁のように立ちはだかっており。咳払いしたランゴウ将軍が前へと進み出た。

「これは王女殿下、何故このようなところに？」

王女が鼻で嗤った。

「空々しいぞ、藍剛《ランゴウ》。私の目的などお見通しであろうに」

言い捨てるや、射るような視線が僕に向けられる。

ふむ。初対面だし、まずは挨拶をせねば。

早速、親しみを込めて笑いかけてみたけれど……その途端、カンギ王女は忌々しげに眉根を寄せた。うーん。親しみどころか不興を買ったような。

それどころか、かなりの敵意を向けられているような。

でも会うのは初めてだし、怒らせるような機会はなかったので、気のせいだと思うのだけど。

改めて挨拶しようと口をひらくと、声を発する前に王女が舌打ちした。

「貴様があのクソエルバータの惰弱《だじゃく》皇子アーネストか。噂通り、容貌を鼻に掛けているようだな。この股間の腐ったカマ野郎め」

……敵意、気のせいじゃなかった。びっくりするほど嫌われてるぞ。

「殿下、そのくらいでご容赦を……」

「黙れ藍剛」

ザクザクと枯れ葉を踏んで、王女が近づいてくる。僕を隠すように並んでいた隊員たちが、ちらりと僕を案じる目を向けながら跪いた。

と、王女はいきなり、隊員たちに次々平手打ちを食らわせた。ものすごい力で、屈強な隊員たちの躰が左右に揺れる。

「自国の王女より敵国の元皇子が大事か、ああ？」

頭を垂れる彼らをさらに蹴りつけ始めたので、呆気にとられていた僕も、ようやく我に返って止めに入ろうとした。が、一番近くにいる隊員が身振りで制してくる。

そりゃあ僕が止めに入っても、腕力では敵いそうにないけど……でも黙って見ているわけにはいかない。絶対負けるけど。

無意識に踏み出した足の先に、ポヨンとなにかが当たった。

……おや？

「――なにを見ている」

急に王女の関心がこちらに移った。僕は懲りずに笑顔を向けた。

「地面ですよ」

素直に答えただけなのに、なぜか王女の額に青筋が浮かんだ。将軍と隊員たちの躰も、ピクッと揺れる。え。なぜ？　なぜ？

「嘘をつけ！　貴様は今、私を見ていただろうが！」

「えっ？　あ、そうですね。少し前までは確かに。でも今は地面を見ていて」

「言いわけをするな！　虜囚《りょしゅう》となり果てた分際で、戦勝国の王女を直視するなど無礼であろう！」

……ああ、そうか。なるほどわかった。

これは『難癖をつける』というやつだな。王女はとにかく僕を非難したい様子。なにをそんなに怒っているのかわからないけど……それはさておき。

「王女殿下、ほらほら」

「馴れ馴れしく話しかけるな！」

僕が足元を指さすと、王女は吊り上げた目をそちらに向けた。そこには、子供のこぶし大のオレンジ色のキノコが、ぽつんぽつんと生えている。振り向きざまに王女が怒鳴った。

「馬鹿者！　キノコごときでいちいち呼ぶな！」

「これ、マルム茸ですよ」

えっ！　と、王女も将軍も兵士たちも、目を瞠《みは》って僕とマルム茸を交互に見た。

マルム茸は大変美味で大変珍しいキノコ——と、言われている。

生育条件が謎で、寒冷地でも南国でもいきなりひょっこり顔を出すので、別名が「旅する茸」という。かなりの高額で取引される貴重なキノコなのだが、なぜか僕は昔から、ダースティンの屋敷の庭などで普通に見つけていたので、見間違うことはない。

「うっそマジすか！　これが!?」

「初めて見た、これがあの幻のマルム茸かあ！　食ってみてー！」

「バカ、これは発見したアーネスト様のもんだ」

「そうそう、アーネスト様、採っちゃってください！」

たちまち盛りあがった兵士たちだが、またも王女に次々頭を叩かれた。

「どけ！　貴重品は当然、王家に献上《けんじょう》せよ！　この愚か者ども！」

そう声を張り上げるや、薙《な》ぎ払うようにマルム茸を採り出した。

隊員たちの口が「えぇ～」のかたちになっているが、王女はマルム茸に一点集中していて気づいていない。よっぽどキノコが好きなんだなぁ……

今度はじーっと王女を観察していたら、視線を感じたらしい。しゃがみ込んだままこちらを見上げた王女と目が合うと、たちまち赤面して睨みつけてきた。

「ひ、卑怯な奴！　賄賂《わいろ》で懐柔《かいじゅう》しようとは！」

賄賂《わいろ》？　ああ、マルム茸のことか。

「私に対する貴様の態度は、どれを取っても王族への不敬！　よって、その身をもって償え！」

償え？　ああ、マルム茸のこと……ではないな。

きょとんとしている僕とは対照的に、ランゴウ将軍たちが顔色を変えた。

「お、お待ちください殿下！　我々はつつがなくアーネスト様をお連れするよう、王子殿下方から」

「黙れ！　弟たちの命令は聞けても、私の命令は聞けぬと申すか！」

「いえ、決してそのような。なれど」

「くどい！　四の五の言うなら、この場でこやつの首を刎《は》ねてもかまわんのだぞ！」

なんて物騒な話を。ぼーっとしている場合ではなかった。そんなことをされては困る。僕には交渉役として、エルバータの民を守る義務があるのだから。

しかし頼みの綱のランゴウ将軍は……

「どうせ弟たちに引き渡しても、慰み者にされるのがオチであろうよ」

王女のその言葉に、ウッと言葉を詰まらせた。

……慰み者？　どういうことだろう。王女の顔には冷笑が浮かんでいる。

「私は男どものそういうところに虫唾《むしず》が走る。なあ、エルバータの元皇子。弟たちの手に落ちたなら、私がどれだけ情け深かったか思い知ることになるぞ」

「どういうことでしょうか？」

「貴様に情けをかけてやると言っているのだ。――ここから」

スッと、王女は北のほうを指さした。灰色の空の下、まるで戦士の像みたいに。

「北西方向に、醍牙王国《ダイガオウコク》の王都満皐《ミツサツキ》がある。貴様が連れ込まれる予定だった黒牙《コクガ》城もそこだ。ここから歩いて十日ほどだな。千日かもしれんが。では、励め」

励、め？

首をかしげる僕よりも先に反応したのは、またもランゴウ将軍だった。

「殿下、それはあまりにご無体な！　アーネスト様は我が国の地理に暗い上、お躰が丈夫では……」

「お前に言われなくとも、わかっておるわ」

「それに街道には、不埒な輩《やから》も跋扈《ばっこ》しておりますれば」

「善人ぶるのはよせ、反吐が出る。そうだろう？　元皇子」

話を振られても、ついていけない僕は愚鈍《ぐどん》なのだろうか。

王女は「貴様は知らぬのだな」と、なぜか諦めたような笑みを浮かべた。そうして束の間、もの憂げな表情を見せたものの、すぐに嘲笑を取り戻した。

「なんにせよ、地下牢で馬鹿ヅラを晒している貴様の家族や、その取り巻き貴族どもを救いたければ、どうにかして黒牙城まで来ることだ。ただし貴様が奇跡的に辿り着いたところで、私は必ずや奴らに鉄槌《てっつい》を下すつもりだが」

……それはつまり、僕がいてもいなくても、父上たちを厳しく追及するということだよね。

どうやら王女が敵意を向けているのは、僕だけでなく、エルバータの皇侯貴族全般らしい。

確か皇后や異母姉たちは、王女から「仕返しされる」と言っていたとか。僕が田舎に引きこもっているあいだに、帝都でなにがあったんだろう……

しかし、ここで事情を訊いたところで、答えてもらえそうもない。差し当たって解決すべき問題は、ほかにあるのだ。

「えっと。『どうにかして』ということは、ここからは将軍たちの手を借りず、僕ひとりでコクガ城へ向かえということですか？」

「その通り」

「王女殿下！」

将軍ばかりか兵たちまで、王女を翻意《ほんい》させようとあれこれ訴えかけてくれたが、

「私の意思を阻むなら、こんな奴は即刻殺してやる」

そう言われては、引き下がるよりなかっただろう。

だから、僕と王女のあいだで板挟みになりアップアップしている老将軍に、「やれるだけやってみます」と申し出た。

なんというか、もう……ここまで恨まれるとは、いったいなにをしたのか、うちの家族。

将軍たちを急き立てながら立ち去る間際、王女は馬上から冷たい目で言い放った。

「私と弟たちは、貴様らの国で、もっと酷い目に遭った」

◇

そうして、みんな去って行った。

「歩いて十日か千日」との言葉通り、馬も残していってはもらえなかった。まったく知らない国で、ほかには人どころか犬猫一匹通らない街道に、ぽつんと取り残されている。

馬が蹴立てた土埃が消えた頃、ちらちらと雪が舞い出した。

「雪だぁ……」

呟く息の白さに、雪片が踊る。白い息と降雪の共演をしばし楽しんだが、のんびりしている場合ではなかった。

「よし、歩くぞ！」

とりあえず両こぶしをキュッと握って、気合いを入れる。

北西方向と王女は言ったが、方角は星を見ないと正確にはわからないので……いや、正直に言う。星を見ても、正確に読める自信はまったくない。

とにかくまずは、皆が去ったほうへ進めばいいだろう。

「……あ」

脇道に、またもマルム茸を数個見つけてしまった。

これは助かる。もしも追い剥ぎなどに出くわしたら、「命ばかりはお助けを」と言って、代わりに差し出すものが必要だからね。『老《お》いぼれ捕物帳《とりものちょう》』に書いてあった。

私物はすべて馬車で持って行かれたので、今の僕の財産は、このマルム茸のみ。

……それにしても、寒い。

将軍たちはとっさに毛布を掛けていってくれたけれど、北風は容赦なく体温を奪っていく。あとこの、毛布にくるまった蓑虫のような姿だと、かなり歩きにくい。

でも歩く。動いたほうがあったまる。建設的。

なのについつい、何度も雪に見惚れて立ち止まってしまった。ダースティンでは雪なんてめったに降らなかったから。

本当に不思議で、綺麗な光景だ。灰色の空から白い雪が落ちてくるのを見あげていると、自分が空へと上昇していくような錯覚が生まれることに気づいた。

「面白いなぁ」

いつまでも見ていられるよ。

でも、くしゃみが出て現実に戻った。そうだった。歩け歩け。

——それにしても、あの王女。気になることを言っていた。

『私と弟たちは、貴様らの国で、もっと酷い目に遭った』

王女と王子たちがエルバータに来ていたなんて知らなかった。いつの話だろう。

……いや、待てよ。

妻を亡くした二番目の異母兄が、後添いに他国の王女を迎える話が出ていると、ジェームズが言っていたような。

でもド田舎にいたからか、それ以降その件については話題にのぼらなかった。なので、立ち消えになったものと思っていたのだけど。うーん。

思考は、強くなる一方の風に、しばしば遮られた。

雑木林の黒い枝が、一斉にギシギシと音をたてる中、世界が雪化粧を始める。木々も道路も、粉糖をかけたように白くなっていくのを、夢の世界にいる心地で見つめていた。

——本当に異母兄の再婚相手が、あのカンギ王女だったとして。

王女も王子たちも酷い目に遭ったとは、どういうことだろう。

『貴様は知らぬのだな』

そう言っていた。

本当にその通りだ。なにも知らない。世間知らずもいいところ。こんなことで、交渉役なんて務まるのだろうか。はあ、とため息で指先をあたためる。

耳が痛い。冷えるとこんなに痛くなるのだということも初めて知った。なにもかも知らないことだらけだ。

歩く。今できることはそれだけ。歩く。つま先の感覚がなくなってきた。でも歩く。せめて街の端っこでも見えれば、張り合いがあるのだけど。空。雪。森。黒い山並み。寒い。そればかり。

……さすがに疲れた。

足もとがおぼつかない。景色がゆらゆらして見える。

ああ……目眩《めまい》か。これ目眩《めまい》だ。

こういうときは座らなくちゃね。転倒して頭を打たないように。ジェームズから何度も言われた。

でも道の真ん中は邪魔になるから、脇によけて……

ザザッ！　と音がした。

どうやら僕は、笹薮に倒れ込んでしまったらしい。枯れていてもクッション性抜群。よかった〜。

しかしこの寒さの中で倒れていては、まずいのじゃなかろうか。

……凍死。

縁起でもない言葉が頭を埋め尽くしてきたぞ。

でも、いかんともしがたい。指一本動かせない。

……。どうしたものやら……目の前が暗くなってきた。

あれ。これほんとにアレかな？　死ぬのかな？

このまま死んだら僕は、所持品がマルム茸のみという、謎の行き倒れになるのか。

……ダイガまで来てなにをしているのだろう……情けない。

そのとき、聞きおぼえのある音が耳を打った。

馬の蹄《ひづめ》の音だ。もしかして、将軍が戻って来てくれた？

懸命に目をひらいて顔を傾けると、ぼやけた視界に、黒い影が映った。

二つ。馬、かな？　駆けてくる……二騎……？

腹に響く力強い足音が、僕の前で止まった。馬がいななく。

誰かがおりてきた、みたい。二人、僕を覗き込んでいる。

「こいつか」

舌打ちが聞こえた。

「手間かけさせやがる」

「俺が乗せる」

「うるせえ」

毛布ごと乱暴に躰を起こされた。そのとき、相手を間近で見つめたと思う。目が合うと、綺麗な翠玉の瞳を大きく見ひらいたその人が、息を呑んだのがわかった。

そうして、力強い腕に抱き上げられて。軽々と、僕には体重なんかないみたいに。

そこで、完全に意識が途切れた。

◇

寒い。寒い。寒い。

「寒い」という感覚に支配され、歯の根も合わないほど震えながら眠っていた。

——けれど気づくと、モフッとしたものにつつまれていて。

なんとも心地よいぬくもりを孕んだモフモフが、冷え切った躰を少しずつあたためてくれている。

……この感触、絶妙だ……。もっちりとして張りがあり、モッフリとしてモッフモフ。ちょっぴり硬めの毛の下に、やわらかな毛が密集して。モコモコとフカフカが渾然一体となり、脱力を促すハーモニー。

僕はさらにモフモフに顔をうずめて、やわらかな毛の匂いを吸い込んだ。

……うーん……ちょっと埃《ほこり》っぽい匂い。土の上で転がり回ったあとの猫みたいだ。外にいたのかな。ということは、これ、猫？　大きいね。

『おい……』

なにか言われた気がする。

でも僕はひたすら、フカフカとぬくぬくを堪能しながら、もう一度深い眠りに落ちた。

――はずだったのに。

なにがどうして、こうなった？

次に目をさましたとき、僕は……素っ裸で男と抱き合っていた。というか抱え込まれていた。僕だけじゃなく相手も一糸まとわぬ姿で。いわゆるすっぽんぽんで。素肌と素肌が密着する感触がひどく生々しい。

モフモフは？　モフモフはどこ行った？

「……なぜに」

あまりに驚くと人は、思考能力が著しく低下するらしい。

見知らぬ男の腕枕で目を開けた僕を、相手もじっと見つめ返している。その翠玉の瞳が、意識を失う寸前に見た、あの目だと気づいた。

「ようやく起きたか」

低い声。太陽のような金髪に、真夏の森林を思わせる緑の瞳のその男は、彫像みたいに凛々しく整った目鼻立ちの、かなりの美男。

と、認識したと同時に、鋼のような腕にがっちりと抱きしめられた。

「むぐっ」

空気漏れみたいな声が出て、男が喉で笑う。

いったい僕は、なにをされているんだ？

ここに至ってようやく、離れなければという拒否反応が目覚めた。が、それを察したかのように、急に男の顔に獰猛《どうもう》さがにじむ。捕食寸前の獣のごとく、ニヤリと口角が引き上げられた。

「じゃ、ついでにヤっとくか」

「じゃ？」

相手の言葉を理解する前に、いきなり性器を押しつけられた。男の半ば勃《た》ち上がったものを、僕の性器に、グリッと。

なんで⁉　なんなのこの人⁉

驚きのあまり、躰が硬直してしまう。それをいいことに寝台に仰向けに押しつけられ、躰を重ねたままニヤニヤと見下ろされた。

……このところ、怒濤《どとう》の勢いで変転している僕の人生。

けれどこの事態は、度肝を抜かれるという点において頂点に達したかもしれない。

知らない国で放置されて、死にかけて。目覚めてみれば、いきなりブツを押しつけてくる屈強な変質者に、素っ裸で抱きしめられている。

ほんと誰。どこから出てきたんだ、この男は。この男もこの男の股間も、礼儀知らずにもほどがある。いや、「こんにちは」と挨拶されても、この行為は許せないけども。

……ところで僕……これまで他人の性器を見たことがなかったのだけど……まして興奮状態にあるものなんか、初めて見たのだけど……

……これが普通なの？

みんな、こんな凶悪な大きさなの？

組み敷かれたまま呆然と男を見ると、翠玉の目が細められた。

「余裕だな、元皇子アーネスト」

名を呼ばれた。この凶悪股間男は僕を知っているのだ。

「藍剛は報告書でお前をベタ褒めしていたが、奴の審美眼なんぞあてにならんから、話半分に読んでいたら――話以上だったな。顔も躰も、どこもかしこも、冗談みたいに美しい。どこもかしこも、な」

そう言った男の硬い指が、僕の性器をゆるりと握った。

「なっ！　なにすっ」

「ナニをするのさ。わかってんだろ」

「わかるか！」

驚愕と衝撃のあまり、躰の硬直が解けた。不埒な行いを止めるべく、すぐさま反撃に転じる。

が、悲しいほど非力な僕……。ポカポカと相手の肩を叩いても、鎧のような筋肉に覆われた躰はビクともしない。これではまるで、ジェームズの肩を叩いてあげたときみたいじゃないか。

あ……ダメだ。

なんだかまた、視界がぐらんぐらんと揺れてきた。お爺ちゃんの肩たたき程度の抵抗すら、もう無理。ぐったりと力を抜くと、男はさらに笑みを深めた。

「おう。さすが、動じねえな」

違う！　動じすぎて動けなくなったんだ！

「やっぱ相当に遊んでたんだろ？　このお綺麗な顔と躰で、どんな奴も思いのままに。エルバータは性風俗産業もお盛んだったし、王族が率先して楽しんでたもんな。お前は買うほうだったのか？　それとも、その美貌《びぼう》で貴族どもを手玉に取ってたか？」

……ごめん。なにを言ってるのか、ちょっとわからない。

「おいおい、無反応じゃ寂しいじゃねえか。ちょっとくらい愛想良くしろよ、俺はお前の命の恩人だぜ？」

……恩人、だと？　この無礼な凶悪股間男が？

馬鹿を言うな。僕を救ってくれたのはお前なんかじゃない。

僕が眉根を寄せると、それをどう受け取ったのか、男は整った顔を歪めて笑った。

「お前も、俺たちのような『所詮ケダモノで毛むくじゃらの醜い大男』が相手じゃ、不服ってわけか」

ん？　その台詞、どこかで聞いたぞ。えーと……。ダメだ。頭もぐわんぐわんする。

だが聞き捨てならない言葉があった。これだけは、どうしても抗議しておかねばならない。頑張れ僕、全体力と気力を振り絞れ。恩人のために。

「き、聞ケ、コノヤロウ！」

あう。勇ましく言おうとしたのに、乱暴な言葉を言い慣れないからカタコトになってしまった。

男が眉をひそめている。

「なんだ？」

「毛むくじゃらを馬鹿にするな！」

「はあ？」

「ぼ、僕を救ったの、は、礼儀知らずの股間を持つきみなんかじゃない……モフモフだ！」

「……はああ？」

ううぅ、気持ち悪い。目眩《めまい》と頭痛でつらい。

もうこのまま失神したいけど、言ってやる。言ってやるぞ。

「お、恩人……恩獣の、モッフモフを、ケダモノ呼ばわりする者は、市中引き回しに……そんなことしないけど……」

もう自分の言ってることさえもよくわからない。クラクラしている僕を、男は目を丸くして見ていたが、急にプッと吹き出した。

「モフモフって、お前」

「モッフモフだ！」

「どっちでもいいけど。それって、これだろ」

その瞬間、金色の光が舞った。蛍の群れが飛び出したみたいに。驚いて反射的に閉じた目を、おそるおそるひらくと。

「……ほえ⁉」

変な声が出た。

僕を見下ろしているのは、あの男ではなく――巨大な金色の虎に、なっていた。

翠玉の瞳の。モッフモフの。

ぽかんと口を開けたまま、僕は金色の虎をまじまじと見つめた。今の今まで、凶悪股間男だったのに。キラキラしたと思ったら、巨大な虎に変わってしまった。

これは……これが……あれか。あれなのか。

耳や尻尾だけじゃなく、全身の獣化《じゅうか》。獣人の、全身の変容。

すごい。すごい！　初めて見た……！

興奮のあまり、無意識に手をのばしていた。翠玉の瞳に見つめられながら首の横辺りに触れると、モッフリと手首まで埋まる。うわあ、うわあ！

「おおぉ……モフニャン再び……！」

あたためてもらっていたとき、モフモフを大きな猫と思い込んでいたので、ついそう漏らしてしまったのだが。

『ニャンってなんだ、コラ』

ビン、と弦を弾いたような響きの声に驚き、手を引っ込めた。

とっさに虎の顔を見ると、からかうように揺らした尾を、僕の胴に巻きつけてくる。

……なんてことだ。尻尾まで太い、長い、モフモフ……！

思わず毛並みに沿って撫でてしまい、おまけにポフッと掴んでしまったけれど、大目に見てくれたのか怒られなかった。

なので、調子に乗って匂いを吸う。モフモフって、どうして吸い込みたくなるのだろう。

「あれ。埃《ほこり》くさくない」

『吸うなコラ』

完全に獣化《じゅうか》すると、独特の響きの声になるんだな。

僕は引き続き、虎の全身を眺めまわした。

本当に、大きい。信じられないくらい、大きい。体長はおそらく僕の身長の倍以上ある。ちょっとした岩が置かれたみたいな威圧感と存在感だ。

だから相対的に頭部も大きくて、元の顔の五つ分くらいありそう。僕を見据える目も、ときおりガルルと唸りながら牙を剥いてくる口も、鼻も、いちいち大きい。

それに毛並み。なんと言っても毛並み。

僕は生きた虎は見たことがなかったけど、ダースティンの屋敷には昔、年代物の虎の敷物があった。幼き日の僕がそれを見るたび泣いたとかで、屋根裏部屋にしまわれていた物を見たのだが。

あの気の毒な虎の毛は、オレンジ色だった。

でも目の前の虎は、蜂蜜《はちみつ》みたいにつやつや輝く金色。

そして毛も長くて、長毛の猫みたい……と言ったらまた怒られそうだから、言わないけど。とにかく動くたびに金の毛並みの艶やかさが際立って、本当に、すごくすごく、

「綺麗だあ……！」

心からの感嘆の声が出た。きっと頬も紅潮している。もう大コーフン。

だってモッフリつやピカの巨大な虎だよ!?　そんなのかっこいいに決まってる！

今度は僕のほうが変質者と化して、ハァハァしながら手をのばし、もう一度モフモフを堪能させてもらおうとしたのだけど……

『……不気味だと、思わないのか？』

困惑したように、金の虎が言った。

僕は目を見ひらいて彼を見る。

「なぜ？　こんなに神秘的で美しくて、かっこいいのに？」

『だが……』

「それより、その声はどうなってるの？　どうやって喋ってるの？　それにそれに……」

コーフンし過ぎて身を乗り出し、そこでようやく、緑の目がジーッと僕の躰を見つめていることに気がついた。同時に自分が素っ裸であることも思い出す。

相手が虎になったから油断していた！

「その卑猥《ひわい》な視線やめ！　威厳《いげん》も格好よさも台なしだぞ！」

あわてて躰に掛け布を巻きつけながら抗議すると、虎は楽しげに目を細めてから、再び人の姿に

戻った。金髪の、腕もお腹も筋肉バキバキの屈強な青年の姿に。

人の姿になってもかなりの長身だ。そういえばカンギ王女も、僕より背が高かったし逞しかった。

「俺が格好よくて、威厳《いげん》があるって？」

「きみじゃなく虎がね」

「フッ」

男は目を眇めて笑った。

認めたくないけど、やっぱりイケメン。眉はキリッとしているのにタレ目がちで、大きな口で笑うと愛嬌《あいきょう》が増す。だが、しかし。

「どうして股間を隠さないんだ」

片膝を立てて座る相手に文句を言うと。

「いいじゃん、どうせこれから使うんだから」

「使わない！　……えっと、ところできみは、どちら？」

「は？」

「カンゲツ王子か、セイゲツ王子か。どちらかなんだろう？」

尋ねると、「ああ、そこまでは気づいていたのか」と意外そうな声。

そりゃあ、最初は混乱したけど……僕の身許《みもと》を知る虎の獣人で、ランゴウ将軍を呼び捨てにして、彼から報告を受ける立場といえば。鈍くさい僕でも、さすがに気づ、く……

あ。いきなりボフッと躰が寝台に倒れた。

そうだった。コーフンのあまり体力が暴走していたけど、僕の躰は今、限界まで弱っていたのだった。いきなり体力が空っぽになって、寝台に貼りついたみたいに躰が動かない。

「なにやってんだ、お前」

男が不思議そうに訊いてくる。なにと言われても……

答えられずにいると、未だ股間を隠さぬ王子もようやく、僕の異変に気づいたようだった。

「待て待て、回復したんじゃなかったのか⁉　なんでそんな急に倒れて、おいっ！」

「なにをしている、寒月《カンゲツ》」

叩きつけるような声がした。

「おい青月《セイゲツ》！　こいつ死ぬ⁉」

そんな簡単に死んでたまるか――とは言えない自分が情けない。

重いまぶたを開けると、新たに覗き込んできた男と目が合った。

いつのまにか部屋に入ってきていたその男は、サラサラした銀の髪に切れ長の青い瞳。精緻《せいち》で冷徹な印象の顔立ち。職人に隙なく彫られた氷像みたいで、こちらも迫力の美男だ。

そうか……金髪がカンゲツ王子で、この銀髪がセイゲツ王子。

この二人が、エルバータで暴れ回った双子王子か……。何だか現実味がない。

ぼーっとセイゲツ王子を見上げていると、彼は無表情のまま、大きな手のひらを僕の額にあてた。

そうして少し間をおいて、

「すげえ熱なんだが」

「マジか。目が覚めたから治ったもんだと思い込んでたぜ」

「俺らと一緒にすんな、馬鹿が。こんなひ弱い奴、そう簡単に治るか。ていうかてめえ、ちんこしまえ」

よく言ってくれた、セイゲツ王子。

しかし、セイゲツ王子は真っ当な発言をしただけなのに、なぜかカンゲツ王子は苛立たしげに舌打ちをした。

「はあ？　なんでてめえに指図されなきゃいけねえんだよ」

対するセイゲツ王子のほうは、表情を変えずに一瞥し。

「親父が呼んでいると、何度言われれば通じるんだ？　その空っぽの頭には」

「うるせえ。かったりぃ会議なんざ知ったことか。どうせこの交渉官サマが参加するまで、大したことはできねえじゃねえか」

「その死にかけの交渉官を、てめえがさらに瀕死《ひんし》状態に仕上げたら、いつまでたっても会議は進まないだろうが。いいからさっさと行け」

「指図すんなと言ってんだよ、クソ虎！」

「さっさと行けと言っている、クズ虎」

次の瞬間、双子は突然、虎の耳と尻尾とを出現させた。

わぁ、トラ耳可愛い♡　……なんて和んでいる場合ではなかった。

互いに凶暴な牙を剥き、グァルルと唸り声を上げながら睨み合うそのさまは、実力の拮抗《きっこう》した猛獣が、相手の喉笛に喰らいつく隙を狙って睨み合うごとく。

空気が張り詰め、同じ空間にいるだけで息苦しくなってくる。

なぜにこの双子は、ちんこの話から、殺気立つほどの兄弟喧嘩に発展しているのだろう。兄弟ってこれが普通なの？

そしておそらく忘れられている僕。ここに病人がいます。ただでさえしんどいんだから、さらに心臓をドキドキさせないでほしい。

「うぅ」

弱々しく呻いたら、双子が同時に動きを止めて、綺麗に左右対称の動きで僕を見た。殺気も綺麗に引っ込めて、二人して覗き込んでくる。そうしてカンゲツ王子が、「ったく」と頭を掻いた。

「しゃーねえ、親父んとこ行くついでに、医師に声かけてくわ」

「ああ」

ぼんやり見上げる僕と目が合うと、カンゲツ王子はニッと笑って。セイゲツ王子が衝立に掛けてあったガウンを放ると、それを受け取って着る……のかと思ったら、肩に羽織っただけで肝心の部分は隠れていない。

「おい、抜け駆けは許さねえからな、青月」

カンゲツ王子はそう言い残し、大股で部屋を出て行った。抜け駆けってなに。

そしてそこでようやく僕は、この部屋の天井がものすごく高いことに気がついた。虎の姿になったときのため、だろうか。立ち上がったらかなりの高さになるはずだもんね。

目覚めてすぐカンゲツ王子に変態行為をされたおかげで、周囲を観察する余裕もなかったけど……今も体力的に余裕はないけど……とても興味を惹かれる建築様式だ。

エルバータの王侯貴族の城や屋敷は大概、大理石の床で壁には肖像画がズラリ、天井には宗教画が描かれ、隙間を埋め尽くすように金銀をあしらった緻密《ちみつ》なレリーフが施されている——というのが基本らしい。

ウォルドグレイブ邸はもっと質素だったので、ジェームズが「このお屋敷は木目と空間の美しさを生かしているのです」と言いながら、他所の平均的な内装や建築様式などを教えてくれた。

正直に、「うちはそんなにお金ないから」と言ってくれてもよかったのに。

それはさておき、この部屋は天井に立派な木の梁《はり》が組んであったり、大きな丸窓があったり、衝立は緻密《ちみつ》な透かし細工が施されていたりと、目新しいものがたくさんある。

異国に来たのだなあと改めて実感した。ほかはどうなっているのだろう。回復したら見学させてもらえないかな……

考えを巡らせていたら、セイゲツ王子もなにも喋らないので、束の間しんと静かになった。

そこへ遠くのほうから……

「もう！　寒月様ったら！」

あわてた様子の女性たちの声が響く。女官だろうか。

もしかして、股間丸出し状態で出くわしてしまったのでは。しかも勃《た》ったままだったし。そりゃあ、女官たちが悲鳴を上げるのも当然だよ……気の毒に。

と、思っていたら、大きな笑い声が上がった。

「あっはっは、フラれちゃったのですか？」

「もったいない！　宝の持ち腐れもいいところ。よろしければソレ、私たちがお世話してさしあげましょうか」

賑やかな笑い声に続いて、カンゲツ王子の上機嫌な声。

「世話してほしいのはどっちだ、偉そうに。欲しけりゃ色っぽくお願いしな！」

再び笑い声が上がって、賑やかなやり取りが、歩く速度で遠ざかっていった。

……えっと……

興奮性器丸出しの王子が歩き回っていても、ここの女官は動じないんだな……

別の意味でクラクラしていると、セイゲツ王子と目が合った。

彼はカンゲツ王子などどうでもいいらしく、ずっと僕を観察していたのだ。無言で。無表情で。

カンゲツ王子ほど奔放ではないようだけど、この人はこの人で圧が強いな。青玉の瞳と銀の髪はとても綺麗で、海に降る雪みたいだけど。

「……セイゲツ王子……？」

あまりに無言なので、おちおち寝落ちもできず、名を呼んでみた。すると。

「青月」

「え？」

「発音が違う。セイゲツではない、青月だ」

おお……それ、今言う？　いや、頑張ってみるけども。

「セイ、ゲツ」

「青月」

「セ、せいげつ……青月」

「そうだ」

ちゃんと言えたらしい。嬉しい。忘れないうちに繰り返してみた。

「青月、青月、青月。……カンゲツ王子は？」

「あいつはどうでもいい。馬鹿でもハゲでも好きなように呼べ」

それやったら、怪我するのは僕じゃないか。僕は浅く息をつきながら尋ねた。

「ダイガ文字には、ひとつひとつ意味があると習ったよ。『青月』には、どういう意味があるの？」

すると初めて、青月王子の表情が変化した。少し顔をしかめて、

「大した意味はない。じき医師が来るから、眠っていろ」

うん。ぜひそうさせてほしい。ぐったりと目を閉じると、まぶたの向こうで銀色の光が舞った。

あわてて見れば、今度はそこに、銀色の虎。

「……わぁぁ！」

綺麗。綺麗！　カンゲツ王子のときも感激したけど、銀色に輝く虎も最高にかっこいい！　向こうは華やかで、こちらは凛と気高い感じ！

僕は横たわったまま、震える手をモフモフへのばした。すると青月王子がドスンと寝台に跳び乗

り、掛け布にくるまった僕に身を寄せ横たわる。

「モフモフ……」

顔を埋めたら、たちまち脱力。

「……なぜ虎の姿を見せてくれたの？」

ぼんやりしながら問うと、

『この姿のほうがあたたまるかと。ずっと寒月と交代であたためていたから』

「え。そうなの？」

そうだったのか。二人がかりで……

カンゲツ王子にはああ言ったけど、二人が僕の命の恩人であることは間違いない。あとでちゃんとお礼を言わなければ。

「……青月」

半ば寝ぼけて発音の練習をしたら、『なんだ』と返ってきた。

せっかくだから、もう一度尋ねてみる。

「ダイガ文字で、どういう意味？」

少し間をおいて、弦を弾くような声が答えた。

『青い月。青く光る月という意味だ』

「わあ、綺麗だねぇ……きみによく合ってる」

するとなぜか、息を呑む気配。

でもう目を開けられなくて、ふわふわと意識を手放しながら、もうひとつ訊いてみた。

「カンゲツ、は？」

『……完璧なケツ毛』

そこで僕は深い眠りに落下した。

◇

ダイガ王国に来た途端に死にかけるという予想外の事態に陥った僕だが、双子王子の手厚いモフモフを……もとい看病を受けたおかげで、命の危機は脱した。

とはいえ、生来の虚弱体質。回復しかけては倒れたり、熱がぶり返して急上昇したりするというのは、僕にとっては珍しいことではない。

しかし頑健《がんけん》な双子王子にとっては、驚愕の事態のようだった。

僕には一応、客間が用意されていた。だが僕のあまりの虚弱っぷりに、「マジかよ」と恐れをなした双子は、引き続き自分たちの寝台で一緒に眠るよう、僕に命じてきた。

意識不明だったときはまだしも……いくら僕がモフモフ好きでも、さすがにそれはおかしいだろうと指摘すると。

「俺らが呼びつけた交渉役が、交渉前に王女《歓宜》に殺されたなんて話になったら、いろいろ面倒なことになんだよ！」

「そう、その通り。だから完全に回復するまで、俺たちが見届ける」

寒月王子と青月王子は仲が悪そうなのに、こういうときは意見が合うらしい。

二人の目には僕が、今すぐ死んでもおかしくないほど重篤《じゅうとく》に映っているのだ。戦で大暴れしていたという二人を、ひ弱な僕が戦々恐々とさせているなんて、奇妙な話だよね。

「だとしても、王子殿下方と一緒の寝台で見届けられる必然性は、感じないのだけど……」

「お前になくても俺らは感じるんだから、いいんだよ」

寒月のその言い分に納得はいかずとも、世話になっている身であれこれ文句も言えず。だから二人が獣化《じゅうか》した状態ならば、一緒に寝てもいいという条件付きで承諾した。

すると二人からも、ひとつ条件が出された。

「敬称はいらん。呼び捨てにしろ」


そんなわけで、改めて双子に添い寝されながらの療養生活が始まった。

いいのか、これで。という自問自答は常にありつつも……回復しないことには何も始まらないから、今できることをするしかない。病床でもできること。それは。

「醍牙《ダイガ》王国《オウコク》の王都は、満皐《ミツサツキ》。王城は黒牙城《コクガジョウ》。……どう？」

『ああ。すごく上手くなった』

「やったあ！」

青月の寝台で、獣型になった彼にもたれながら、おぼえたばかりの発音を披露すると、銀の虎が満足そうに瞬きした。あ、小さくゴロゴロ鳴ってる。

昔から、寝込んでいるあいだでも比較的調子の良いときは、ジェームズから勉強を教わったり、領地に関する資料を読んだりしていた。

だから双子にも、なにか醍牙について教えてほしいとお願いした。

青月からは、特に醍牙語の発音を教えてもらっていて、だいぶコツをつかめてきた。

「国王様のお名前は、盈月《エイゲツ》陛下。青月たちの姓は、黒嶺領《コクレイリョウ》。王族が所有する領地の中で、最も重要な場所の地方名に、『領』をつけて呼ぶ習わし」

『そう。王族を外れた者は、母方などの好きな姓を名乗る』

青月の話にうなずきながら、室内を見回した。

彼の部屋は醍牙調。大きな寝台は黒胡桃《くろくるみ》の天蓋《てんがい》付きでエルバータ風だけど、そのほかの机や椅子、書棚に衣装箱などの家具は、飾り気よりも木そのものの風合いと実用性を重視した純醍牙製。

階段箪笥《かいだんだんす》という物に言われるがまま乗ってみたら、本当にしっかり階段の強度があって驚いた。

面白い！

窓や壁面装飾に使われている障子《しょうじ》も、凛とした佇まいで美しい。抄《す》いた紙を貼られた行灯《あんどん》は、木枠が三日月のかたちになっていたり、細かな意匠《いしょう》が施されている。

「僕、醍牙のデザインすごく好き」

『気に入ったなら、部屋ごとやるぞ』

真面目な虎顔でなに言ってるんだか。

無表情なのにゴロゴロ音は大きくなっているというアンバランス。

少し疲れたのでモゾモゾと横になり、銀色の毛に顔を埋めた。そして当然吸い込んだ。

「ぷはー。いい匂い」

満足いくまでモフモフしてから顔を上げて笑うと、青い目がまん丸く見ひらかれて、大きな口もちょっとひらいていた。

『……お前は本当に変わっているな。ちっとも俺たちを怖がらないし、嫌がらない』

なんだか照れているように見えるのは、気のせいだろうか。

「変わっているのは、きみたちのほうだと思うよ？　敵国の元皇子を、こうして手間暇かけて面倒見てくれるなんて。どうしてそんなに親切にしてくれるの？」

交渉役を生かしておく必要があるとしても、僕は厚遇《こうぐう》されすぎていると思う。

青月は答えあぐねたように口だけ動かしていたが、急に僕の首筋に鼻面をくっつけた。

「あはは！　冷たいっ」

くすぐったくて首をすくめると、青月はゴロゴロ喉を鳴らしながら『匂いが』と言った。

『やっぱり似てる』

「匂い？　香水とかはつけてないけど……何の匂い？　もしかして汗くさい？」

『いや、すごく良い匂いだ。独特の。清々しい花みたいな』

「そ、そう？　自分ではまったくわからないけど」

『俺たちは鼻が利くから』

なるほど。でも匂いと厚遇《こうぐう》の関連性は不明のままだ。

さらに尋ねようとしたとき、青月が舌打ちした。同時に継ぎの間の向こうで扉がひらく音がして、丸い洞門風の出入り口から寒月が入ってきた。

「おっ、起きてるな、アーネスト。じゃ、俺の部屋に移動しようぜ！」

金の髪をかき上げて、ニッと笑った寒月に、銀の虎が牙を剥いた。

『まだ寝ている。無理をさせるな』

「んだと？　どう見ても起きてるじゃねえか。てめえはひとりで寂しく寝てろ」

人型の寒月まで、犬歯を伸ばして唸り出す。この二人、毎回この調子なのだ。思えば最初から、ちんこが元で喧嘩になっていたし。

そういえば、『寒月』の意味は『完璧なケツ毛』ではなく、『冴え渡る冬の月』だった。だいぶ違った。それが原因で双子はまた大喧嘩していた。

最近の兄弟喧嘩の主な原因は、僕だ。

二人の寝室で交互に世話になっている僕は、だいたい一日おきに部屋を移動させられているのだが、その都度彼らが迎えに来て、喧嘩して、それが終わるのを待ってから、だ、抱っこで……いわゆるお姫様抱っこというやつで、運ばれる。長い廊下をずーっと。

女官や警備兵たちに……

「これから寒月殿下のお部屋へお引っ越しですか、アーネスト様」

「早くお熱が下がりますように！　おやすみなさいませ」

なんてニコニコ顔で挨拶されながら。

正直、抱っこはやめてほしかった……恥ずかしいし気まずいし。お城の兵士や使用人たちも、最初は怪訝《けげん》そうに不快そうに僕を見ていた。

当然だよね。自慢の王子二人が、エルバータの元皇子なんかを抱っこしていれば。

でも、そうして顔を合わせる機会が多かったことが幸いして……

僕のほうから積極的に、お城の皆さんに挨拶したり話しかけたりしていたら、十日ほどたった今では、皆さんのほうからも笑顔で話しかけてくれるようになった。

抱っこされたまま懸命に話しかけてくる病人を見ているうちに、友達がいない子を見るごとく、不憫《ふびん》に思ったのかもしれないが。僕に友達がいないのは事実なので、打ち解けられる要因になったなら幸いだ。

こんなふうに過ごすのも、体調が回復するまでだろうけど。短いあいだでも、顔を合わせる人たちに嫌な思いをさせたくないものね。

「おーし、じゃあ行こうぜアーネスト！」

考えごとをしているうちに、兄弟喧嘩が終わっていた。

寒月に抱え上げられながら青月に礼を言うと、人型に戻って肩をすくめている。

はあ……すっぽんぽんでも、聖堂の石像みたいに絵になるのだなあ。……なんて、つい見惚れてしまう自分が恥ずかしい。

でもこの双子、本当に格好いいんだよね。女官たちからも大人気みたいだし。

……モテ人生、か……。僕は一生経験しないまま終わるのだろうな。

ちょっと遠い目をしながら廊下を運ばれていたら。

「アーネスト。ぶっちゃけ、俺と青月の部屋、どっちが好きなんだ？」

そんなことを寒月が訊いてきた。喧嘩のあとだからか、ちょっとふてくされてる。完璧な美形のくせに子供みたいで、少しだけ可愛い。……少し、だけ。

「どちらも好きだよ」

そう言ったのは社交辞令じゃなく、本音だ。

寒月の部屋も醍牙調なのだけど、周辺国の文化も取り入れて、より多国籍な雰囲気になっている。女官が活けた花と鮮やかな牡丹《ぼたん》の掛け軸が飾られているくらいで、装飾にこだわりがないらしきところは二人に共通しているけど。

寒月の部屋の、窓や椅子や衝立などの精緻《せいち》な透かし彫りは、それだけで立派な芸術品だ。実用的でありながら、重厚さと奥行きを増す要素にもなっている。

ただ寒月は、丸枠の雅な棚に無造作になんでも置くので、高級な茶器と共に食べかけのお菓子が鎮座《ちんざ》していることもあったりする。

ちなみに寝台も、本来は青月のものと同じ型で天蓋《てんがい》付きだったものを、寒月が「いらねー」と外させてしまったらしい。

だから彼の寝台に寝転がると、立派な梁《はり》が組まれた高い天井をよく観察できる。

「好きって……部屋か」

「そうだよ？」

だって部屋の話をしていたよね？　と首をかしげつつ、自分の言葉を思い返す。

『どちらも好きだよ』って……。途端、頬がボッと熱くなった。

「部屋の話だよ！」

ムキになって強調したら、寒月まで「わかってるって！」と目元を赤くした。

なに。なんなのだ、この流れ。

おかしな空気と急に訪れた沈黙に、なぜかドギマギしていたら、寒月がじろりと僕を見た。

「お前、エルバータに婚約者とかいないよな？　将来を誓った相手とか」

「い、いないよ？」

「そうか。よし！」

なにが『よし』なのか。寒月はひとりで勝手に納得している。

そういえば……婚約者といえば、双子は異母姉たちを娶《めと》るのだったよね。どちらがどの姉を娶《めと》るのだろう。それとも二人とも？

僕にとって、恋愛の話はいつだって他人ごとで、幸せそうな恋人たちを見ても、妬《ねた》む気も羨む気も起こらなかった。それくらい別世界の話だった。

でも今は……胸のすみっこが、チクッとする。この双子が異母姉たちを娶《めと》るのだと考えだけで、心にチクッと棘が刺さったみたい。なんだろう、このチクッは。

急に宿った違和感を持て余し、僕はその『チクッ』を忘れることにした。

忘れようと自分に言い聞かせた。

深く突き詰めて考えたところで、むなしくなるだけのような気がしたから。

そうしてチクッを忘れようと努めたあまり、寒月が言った『よし！』の意味を尋ねることも、スコンと忘れてしまっていたのだった。

◇

奇妙な療養生活を送ること、実に二十日。

体調はほぼ回復した。すごい。僕としては驚異的な早さだ！

……周囲の人たちは、そうは思ってくれなかったけどね……

産声も上げずに生まれた僕は、産婆《さんば》に逆さに振り回されて、ようやく「ひぇっ」と悲鳴のような泣き声を上げたという、誕生の瞬間からこの年まで何度も死にかけてきた、筋金入りの虚弱体質なのだ。「なのだ」と威張れることではないが。

だから高熱を出そうものなら、ひと月は床に就くのが普通だったし、今回は本当に順調な回復と言えるのに。いくら説明しても、双子や世話を焼いてくれた女官たちは、「そんな馬鹿な」と信用してくれない。

そういえば、何度もお見舞いに来てくれていた藍剛将軍も。

「アーネスト様にもしものことあらば、藍剛は切腹《せっぷく》して執事殿に詫びまするー！」

おいおい泣いて大騒ぎし、余計にみんなに僕の死を覚悟させていた。醍牙人はとても頑健《がんけん》な人が多いようだから、僕のひ弱さが際立つのだと思う。

ちなみに僕が街道に置いてけぼりにされたとき、双子がすぐに駆けつけてくれたのは、藍剛将軍のおかげだった。焚き火の処理をする際に狼煙《のろし》を上げさせ、合図を送ってくれたんだって。

そして僕が倒れていた場所は、焚き火跡からさほど離れていなかったらしい……

僕はそれを聞いたとき、下がりかけていた熱がぶり返したくらいショックを受けた。ものすごく頑張って歩いたつもりだったのに！

それはともかく、歓宜王女はあのとき、『弟たちの手に落ちたなら、私がどれだけ情け深かったか、思い知ることになる』と言っていた。

でも実際には、双子は僕を助けに来てくれた上、手厚い看病までしてくれた。巨大なモッフモフに埋もれて眠るのは本当に心地よくて、心身共に癒やされた。

最初はいつまでも添い寝してもらうことに抵抗感があったけれど、今回の僕の順調な回復は、モフモフのおかげに違いないと考えを改めている。それくらい安心して躰を休めることができた。

たぶん、知らないうちに、緊張し続けていたんだな……。ダースティンを出てから、ずっと。

でも双子のおかげで元気を取り戻せたし、口は悪いけど親切な王子様たちだと思う。僕に害意を持っているという印象も受けないし。不思議なほど。

だからこそ、王女の言葉が謎なのだが。他者を脅すためだけに嘘をつく人には見えなかったから。

何からどう考えれば良いものかと、ゆっくり思案する暇もなく。

いよいよ僕は今日、『講和会議』に出席する。

――が、ここに至って、双子の態度が変わった。

第二章　講和会議にて

停戦交渉は、勝敗が決したあともエルバータ各地で起こった、単発的な抗戦を抑え込むためのものだった。戦火を拡大するよりは、皇帝《父上》の口からエルバータ国民に向けて、完全降伏の勧告をさせたいと醍牙側は考えていた。

そのためには両国間の合意条件をまとめる必要があったわけだけど、なんの知識もない僕が交渉官に指名されたのは、捕らえそこねた皇子を呼び寄せるためでもあったろう。

家族を人質にしているから、指示に従い投降《とうこう》しなさいと。

でも何日もかけて醍牙王国にやって来た僕が、さらに二十日ほども寝込んでいたあいだに、事態は進展。醍牙はこれまでの皇政に不満を抱いていたエルバータ各地の首長たちを抱え込み、エルバータ人同士で話し合いをさせるなどして、諸問題をほぼ解決していた。

おそらくそうした首長たちとは戦を始める前から内通し、多角的に動いていたのだと思う。

結局僕はなんの仕事もしていないし、なんの役にも立っていない。

だからそろそろ、地下牢に入れられるのかなと覚悟を決めていたところへ、『講和会議に出席する』という役目を与えられたのだ。

といっても、エルバータに請求する賠償額だとか国土の扱いだとか、そういう諸条件に口出しできる立場ではない。

僕に命じられた任務は、『元皇族の弁護役』のみ。地下牢の虜囚《りょしゅう》となった父上たちや、幽閉《ゆうへい》中のヘッダ皇后たちの、今後の扱いについての弁護役。

正式な平和条約締結のためには、形式上、エルバータ側代表の意見が必要らしい。

「でも僕には、正式な弁護の方法がわからないし、皇族の系譜《けいふ》から削られていたらしいから、代表の立場にも相応しくないと思う。それでも僕でいいのかな？」

双子にそう訊いたとき、彼らは初めて、気まずそうに目を逸らした。それまではいつだって堂々として、興味深げに僕を見つめていたのに。

答えを待つ僕に、青月がぽつりと言った。

「――お前はなにも知らないのだと、歓宜が言っていた」

「歓宜王女が？　うん、確かにそう言われたけど」

こくりとうなずいて見つめ返すと、二人が「うっ！」と胸を押さえた。どうしたいきなり。

急に赤くなった寒月は、「ちくしょう、厄介な奴」などと呟きながらも、眼光鋭く言い放った。

「なんにせよ、これはお前が来る前からの決定事項だ。恨むなら、あの腐った皇族に生まれたことを恨むんだな」

講和会議は、王城の中央棟にある『灯華殿《トウカデン》』が会場になっていた。

そこは主に、外国からの使者との謁見や、各国の代表が集まる会議などに使われることが多いらしい。とにかく巨大な宮殿だ。

一歩中に入ると、まず驚くのが天井の高さ。エルバータの基準で言えば五階建てくらいの高さの天井で、思わず「ほえ～」と変な声を漏らしながら、首が痛くなるくらい見上げてしまった。

その遥か遠い天井から、ずらりと巨大なシャンデリアが吊るされている。

廊下から大広間まで一直線に、いくつも。あれひとつで、おいくらするのだろう……

大理石の床と、不思議な果樹や動物が描かれた極彩色《ごくさいしき》の壁との対比も実に鮮やか且つ壮観《そうかん》だった。

僕の目には何もかもが新鮮で、案内してくれた双子に「すごいね」と話しかけたけど……双子の態度はよそよそしいまま。視線も合わせずまともに答えず。昨夜からずっとこの調子。

いつもの二人なら、自分たちの国のお城を称賛されれば、誇らしげに「そうだろう」と笑ってくれそうなのに。

急な変化が不安で、寂しくて、そっぽを向いたまま歩く二人の袖をつまんでツンツンと引いてみたけど、ちらりと僕を見下ろした二人は、「うっ」「かわ……！」などと呻きながら少し顔を赤くしただけで、また黙り込んでしまった。

どうして……？　どうして急に、こんなにそっけなくなってしまったのだろう。僕、何か嫌われるようなことをしちゃった……？　どうしよう、思い当たることがない。

重石を抱いたような気持ちを抱えながら歩き続けるうち、僕らは灯華殿内の『審議の間』に至った。ここで僕は『弁護役』に挑まなければならない。

心細さが増して、今度こそ何か声をかけてくれるかと期待したけれど、双子は逡巡する素振りを見せたのも束の間、すぐに自分たちの席へと下がってしまった。

そうして僕は、すでに醍牙の臣下たちが座席を埋め尽くす広間の、エルバータ代表者席に、ぽつんとひとり取り残された。

出席者たちの座席は半円のすり鉢状に広がっていて、すべての座席から演壇の代表者がよく見えるようになっている。まるで劇場の舞台と観客席だ。

ざわめきと、優に百を超える獣人たちの視線が、僕めがけて突き刺さる。

ド田舎から出てきた僕は、こんなにたくさんの人たちと相対したことがない。痛いほど注目されて、内心すごくドキドキした。

なんだか……すごいどよめきが起こっているし……

「おお……！　あれが噂に聞く妖精の血筋の者か」

「なんと儚げで可憐《かれん》。眩しいほどにうるわしいな」

「まさに妖精。この世ならざる存在との評判は、大げさではなかった」

儚いとか、この世ならざるとか、聞こえてくる。きっと「今にも儚く消えそうなほど貧弱で、すでにあの世に逝っているような瀕死《ひんし》状態」とか言われているに違いない。

屈強な彼らから見れば、僕なんて鼻息で飛ぶ綿毛くらいのものだろうから。

心細くてついつい双子を頼りたくなり、最前列にいる彼らを見たけれど。二人とも腕を組んで両脚を前へ投げ出し、怖い顔をしたまま、まったくこちらを見てくれない。

うぅ。心臓と胃がキュウッとするよ、ジェームズ。

……いや、甘ったれていてはダメだ。

僕には大事な使命があるのだから、怯んでなんかいられない。気を強く持て。

そう、なにか気を紛らわせることを考えよう。えーと……

……？

なぜだろう。

目の前の机に、マルム茸が置いてあるのは。

茶器の横にお茶請けみたいに、キノコがひとつ置いてある。

あれ？　そういえば、行き倒れる前に拾ったマルム茸はどうしたのだっけ。双子が食べたのかな？　傷むともったいないから、誰かが食べたならそれで良いのだけど。

そう思いつつマルム茸をつまんだら、思いがけず抵抗があった。あれ？　あれれ？　これ、置いてあるのじゃなく……生えてる？　机から生えてる!?

「うそぉ」

思わず声がこぼれた。いくらマルム茸が『旅するキノコ』だからって、机から生えるなんてあり得る？　いや、木製だから絶対あり得ないとは言えないけど、でも。

頭から「?」を生やしながら、マルム茸の丸い傘をポヨンポヨンと突いていると、新たに会場内がどよめいた。

それにつられて顔を上げ、視界に飛び込んできた人たちを認識した僕は、ハッとして目を瞠《みは》る。

兵士たちに連行されてきた、囚人服姿の男たち。あれは――父上たちだ。……たぶん。

僕は父上とは、ごくまれに手紙のやり取りがあった程度で、直接会ったことがない。まれに手紙のやり取りがあった程度だ。

ただ、ウォルドグレイブ邸に飾られていた、母と父上が並んで描かれた肖像画の、あの絵の中の父上とよく似ている――と、思う。……たぶん。

今、目の前にいる人は、髪も髭もボサボサに伸びているし、絹と毛皮と宝石を山盛り身に着けていたあの絵からは、かけ離れているけれど……目や鼻のかたちは、よく似ている。

となると、父上のうしろにいるのが異母兄《あに》たちか。長兄のテオドアが三十五歳、次兄のランドルが三十三歳のはずだから、年頃で考えても合っている。三番目と四番目の兄は、子供の頃流行り病で亡くなっているはず。

顔はよく見えないけど……みんな思ったより、肉付きが良い。怪我をしている様子もない。少なくとも食事には不自由していなかったと見える。

続けて、賑やかな声が聞こえてきたと思ったら、逞しい女官たちが女性陣を連れて来た。こちらも絵の中でのみ見たことのある、皇后……いや、元皇后のヘッダだ。

そして三人の異母姉《あね》たち。三十四歳の長女のソフィは既婚者だから、双子王子との婚姻《こんいん》を命じられたのは、二十四歳のルイーズと、二十三歳のパメラ。この四人はひっきりなしに喚いていた。

「皇后の玉体《ぎょくたい》に触れるな、無礼者！　その程度の礼儀も知らぬか！」

「お待ちなさい、こんな大勢の前に連れ出されるとは聞いていません！　ならばドレスを着替えさせなさい！」

「屈辱だわ、髪も巻けていないのに……」

「ああもう、どうしてこう寒いのよ、この国は！」

……とても元気そうだ。緊張や心労で胃や心臓が痛くなるということもなさそうだなあ。

むしろ居並ぶ醍牙の臣下たちをあぜんとさせているのがすごい。父上たちまで引いてるし。

ジェームズの話と肖像画でしか知らなかった、皇族の人たち。

実際はどんな人たちなのだろう、顔を合わせる日が来たらどう感じるのだろうと、昔はよく想像していた。恨みつらみがこみ上げるのかな、それとも血のつながりや皇族であることの意味などを感じて、胸を熱くしたりするのかな……と。

だが実際は、自分でも拍子抜けするほど、なんの感慨も怒りもない。

強いて言うなら、世間話の中にのみ存在していた遠い親戚と初めて会ったという感じ。つまり初対面の他人のようなものだから、『初めて実物を見た！』という以外の感情が特に湧かなくても、不思議はないのだろう。

……税金を増やされたし、いろいろ意地悪はされたけど……

醍牙に国ごとコンテパンにされて、もう充分ひどい目に遭っているであろう彼らに、「あのときの税金、高すぎません⁉」などと追い打ちをかけても無意味だし。

そして――こうして父上たちを目にしたことで改めて、僕の家族はとうの昔に、ダースティンの領民たちになっていたのだと実感した。血は水よりも濃しという言葉は、少なくとも僕には当てはまらないようだ。

とにかく、皇帝一家勢揃いで、醍牙側からものすごい罵声を誘発しているわけだが。

女性四人は声をそろえて、

「「「「うるさい！　お黙りなさい！」」」」

怒鳴り返してるよ……。この人たちが相手じゃ、母も逃げるはずだよ。ほんとにまったく家族どころか、一片の共通点すら感じない。なんかもう、一周回って尊敬する。

ぽかんと口を開けて見ていたら、僕がいる代表者席の、斜め前に座らされた義母や異母姉たちと目が合った。途端、みんなそろってクワッと目を剥き、僕を指さす。

「その顔……あの女の息子ね⁉　そうでしょう！」

「アーネストだわ、あいつアーネストだわ、お母様！」

「ちょっ、どういうことなの⁉　ド田舎に隠れていた卑怯者のくせに、どうして牢に入れられもせず、そんな上等な服を着てそこにいるのよ、答えなさい！」

……。ハッ。いかんいかん。ちょっと遠い目をして意識を飛ばしていた。

僕は『元皇族の弁護役』として、この場に呼ばれたのだけど……この人たちなら、自力でどうにかできるのではなかろうか。

会場はまだざわついているが、エルバータの元皇帝と妻子がそろったところで、『講和会議』が始まった。

僕のそばには議長と補佐官たちが座っているのだが、その隣にいるのは誰だろう……足首まで隠れる長衣を纏った男性が、背筋を伸ばして座っている。

父上たちと僕の席は少し離れているが、父上が身を乗り出して、僕の顔を二度見三度見してきたかと思うと。

「おおぉ、ローズマリー……！」

母の名を呼びながら涙ぐみ、そのままフラフラとこちらへ来ようとしたところを、兵士たちに止められる。が、髭で涙を受け止めながら、震える手を僕へとのばしてきた。

「こんなにも美しく育っていたのだな、アーネスト。母と瓜二つではないか。これほど雅やかに成長しながら、辺鄙《へんぴ》な領地に閉じ込められて……さぞ苦労したであろう。父を恨みもしたであろう。だが父は、そなたを想わぬ日は一日たりとてなかったのだぞ」

滂沱の涙で盛り上がっているところを、申しわけないけども……別に閉じ込められていたわけではない。好きで引きこもっていたのだ。それに辺鄙《へんぴ》な領地のおかげで楽しく平和に暮らせていたし、戦に巻き込まれることもなかったし、恨むほど父上のことを知らないので普段は思い出すこともなかった。ジェームズは未だに根に持っているけどね。

父上と並んで座る異母兄たちは、好奇心と気まずさがない交ぜになったような表情で僕を見ていた。彼らも母のことをおぼえているのかな。

父上はまだなにか言いたげだったが、「黙って座っていろ」と兵士に制され、力なく木の椅子に腰をおろした。今の父上には、肖像画に描かれていた眼光の鋭さはない。王の装いを剥ぎ取られたら、ジェームズよりずっと頼りないご老人になってしまった。

一方、義母は、ものすごい形相で僕を睨めつけてきた。異母姉たちも血走った目を見ひらき、僕のことを頭からつま先までじろじろ見てくる。

彼女たちもなにか言いたそうだなと思っていると、立派な白髭をたくわえた議長が、咳払いして会議開始を宣言した。

「なお本日の議題は、エルバータ元皇帝のレオ・アントワーヌ・フロランタン・アルドワン三世と、その家族に対する、処罰の内容であります」

「まさに生き写しね。気味悪い子だわ」

えっ？　と、僕だけでなく議長も補佐官も、居並ぶ醍牙の臣下たちも、驚いて義母を見た。このタイミングでなにを言い出すのか。ちらりと視線を流すと、双子もぽかんと口を開けている。

皆の視線も困惑もおかまいなしで、義母は声を荒らげた。

「あの女は陛下を誘惑するために、ド田舎から帝都に乗り込んできたのです。そのくせ悲劇の主人公のように振る舞って、自分勝手に田舎に帰った。おかげでこちらは社交界で散々陰口を叩かれました。第二妃をいびり殺そうとした、冷血皇后だとね！」

肩を怒らせる義母に続いて、異母姉たちも「そ、そうよ！」と加勢した。

「お母様は、狭量《きょうりょう》で嫉妬《しっと》深い皇后だと、陰で批判されていたのよ！」

「容姿でも性格の良さでも、第二妃に劣るとね！」

「吟遊詩人《ぎんゆうしじん》がお母様を元にして、『世界一怖いうちの嫁』という歌まで作ったのよ！　どうしてくれるのよ！」

義母がギロリと娘たちを睨んだ。

「余計なことは言わなくてよろしい！」

「静粛に！」

議長が木槌を打ちつけた音で、呆気に取られていた僕もハッと我に返った。情報過多だったが、とりあえず『世界一怖いうちの嫁』という歌があることはわかった。

「元皇族の者たちは、発言を許されるまで黙っているように。では――本日はこの者たちの弁護の、最後の機会である。まず大神殿の沈睡《シンスイ》副神官長、どうぞ」

うなずいて進み出たのは、あの長衣をまとった人たちのうちのひとりだ。僕と目が合うと微笑んで、演台の前に立った。

三十代くらいかな？　醍牙の人としては細身だが、すらりと背が高くて、薄茶色の長髪に銀の額飾りが似合う、知的な印象。そしてよく通る声で、傍聴《ぼうちょう》する面々に訴えた。

「我々は充分、エルバータから財も国土も奪いました。元皇族を虜囚《りょしゅう》として、その権威も失墜《しっつい》させました。この上、この者たちの命まで奪う必要がありましょうか。ただでさえ我ら醍牙の民は、他国から『野蛮《やばん》な獣人』と非難されがちです。我ら神官が寛大な処分を望むのは、元皇族のためでなく、醍牙の民のためなのです」

この弁舌《べんぜつ》に、会議の参加者たちから不満の声が噴出した。が、一部の人たちは熱烈な拍手を送っている。沈睡さんと似た長衣を着ているから、神殿関係者なのだろう。

そして僕はこぶしを握り、やっぱりそうかと考えていた。

これは戦のあと始末。敵国の皇族を生かすか殺すかの、話し合いの場なのだ。

「なんですって！」

「ど、どど、どういうことです、なんなのこれは！」

義母と異母姉たちが顔色を変えて叫んだ。が、父上や異母兄たちは予想していたのか、無言でうなだれている。議長がまたも「静粛にー！」と木槌を連打している隙に、僕は双子に目を向けた。

双子は僕を見ない。怖い顔で、父上や義母をじっと見ている。僕の知る二人とは別人のような、冷たい目で。

議長が声を張り上げた。

「『エルバータの男性皇族は死刑。皇族派の貴族たちも同罪。女性は出家し、終生監視のもと修道神殿でのみ生きると誓えば、死刑は免れる』これまでの会議では、この提案に対する賛成意見が大半を占めている。神官たちのほかに反対意見はないものとして、議決を――」

そう。交渉役とは名ばかり。その前提でひらかれた講和会議。先例を見ても、そうなるだろうと覚悟はしていたけど……

寒月も、青月も、当然知っていたよね。僕が死刑になることを。

なのにどうして、助けてくれたんだろう。

どうして看病してくれて、モフモフであたためてくれて、醍牙のことをたくさん教えてくれたんだろう。もうすぐ処刑される人間に、教えても無駄だと思ったろうに。

――死刑にするため、生かしたの？

……胸が痛い。鼻の奥がツンとする。

しゃんとしろと自分に言い聞かせて、両手を固く握りしめたとき、ようやく双子と目が合った。二人とも、なにか言いたげに僕を見ている。どこかひどく痛むような顔をして。そのくせ怒っているような表情で。

ぼんやりと見つめ返していたら、ドドドドと荒い足音が聞こえてきた。

「ちょーっと待ったあぁぁ！」

ゼイハア荒い息をつきながら駆け込んで来たのは、藍剛将軍だった。なにやら書類を振り振り、「駆け込み！」と議長を見る。

「駆け込み！　飛び入り！　弁護させせい！」

「藍剛将軍……ど、どうぞ」

議長を怯ませる勢いで参加申請した将軍は、「かたじけない！」とうなずくと、僕の顔を見て、目尻を下げた。視界の端で、双子が安堵したように天を仰ぐ。

将軍は水をもらってひと息つくと、演台の前に進み出た。

「えー。弁護の機会を与えていただき、感謝する」

そう言って醍牙の臣下たちを見回すと、突然の将軍の乱入に驚いていた面々から、不満の声がいくつも上がった。

「藍剛将軍ともあろうお方が、傲慢《ごうまん》なエルバータ人の肩を持たれると!?」

「我が国がこれまでエルバータから受けた、数々の屈辱をお忘れか！」

途端、将軍がクワッと目を剥いた。

「誰が物忘れの激しいジジイじゃい！」

「えっ!? そ、そんなこと言ってな……」

「ええい、黙って聞けい！　喝《かつ》っ！」

得意の一喝で、一同「うっ」と口をつぐむ。将軍の喝《かつ》の威力はすごい。

拍手を送りたい気持ちを抑えて見惚れていると、将軍も僕に視線を寄こした。

「わしが弁護したいのは、彼のみ。アーネスト・ルイ・ウォルドグレイブ伯爵である。なお、ウォルドグレイブ家の爵位は未だ剥奪《はくだつ》されていないので、伯爵と呼ばせてもらおう」

え……僕、のみ？

一瞬、言葉を失った僕の代わりに、異母姉たちが抗議の声を上げた。

「どういうことです！　なぜ獣人が、アーネストだけを弁護するのです！」

「わかったわ。アーネスト、あなた国を裏切っていたのね！　母親のことで逆恨みして、こっそり獣人と結託していたのでしょう！」

「そうよ、そうに違いないわ。エルバータを売ったのよ！　だから特別扱いされているのね！」

えっと……ひとりずつ喋って？

困惑する僕の隣に、藍剛将軍が「やれやれ」と移動してきた。と思うと、虎の耳と尻尾、そして犬歯を出現させ、義母と異母姉たちに向かってグワッと牙を剥いた。

「「「ぎゃーーーーーっ!!」」」

四人分の悲鳴が『審議の間』に響き渡った。獣人の皆さんが一斉に耳を塞ぐ。

「ケモノーッ！　バケモノーッ！」

「気持ち悪い！　もういやあ！」

女性陣ばかりか、父上や異母兄たちまで、一緒になって悲鳴を上げて、椅子から転がり落ちている。我先に逃げようとしたところを兵士に遮られると、ひとかたまりになって抱き合い、震えながら泣き出した。もはや恐慌状態。

そんな元皇族一家を見ている出席者たちの表情が、どんどん険悪になってきた。バケモノ呼ばわりされたのだから、彼らが立腹するのは当たり前だ。

なのに、義母たちはまったく意に介さない。

僕はすごく驚いていた。

人から動物に変容できるんだよ？　こんな神秘的なことある？

これぞ奇跡だよ。不思議すぎるよ。すごすぎるよ！

なのにどうして、気持ち悪いなんてひどいことを言うのだろう。

それになにより、こんなにも……

「モフ耳、モフ尻尾……！」

僕はハァハァしながら将軍に手をのばした。双子の態度が急変したせいで、極度のモフモフ不足に陥っていたのだ。

藍剛将軍も虎の獣人だった。白い斑点のついた黒くて丸いお耳に、白みがかったオレンジの尻尾。老将軍にトラ耳と尻尾。意外にも可愛すぎる！

「モフモフー……」

無意識にさわろうとしてしまい、将軍と目が合った。モフモフ変質者から我に返って、「すみません」とあわてて手を引っ込めたけど……恥ずかしいぃ。ほっぺが火照るよ。

将軍は皺だらけの目を細めて破顔すると、元の姿に戻った。あぁ……まだモフってなかったのに……

「アーネスト様は、初対面のときから怖がらずにいてくれましたな。ダースティンの領民たちも、兵士たちがうっかり尻尾やら耳やら覗かせようとも、変わることなく友好的でした」

怖がらずに済んだのは、藍剛将軍たちが僕らを怯えさせないよう、細心の注意を払い接してくれたおかげだ。そう言うと、将軍は笑って首を振った。

「どんなに我らが心を砕こうと、無条件に気味悪がられることは多々あるのですぞ。このように」

将軍が示した先には、顔を引きつらせる義母たち。

そうか……。確かになにを恐れるかの基準は人それぞれだ。それは仕方ない。でも、何もしていないのに忌避《きひ》されるのは、傷つくよね……

将軍は、しんみりしている僕の肩を優しく叩いて、演台に戻った。

「そんなわけで皆の衆！　伯爵のご領地ダースティンは、エルバータの中でも特に、醍牙に対して友好的であった。そして領民たちは伯爵を深く慕っていたものだから、ほれ、この通り」

将軍は、持っていた書類を掲げた。よく見ると封書がたくさん束ねられている。

「彼の地に置いてきた部下どもを通じて、助命嘆願の文が山ほど届いておる。ダースティンの周辺地域からもな。文を読めば、ウォルドグレイブ家は不作や災害の折には援助を惜しまず、広く感謝されていたことがよくわかる」

僕の視線は、手紙の束に釘付けになった。

助命嘆願……？　ダースティンのみんなが？　あんなにたくさん、僕のために？

畑仕事で荒れた手で、慣れない手紙を書くみんなの姿を想像したら、ぶわっと涙が浮かんだ。唇を噛んで、どうにかこらえたけれど。

醍牙の人たちも、今は将軍の話を遮らず聴いてくれていて、将軍は「手紙の一部を紹介させてもらう」と、内容を読み上げ始めた。

「『将軍様。ローズマリー様は怖い皇后たちからいびり倒されて、命からがらダースティンに逃げ込んだのです。アーネスト様は帝都に入ることすらできませんでした。どうかご理解ください』」

「いびり倒されたですって⁉」

義母が反応して声を上げたが、将軍に睨まれて口をつぐむ。

「えー、それから……『アーネスト様を皇族と同様に罰したりしないでください。害のない方です。あんなに年中倒れてて、生きてるだけで奇跡なのです』そしてこっちは、『本当に皇族として扱われていたら、あんな質素な生活をされていなかったはずです。アーネスト様は蒸したジャガイモにバターを乗せたものを想像するだけで幸せになり、腹が膨れるのです。質素すぎます』」

それは胃腸をやられていたときのことだと思うけど……よくおぼえてるなあ。これを書いたのは料理長かな。将軍はまだまだ続けた。

「『不作の年には、私財をなげうち領民たちの食料を確保してくださいました。どこからそんな資金を捻出《ねんしゅつ》したのかと思ったら、陛下が送ってきた皇族の方々の肖像画を売っぱらったそうです。額のほうが良い値段で売れたとか。普通の皇族は、そんなことしないでしょう』」

ああ、そんなこともあった。大変な年だったけど、今となっては懐かしい。鼻をすすると、将軍も手紙を読みながら「うぐぅ」と涙を拭った。

そんな僕らを見ていた異母姉たちが、呆れた声を上げた。

「売っぱらったって」

「それ感動するところ？」

「ちょっと待ちなさい。皇族の方々って、わたくしたちの絵ではないの⁉」

父上も複雑そうに僕を見ているけど……醍牙の臣下たちも、ダースティンの領民たちの心のこもった手紙に感動したのだろうか。広間に不思議議な沈黙が降りる中、将軍は手紙の束を脇によけ、「ちなみに」と父上たちへ目を向けた。

「エルバータの民から助命を嘆願されているのは、ウォルドグレイブ伯爵のみである。拘禁中の元皇族と貴族に対しては、一切ない」

「うっ、嘘です！」

「そんなはずはないわ！」

声を上げたのは、義母たちだけではなかった。醍牙側からも、将軍に遠慮しつつ反対意見が出された。

「藍剛将軍。嘆願書の内容には笑いま……いえ、心を動かされましたが、伯爵も皇族である以上、例外をつくるべきではないのでは」

同意する声があちらこちらから上がる。すると将軍は、「まったく。若い者は短気でいかん」と言いながら、書類の山を目の前に置いた。

「まだ肝心な部分が残ってるんじゃからして」

「なら早く読んでくださいよ」

「今読むとこじゃろうがい！　黙っとれ、この青二才どもがあ！」

吠え猛る声が炸裂し、臣下の中には「キャイン！」とか「どっちが短気ですか！」などと悲鳴じみた声を上げながら、耳を獣化《じゅうか》させた者が多くいた。関係ない父上たちまで、「ひょぇぇぇぇ」とさらに震え上がっている。

ふと見ると、双子はそろってうつむき、肩を震わせていた。いや、寒月に至っては腹を抱えて笑っている。

……なんなんだろう。冷たい顔をしたり笑ったり。わけがわからない。

咳払いした将軍が、先を続けた。

「これは、伯爵の育ての親とも言うべき、執事殿からの文である」

「ジェームズの⁉」

思わず大声を上げた僕に、将軍はにっこり笑ってうなずいた。あの書類の山は、ジェームズからの嘆願書だったのか。

……ジェームズ。ジェームズ。

最後に号泣していた姿が思い出され、切なくて胸が痛い。

将軍も涙ぐみながら、「一部抜粋させていただく」と演台に向き直った。

「えー。『どうかアーネスト様の、咲き誇る藤の花より麗しい神秘の瞳に、塵など入らぬようご注意くださいませ。アーネスト様の涙目はキラキラと輝き過ぎて、我らは幾度、目を潰されそうになったかわかりません。若者に至っては鼻血を噴射する者が続出し、鼻血でそこらを汚されては掃除が大変ではないかと毎度説教したものです。さらに別途、天上の黒絹と見紛う御髪のお手入れ方法を記してありますので、どうぞご参照くださいませ。それから』……まちがえた。これは執事殿から預かった、伯爵に関する注意事項であった」

将軍は、呆気にとられる聴衆たちにかまわず、別の文を探している。

それにしてもジェームズは、なにを将軍に書いているのやら。思わず笑って、その拍子に涙があふれた。

と、醍牙の参加者たちから、突如「うおおっ！」とか「目があっ！」などとおかしな声が上がったかと思うと、「あ。鼻血出た」「ほんとに鼻血出たー！」などと騒ぐ者も続出した。

なぜ急に鼻血？　それになんだか、さらに強い視線をみんなから感じるのだけど？

「おそるべし。これが妖精の血筋の威力か……！」

「執事の注意事項、正確すぎる」

会場がざわつく中、それまで黙って見ていた双子がいきなり立ち上がった。

「うるせえ！　無闇にあいつを見るんじゃねえ！」

「潰すぞ」

寒月と青月の怒声が、空気までビリビリ震わせる。臣下たちが怯えた様子でうなずくと、舌打ちしながらまた腰をおろした。僕はそんな双子にびっくりして、涙も引っ込んでしまった。

なにをいきなり怒っているのだろう……ちょっと前まで笑っていたじゃないか。ほんとこの双子、わけがわからないよ。

父上と異母兄たちは双子の剣幕に真っ青になって震えているが、異母姉たちは、一転、頬を赤らめて二人を見ていた。

「ねえ、あれは誰かしら」

「趣《おもむき》の違う金髪と銀髪の美形なんて、絵画のようじゃなくて？」

「獣人にもあんな美形がいるとは知らなかったわ……粗野な男って、色気があるのね」

獣人を怖がっていたはずなのに、今や前のめりで双子を見ている。

将軍はそんな異母姉たちにもかまわず、「ああ、あったあった」と、お目当ての文を探し出した。

「では改めて、執事殿からの文より。『アーネスト様は、妖精の血筋の最後のおひとりです。妖精の血はこの世ならざる美貌《びぼう》を授けもしますが、お母上のローズマリー様のように、望まぬ婚姻《こんいん》や、世界一怖い嫁から醜すぎる嫉妬《しっと》を受ける危険もつきまといます』」

義母が額に青筋を浮かべて僕を睨んだ。世界一怖い嫁と、僕が言ったわけではないですよ？

「『さらに悲しいことに、みな様たいへんご病弱なのです。アーネスト様もまた、息をするように倒れたり、当たり前のように寝込んだりしながら、それは健気に懸命に、日々を重ねてまいりました。醍牙王国のみな様には、エルバータ皇族を憎む理由も、処刑したいと望む事情もおありでしょう。ですが『獣人』というだけで偏見や侮蔑《ぶべつ》の目に晒されてきたあなたたちが、妖精の血筋というだけで多大な苦労をされてきたアーネスト様に、さらに皇族の血を理由として死ねと仰るのですか？』」

広間は、しん、と、水を打ったように静まり返った。

将軍が紙を擦る音が、やけに大きく聞こえてくる。

「『それでもアーネスト様を処刑するというのであれば、このジェームズが必ずや、みな様を末代まで祟ってご覧にいれましょう』……まだまだあるが、とりあえずここまでにしとくか」

真剣な顔で耳を傾けていた人々が、祟りの辺りからざわつき始めたが、またも双子が立ち上がったので、ピタリと話し声が止んだ。

青月が議長に声をかける。

「議決をとる前に、選択肢を増やすことを提案する」

「どんな選択肢ですか、青月殿下」

「基本は変わらない。が、アーネストは例外とする」

息を呑んだ僕をちらりと見た寒月も、よく通る低い声でみんなに呼びかけた。

「面倒くせえ手間はごめんだ。とっとと決めるぞ」

そう言って、演台の藍剛将軍を睨みつけた。

「遅かったじゃねえか、藍剛！　また小便かよ」

すると将軍は困ったように、ふさふさとした眉尻を下げた。

「いや、確かに小便も済ませてましたがの。その、ちと問題が起こりまして」

「問題？」

眉をひそめた寒月に、二階席から「こら、脱線がすぎるぞ」と声がかかった。

僕はそのときまで気づいていなかったが、二階の、ちょうど双子を横から見下ろす位置に、貴賓席らしき一角があった。そこだけ別格の重厚な装飾で、柱や手摺りにまで金のレリーフが施されている。そんな席に座る人というのは、たぶん――

「おう、来てたのか、親父」

「寒月……父上と呼んでと言ってるでしょ？」

双子王子の父。つまり、この醍牙王国の王――盈月陛下。

王は座していてもわかるほど大柄で、筋骨隆々。寒月とよく似た顔立ちで、金の髪と緑の瞳もそっくり同じ。装飾品の類は着けておらず、周囲の臣下たちと似たような平服姿だが、巨木のごとき威厳《いげん》が尋常ではなかった。

まさに歴戦の勇士がごとき風格。が、息子たちに向かって口をひらくと……

「ほら、早く会議を進めて！　寒月もよそ見しちゃだめ！」

……意外にもやわらか口調。

しかし、そのやわらかいひとことで一気に会議は進む。

「確かに……執事殿の言い分に、心動かされなかったと言えば嘘になる」

「人種のみで差別をするなと訴える我らが、逆差別では道理が通らん。我らは二枚舌の卑怯者ではない」

「ウォルドグレイブ伯爵は、どう見ても戦闘員ではないし。政治とも無縁できたのだろう」

「皇籍から削られていたという話が真実ならば、そこも重要では」

「それに実は、一部の兵士や女官たちからも、減刑を求める陳情《ちんじょう》が上がっております。無視するつもりだったのですが……」

おろおろと見ている僕にはかまわず審議は進み、「ウォルドグレイブ伯爵の処刑を赦免《しゃめん》するか否か」の議決は、賛成多数で「赦免《しゃめん》」と決まった。僕は死刑を免れたのだ。

嘘みたい。まさかジェームズ効果？

あの大神殿の沈睡さん率いる神殿の方たちも、何度もうなずきながら拍手してくれている。でも突然の展開すぎて、現実感がないよ。

流れについていけず呆然と王様を見上げると、王様は僕に向かってウィンクした。

「よかったぁ。妖精さんの血筋に手を出したくないもんねぇ。妖精王に怒られちゃう！」

ぶ厚い筋肉で盛り上がった胸に両手をあてて、ほっ、と吐息をこぼしている。

……。ハッ。またも意識を飛ばしていた。

ぼんやりしている暇はない。僕の処刑を赦免《しゃめん》してもらったのは本当にありがたいのだけど、その直後に、議題は『元皇族への処罰』に戻っていた。

もともと『エルバータの男性皇族は死刑。皇族派の貴族たちも同罪。女性は出家し、終生監視のもと修道神殿でのみ生きると誓えば、死刑は免れる』という案が多く支持されていた。このままいくと父上も異母兄たちも、まだ地下牢にいるはずの貴族たちも、みんな処刑されてしまう。

父上はもう精根尽き果てたのか、魂が抜けたように座り込んでいるが、異母兄たちは「嫌だ、死にたくない！」「こんなことは許されないぞ！」などと声を張り上げている。

義母や異母姉たちも、いよいよ血眼になって「お願いよ、殺さないで！」と訴えているが、誰も聞く耳を持たない。藍剛将軍すら目もくれない。

議長が木槌を打ち、「では、今度こそ議決を」と促した、その瞬間。

「ま、待って！　待ってください！」

気づけば声を上げていた。だって、だって……！

「僕は『元皇族の弁護役』として、ここに呼ばれたはずです！」

皆の視線が突き刺さる。うぅ、緊張するよう。藍剛将軍も驚いたように僕を見ているし、寒月なんか舌打ちしてるし。青月まで頭痛をこらえるように額を押さえている。

「……弁護なんぞ、もうしなくていい」

吐き捨てるように寒月が言った。

「どうして!?」

「お前こそなんでだよ！　そいつらはお前ら母子をつらい目に遭わせたんだろ!?　おまけに保身のために、お前のことを俺らに売ったんだぞ！」

「そんなの慣れてるよ！」

「へ？」

寒月が目を丸くした隙に、言い募った。

「あの人たちは基本いじわるで、身勝手で、思いやりもないから、尊敬できるところといえば図太いところくらいだし、それだってつまりは図々しいってことだけど、とにかく保身のために僕を突き出したと聞いても、特に驚かなかったよ！」

はひー。一気に言ったら息が切れた。

そしてなぜか臣下たちから、「いいぞ！」「言ってやれ！」と拍手喝采。どういうことだ。

双子はあぜんとしていて、それを睨みつけながらゼイハアしていたら、義母たちが「なんですってぇ！」と金切り声を上げた。

「殺されかけている家族に向かって、基本から人格を否定するとはどういうことなの!?」

「自分ひとり助かったからといって、言いたいことを言ってくれるじゃないの！」

義母や異母姉の言葉に、僕は胸を張ってうなずいた。

「ええ。言いたいことを言います。僕は皆さんの弁護役ですから」

「どこが弁護だ！　とどめを刺しにきただけだろう！」

異母兄からまで抗議されてしまった。え。とどめ？

「そんなつもりは……僕はただ、皆さんの人間性にどれほど問題があろうと弁護をするぞという、決意表明のつもりで」

「それだ！　それがとどめをぶっ刺すということだ！」

……わかった。放っておこう。今は彼らとの考え方の違いについて、議論している時間はないのだ。

でも寒月は険しい目で僕を見てくるし、青月も大きなため息をついてるし。弁護をしたいという僕の希望に、耳を貸してくれそうもない。

僕は狭い社会で生きてきたから、難しい政治的な駆け引きはできない。でも国の大事を決める会議で、僕のような余所者に口を挟まれたくないだろうことくらいは、理解できる。

それはわかっているんだけど……

「寒月殿下。青月殿下。話を聞いてください」

すると寒月は、「ふざけんな」と唸るように言った。

「やっぱてめえも『皇族』だな。そんなクズ共でも、家族が大事ってか」

「そういうことじゃなくて……」

どう言えばいいのだろう。青月からも、冷たい無言しか返ってこない。

ああ、なんで僕はこんな大事なときにきちんと話せないんだろう。でも、考えがまとまらない。言葉も出てこない。

二人とも、僕のこと、もう、完全に嫌いになっちゃったのかな……

初めて同い年の人と、主従の関係なしに、親しく過ごせたと思っていたのに。

遠慮なく接してくれて、遠慮なく接することを許してくれて、本当に嬉しかったのに。こんなふうに喧嘩したまま、別れていくのだろうか。

もう二度と会えないであろうジェームズたちとの別れと重なって、切なさがこみ上げた。悲しい。寂しい。

「話、聞いて……」

情けない声と、涙がポロリとこぼれた。途端、双子はギョッとして、

「泣くこたねえだろ！」

そう言っていきなり演壇へ駆け上がってきたかと思うと、寒月に抱き上げられた。

驚く間もなく……

「てめえが嫌味を言うからだ寒月。クズが」

青月が寒月の手から僕を取り上げ、今度は彼の長い腕に抱きしめられる。

「んだと！　てめえこそ、シカトぶっこいてたじゃねえか、クソが！」

寒月が僕を取り返そうとしたのをきっかけに、双方唸り声を上げ始めた。

また喧嘩か。もうなにがなんだか。

でも、もう怒ってない、のかな……？　だったら嬉しいのだけど……。唸り合う二人のあいだで振り回されながら、こんなときだというのに、ちょっぴり安堵していると。

「妖精王の子孫よ」

王様の声が降ってきた。見あげると、またも魅惑的なウィンク。

「元皇族の弁護を認めるよ。息子たちが弁護役をさせると持ち掛けたのなら、親として約束は守らせないとね。――さて、どのように弁護する？」

「あ、ありがとうございます……！」

あわてて双子の手を離して、礼をしたけれど。

確かに……どのように弁護するか。そこが難題である。僕が知る皇族および皇族派の貴族たちに関する情報は、ジェームズから教わったことばかりだから、かなり偏っていると思われる。

ゆえに僕は手っ取り早く、異母兄たちに訊くことにした。

「えっと僕は、皇族を筆頭に帝都で権勢を持つ貴族たちは、そろって強欲で傲慢《ごうまん》で怠惰《たいだ》で偏狭《へんきょう》な色狂いで、皇族派に媚びぬ首長には重税を課し、従属国には無理難題を要求する最悪の集団だから、それを反面教師とするようにと教わってきました。実際僕も、数々の嫌がらせを受けてきたわけですが、こうして直接皆さんとお会いしてみても、その評価を覆す材料が、今のところは皆無なのです。そこで自己申告をお願いしたいと思います。なにか意外にも、処刑を回避できるほど訴求力のある長所や売りが、ちょっぴりでもあったりしませんか？」

「「お前、本当はおれたちの処刑を望んでいるだろう！」」

「ええっ⁉」

なぜだ。双子を怒らせてまで弁護を買って出たのに、異母兄たちから声を合わせて怒鳴られた。

一方、醍牙の人々は大ウケして。

「素晴らしい弁舌《べんぜつ》だ！」

「さすが妖精の血筋。公平で冷静な指摘だな！」

などと万雷の拍手を送ってくれているのが、かなり不本意なのだけど。それはともかく——

「よし、わかりました」

「なにがわかったんだ」

「異母兄上《あに》たちのことは、あと回しにしましょう」

「「なんで⁉」」

また声がそろっている。実の兄弟だけあって息ぴったりだね。父上も雨に濡れた捨て犬みたいな目で僕を見ているけど、少々お待ちを。

さっきから視界の端で、藍剛将軍と兵士たちがなにやら揉めているのが気になるのだ。先刻、将軍が駆け込んできた通路のほうだけど……

あ。よく見ると、将軍と兵士たちは誰かを通せんぼしようとしている。しかし相手の剣幕と腕力に押されて、今突破された。そしてその相手とは——

「おい！　元第五皇子！」

赤毛を揺らして登場したのは、歓宜王女だった。今日も凛々しく勇ましい。

「王女殿下、こんにちは〜。ご機嫌うるわしゅう」

「おお、こんにち……じゃない、この呑気者！　貴様、しぶとく生き残ったと思ったら、あのクソ野郎共の弁護を始めたそうだな！」

クソ野郎共と申しますと……うん、訊くまでもない。

王女が現れた瞬間、義母も異母姉たちも青くなり、すごい勢いで僕のうしろに隠れていた。

このひ弱な、盾としてなんの役にも立たないこと確実の僕のうしろに隠れるとは、よほどのことだ。でも義母たちよりさらに真っ青になって、震えている人がいる。

二番目の異母兄、ランドルである。

ランドルは父上のうしろで身を縮めていたが、そんなことで肉付きの良い躰を隠せるはずもなく。

蔑み切った表情の王女と目が合うと、「や、やあ」と引きつった笑みを浮かべた。

「元気にしていたかい？　歓宜姫」

「うっせえ、死ね！」

王女、間髪をいれず容赦ない。

言葉で大ダメージを受けたランドルは、膝から崩れ落ちた。醍牙の臣下たちはまたしても大喜びしているけど、議長と藍剛将軍は……

「殿下。収集がつかなくなるので今回はお控えくださいと、先ほどお願いしたではありませぬか」

懸命になだめては、「知るか！」と突っぱねられている。

寒月も「いいじゃねえか、藍剛」と姉の肩を持った。

「弁護役に、自分のとこの元皇族がいかに醍牙の王女の誇りを傷つけたか、知っておいてもらったほうがいいだろう」

確かに、王女がなぜこんなにも皇族を恨んでいるのかは知りたいところ。だから素直にうなずいたのだが。

「こんなところで言えることか！」

王女はスパーン！と勢いよく寒月の頭を叩いた。「痛ぇ！」と声を上げた寒月が、後頭部を押さえて呻く。うん……すごく痛そう。青月は同情する様子もなく、「馬鹿だ」と呟いているが。

それにしても、こんなところで言えない事情とはいったい。小首をかしげた僕に向き直った王女が、ちょっと赤くなった。

「ちっ。妖精め」

「ほへ？」

「いいか呑気者。これだけは教えておく。我が国は長いあいだ、大国の勢力を笠に着たエルバータから見下され、搾取《さくしゅ》され、なんの見返りもない朝貢《ちょうこう》を強いられる立場だった。だが我が国の勢力が増すと、そいつらは手のひらを返し、私を第二皇子の後添いにと望んだ」

それでは、以前ジェームズが仕入れてきた情報は間違っていなかったのだ。うっかりしてお祝いも送れなかった。失礼をしてしまった。

――と、思ったけれど、そんなおめでたい話にはならなかったようだ。

「後添いなんぞに入りたくはなかったが、これも友好のため。皇子の妻に獣人を望むくらいだから、エルバータもようやく醍牙に敬意をもって接する気になったのだろうと考え、承知したのだ。なのに嫁いだ私を待っていたのは、敬意どころか、貴様の親兄姉からの辱め！　とても我慢できるものではなく、涙ながらに帰国した」

王女にギロリと睨まれたランドルは、「誤解なのだ」と涙目になっている。

「あれは文化の違いというもので」

「そうですとも！　郷《ごう》に入らないそちらが非常識だったのですよ！」

義母が息子を庇うと、異母姉たちも僕の背後から首をのばして抗議した。

「涙ながらなどと、よく言えたこと！　去り際に妃の宮殿を破壊しまくったのは、どなたです⁉」

「そうよ！　あそこには国宝級の調度品がたくさんあったのよ！　それらをめちゃくちゃにされても許してさしあげたというのに、逆恨みするなんて！」

威勢よく反撃した異母姉たちだが、王女がこちらに一歩踏み出しただけで、「ぎゃーっ！」と悲鳴を上げて僕を盾にした。とても騒がしい状況だが、とりあえず王女の恨みが婚姻《こんいん》問題にあることはわかった。

では、双子は？　双子もエルバータで酷い目に遭ったと、王女は言っていたけど……

訊いていいものか迷っていたら全部顔に出ていたみたいだ。青月が珍しく、フッと小さく笑った。

「わかりやすい」

「え」

「俺たちがなぜ元皇族を憎んでいるのかが、知りたいんだろう」

「う……うん」

こくんとうなずくと、青月はなぜか、どこか痛むような表情になった。

「お前は……似ている」

「ああ」

寒月も同意した。まただ。前にも『似てる』と言っていた。誰と？　なにと？

問いかける前に、寒月が父上や義母たちを突き刺すように睨み据えながら、「最も許せないのは」と牙を剥いた。

「エルバータ人で唯一の、俺たちの恩人を、奴らが殺したことだ」

「エルバータ人で唯一の、恩人……？」

「そう」

青月が首肯する。

「俺と寒月は赤ん坊の頃、ある事情でエルバータの奴隷《どれい》商人に売り飛ばされた」

「どっ、奴隷《どれい》商人!?　二人とも？」

「そう」

そんな、天気の話でもしているみたいに淡々と。

「どうしてそんな……醍牙王国の王子様なのに」

「王子だからさ」

寒月が口元だけで笑った。

臣下たちも押し黙っていて、王様を見あげれば、悲しげに息子たちを見つめている。その目が、この話は本当に起こったことなのだと教えてくれた。

「なぜ……誰がそんな、ひどいことを」

「昔のことだ」

青月が安心させるように僕の頭を撫でる。

「奴隷市で売り飛ばされる前になんとか逃げ出した俺たちは、衰弱して死にかけていたところを、エルバータ人の母子に救われた。あの親子がいなければ、俺たちは今、ここにいない」

そう話す青月の手をどかせた寒月が、僕の頬を手の甲で撫でた。

「国に戻ったあとも、俺たちはその親子を忘れなかった。まともに喋れるようになってから、二人を捜すよう頼んだが――捜し当てたときには、もう死んでいたのさ。皇后に殺されて」

「は!?　なんの話です、知りません、そんなことは！」

義母は必死の形相で否定したが、双子は背筋が凍りつきそうな視線を彼女に向けた。これ以上余計な口をきくなら、問答無用で引き裂こうとでもいうように。その殺気が伝わったのか、義母の顔から血の気が引いた。

そんな義母を、冷笑を浮かべて注視している双子が、すごく怖い……

どんどん空気が険悪になるので、代わりに王女が話を引き継いでくれたとき、心底ホッとした。

「その恩人親子の母親のほうは、そこのクソ皇帝の愛人だったらしい。子供も奴の子だ」

「愛人……」

父上を見ると、必死の形相で首を横に振っている。

父上にとっての『妃』は、正妃である皇后と、第二妃の僕の母しかいない。

でも、ほかに愛人をたくさんつくっていたことは間違いないので……首を振っているのが「知らない」の意味なのか、「どの愛人のことかわからない」の意味なのか、判別できなかった。

王女は「お前のとこと同じだな」と僕を見る。

「その母子も、クソ皇后の嫉妬《しっと》と怒りを買い、クソ皇帝は頼りにならないから、二人で逃げ暮らしていたらしい。お前のとこと違って、親子ともども亡くなってしまったがな。地元の者たちは『皇后の手の者に殺された』と恐れていたそうだ」

「言いがかりもいいところです！　そもそもその愛人とは誰のことなのか、はっきり仰い！」

「逆にてめえが言えよ。なんであの親子を殺さなきゃならなかったんだ？」

寒月に問われて、義母は今度こそ言葉に詰まった。彼女を見る二人の瞳が、冷たく光っている。

そして気づけば、元皇帝一家を見つめる醍牙の臣下たちの目にも、憎悪や嫌悪がますます色濃くにじんでいた。エルバータを嫌う彼らの憎しみが、『恩人の仇』を前にした双子王子の憎悪に煽られ、再燃してしまったのだ。

このままではまずい。本当に義母が双子の仇なのかもはっきりしないまま、集団心理で、処罰感情が厳しい方向に強まっている。

「あのっ、あのっ」

先ほどから、交互に僕の頭や顔を撫でるという謎の手癖を発動している双子に、改めて向き直った。

「きみたちがエルバータの元皇族に恨みを持っていることは、よくわかった」

そう言うと、寒月が不機嫌そうに眉根を寄せる。

「お前は恨んでいないのかよ」

「僕？」

「お前だって、母親共々ひどい目に遭ったんだろうが」

それはそうなんだけど……

僕はとても自己中心的な人間だから。十歳のときに亡くなって面影が薄れるばかりの母より、自分の都合を優先してしまう。

しょっちゅう死にかけている僕は、「明日も生きているとは限らない」という言葉を、切実に感じている。

だから、「死に際に『あんなことしなきゃよかった』と後悔するのは嫌だな」と、よく思う。ここで父上たちを見捨てるという選択は、まさにその、臨終《りんじゅう》のとき必ず後悔するだろう選択だ。

生きているというのは、すごいことだ。命も健康も、宝物だ。たとえ他者の命でも、僕は簡単に諦められない。生きて償う方法があるのなら、その道を進んでほしい。

「なんとか処刑以外の刑に変更できないだろうか。どんな条件なら、父上たちの命をとらずにいてくれる？」

「まだそんなことを言うのかよ！」

寒月が吠えた。グワァッと腹に響くような声が広間を震わせる。

その声に醍牙の人たちですら震え上がって、父上たちはもう失神寸前。まったくもう。病み上がりの僕が踏ん張っているのに、先に失神しないでほしいぞ。

ん？　そういえば……

「異母姉《あね》上たちと、きみたちが結婚するという話はどうなったの？」

双子の肩がピクッと揺れた。

「そういう話が出ていたよね？　あれって寒月が異母姉上たちの誰かと結婚するの？　それとも青月？　結婚するのなら、そうなら……」

尋ねながら、また胸がチクッチクッとした。これまでの人生、人の結婚話なんてまるっきり他人ごとで、おめでたいなあと思う以外の感覚などなかった。なのに今は頭の隅で『こんな話はしたくないな』と落ち込む自分がいて、胃痛を起こしそうなほどしんどい。

しかしそんな意味不明なわがままで、避けて通れる話でもない。

そうだ。もしも王族の慶事《けいじ》となるなら、恩赦《おんしゃ》による減刑もあり得る。

そうとも、避けて通れぬ話なら、せめてそこから利益を得なくては。タダで胃痛になってたまるものか。僕はそう自分に言い聞かせ、謎のチクッと折り合いをつけたのに、双子の額には明らかに気分を害した証の青筋が浮いた。なぜに。

ニヤニヤ笑いを浮かべた王女が、「その話だがな」と口をひらくと。

「……しない」

青月がぼそりと言った。

よく聞こえずに「え？」と問い返すと、寒月のほうが吠えた。

「しねえよ！　なんせこっちは、『所詮ケダモノで毛むくじゃらの醜い大男』だしな！」

――ああ、そうだった。異母姉たちがそういう失言をしてしまったのだった。

しかしそもそも『服従《ふくじゅう》の証として嫁げ』という命令は、醍牙の王族がエルバータの皇族の上に立ったということを、国内外に示すためだったのではなかろうか。ならば相手が嫌がったからといって、素直に引き下がるのは腑に落ちない。

しかも相手はこの双子。失礼な物言いをされて、ただ黙っている性格ではないだろうに。

一方。その失礼な物言いをした異母姉たちは、にわかに揉め始めた。

「うそ……醍牙の王子って、あの方たちのことだったの!?」

「……わたくし、獣人でもよろしくてよ」

「んまあ！　お姉様ったら、絶対イヤだと泣きわめいていらしたくせに！　大丈夫、わたくしがこの身を差し出しますわ」

異母姉たち、また都合よく態度を変えている。双子の格好良さを見て、これなら出家するより結婚のほうが断然いいと思い直したらしい。

しかし。彼女たちは、エルバータではなにを言ってもなにをしても許されてきたのかもしれないけども、今はもう少し小さい声で喋ってくれないと……また獣人の女官たちが、すごい目で見ているよ。

でもなぜだか僕も、双子の機嫌を損ねてしまったみたいだ。緑と青の二対の目が、苛立ちも露わに睨みつけてくる。

「えーと……異母姉上たち、考えを変えたみたい、なんだけど……やっぱり結婚、する？」

「「しねえよ！　あいつらとはな！」」

双子が声をそろえて否定すると、異母姉たちは「ええっ!?」と叫んでよろめいた。それを見ていた王女が、「当たり前だろう。驚くお前たちに驚くわ」と呆れている。

異母姉たちとは結婚しないということは、この婚姻《こんいん》話はご破算。エルバータ元皇族と醍牙王家の結婚はなしということか。それはつまり……女性陣はそろって出家するしか選択肢がなくなったということか？　でも命の保証は確定、覆されないということでいいんだよね？

考え込む僕に、寒月が大きなため息をついた。

「おい、肝心なことを忘れているだろう」

「肝心な？　なに？」

ぱちくりと瞬きする僕の顔を、青月が覗き込んできた。

「そこの奴らは、婚姻《こんいん》相手として弟を推薦した。つまり俺の嫁は、アーネスト。お前だ」

……僕？

あ、そういえば。そもそも異母姉たちが僕の名を出したから、僕は醍牙《ここ》にいるのだった。すっかり忘れていた。

というか、異母兄たちへの扱いからして、皇子を嫁にする気はないのだろうと思い込んでいた。

……ほんとに？　嫁？　僕が、青月の？

異母姉たちが「嘘でしょう⁉」と騒いでいるが、同感です。突然の展開すぎて、思考能力が追いつきません。ぽかんと口をあけて青月を見つめ返していたら、寒月が怒鳴った。

「てめえ青月、ざけんな！　こいつは俺の嫁だ！」

「俺のだ」

「俺のだ！」

双方、またも牙を剥き出し威嚇し合っている。その間に落ち着こう、僕。

恋人いない歴＝生存日数の僕が、いきなり結婚？　しかも双子のどちらかと？

うそぉ……

嫁。このでっかいモッフモフの。僕を軽々抱き上げて、モッフリとつつみ込んでくれるこの二人のうち、どちらかの、嫁。

「僕が、嫁……？」

声に出すと、にわかに恥ずかしくなって、ボッと頬が熱くなった。

ついさっきまでチクッチクッとしていた胸が、賑やかに高鳴り出す。僕の心臓はいったいどうしたんだろう。双子と出会ってから初めてのことばかりだ。

それに改めて考えると僕は、恋も知らないのに、初っ端から全裸でこの人たちと同衾《どうきん》してました！

「ひゃあぁぁ」

あんな生々しい経験をしちゃっていたのに、どうして今まで双子と普通に接していられたのだ、自分！　火照った頬に手をあて双子を見ると、今まで唸り合っていたくせに急に静かになって、赤い顔で僕を見ている。

「てんめえ……かわいす」

寒月の言葉は、王様の大声で遮られた。

「照れてる！　可愛すぎるでしょう、妖精さんの血筋ーっ！」

驚いて目を向けると、丸太のような腕で自分を抱きしめた王様が、「かーわーいーいーっ！」と悶えている。

臣下たちは慣れているのか特にそれに対して反応はせず、むしろ王様と共に騒いでいた。

「もはや凶器。間違いなく可憐《かれん》すぎる」

「彼を嫁にするのは危険ではないか？　毎日のように鼻血を出していたら、我が国の王子が失血死するぞ」

元皇族の処罰について議論する場のはずが、嫁入り話に様変わり。人生の急展開がすぎるよ。

でも、ここまで刺々しい話題ばかりだったから、なのかなぁ。チクッチクッはどこへやら、気持ちがふわふわ、そわそわ、やたら浮き立つのは。

熱っぽく僕を見つめる双子を見ていると、早鐘と化した心臓がバクバクといっそう大騒ぎするし。

どうしよう。僕は本当に、この二人のうちのどちらかと、結婚……するの？

ドキドキしながら双子の次の言葉を待っていると、先に王女が「おい」と弟たちに声をかけた。

「その呑気者を娶《めと》るというのなら、すべて話しておかないのは卑怯だろう」

途端、冷や水を浴びたように双子が固まった。

なに？　どういうこと？

藍剛将軍がおろおろと、「王女殿下、どうか」と止めに入ったが、王女は鼻で嗤った。

「弟たちが言えないなら、私が代わりに言おう」

双子は何か言いかけたが、姉を止めることはせず。

「お前を寒空の下に放置した理由でもあるから、よく聞いておけ」

「は、はい」

「弟たちは恩人の死を知って以来、エルバータ皇族をさらに憎悪していた。当然、私が第二皇子の後添いに入る話にも猛反対した。結果として、二人は正しかったがな。……これでも私は、両国の平和を望んでいたのだぞ」

王女は寂しげに苦笑して、すぐに笑みを消した。

「その後、経緯は省くが戦となり、エルバータのクソ皇族どもを捕らえた我が国では、『後顧の憂いを断つべく、男性皇族と皇帝派貴族の処刑やむなし』と、ほぼ確定していた。だが弟たちはさらに、婚姻《こんいん》で私を侮辱した皇族どもを、婚姻《こんいん》で弄り返して報復しようと考えたのだ」

次兄のランドルや義母たちがビクッと躰をすくめたが、王女はそちらに見向きもしない。

「お前の異母姉たちに婚姻《こんいん》を命じたのは、当然、断ると想定したからだ。『断れば地下牢にいる家族の命はない』と匂わせたとしても、獣人を毛嫌いする元皇女たちなら、すぐには承知しないはずだとな。そのくらい身勝手な女たちだということは調査済みだったし、実際、その通りになったろう？」

確かに。義母と異母姉たちは獣人の女官の前で、はっきりと拒んだ。

「断られたら、それを口実に、『エルバータの元皇族は、婚姻《こんいん》による和平の提案を拒み、あくまで敵対する道を選んだ』と処刑の正当性を示せる。もし皇女が受け入れたとしても、『皇族は自分たちの命惜しさに仇の国に身売りして、恥じることもない。誇りを持たぬ一族だ』と徹底的に辱め、エルバータの民すら『処刑やむなし』と考えるよう誘導する。弟たちは、そう企んでいたのさ」

つまり、どちらにしても、父上たちを死に追いやる選択を、異母姉たちにさせようとしていた……と、いうことか。猫が獲物をいたぶるみたいに。

ん？　ということは。僕がもし双子の嫁になることを受け入れたら、「命惜しさに身売りした」ということになるのか？

そして、それを理由に僕を辱めて、虐めようとしていたってこと？

なにそれ。嫁という言葉で恋愛経験皆無の僕をドキドキさせておいて、そんな落とし穴が……！

じっとりと双子を睨むと、あわてた様子で「「違う！」」と両手を振った。

「お前のことは違うんだって！」

「今はもう、そんなつもりは……」

しどろもどろになっている弟たちを見て、姉王女はにんまりと笑った。

「アーネスト。お前は弟たちにとって、想定外の存在だったのだ。まあ、私にとっても想定外だったが。妖精の血筋だろうが所詮は皇族。お前もあの傲慢《ごうまん》で陰険で愚か極まりない皇后たちと、似たようなものだと我らは思っていた。だが私は、ぐだぐだと策を巡らせて鬱憤《うっぷん》を晴らすような真似は好かん。だから弟たちより先に、直接お前を裁きに行った」

「なるほど～」

双子が張り巡らせていた「家族を処刑に追い込む選択をさせる」という罠に落ちる前に、ひとりで凍死か衰弱死するように、置き去りにしてくれたのか。

……どう転んでも死亡ルート。よく生き残ってるなぁ、僕。

ほっと胸を撫でおろしていると、「お前な」と王女は呆れ顔で言った。

「なるほど～とか言う前に、私に怒るなり抗議するなりしろ」

「え、でも……結局は、藍剛将軍が狼煙《のろし》を上げさせるのを、見ないフリしてくださったのでは？」

小首をかしげて問うと、「うっ」と赤面している。図星らしい。

「お前が想定外にひ弱だったから、多少、手心を加えてやっただけだ！」

僕は「ありがとうございます」と頭を下げた。最初は怖い人だと思ったけど、良い人だよね。

「殺されかけた相手に礼を言うな、阿呆が！」

なんて言いながら、赤くなってる。王女の言動は荒っぽいことこの上ないけれど、とても率直で、知れば知るほど親しみが湧く。たとえ憎むべき相手であっても、嬲《なぶ》り者にしてから命を奪うような真似をよしとしない、真っ直ぐな性質なのだろう。

それに比べて……

僕はまた、嫌味たらしく双子を睨んだ。彼らは悪巧みを隠して「嫁」などと言って、僕のドキドキを弄んだ。根に持ってやる。根に持ってやるぞ……！

すると寒月がまた焦った様子で「待て待て」と金髪をぐしゃぐしゃ掻き上げ、僕の肩に手を置いた。

「確かに俺たちも最初は、妖精の血筋だとかいう皇族の残りを呼び寄せて、一発ヤ……じゃなくて、憂さ晴らしに使ってやろうなんて言ってたさ。ああっ！　待て、だから違うんだって！」

話の途中で僕がさらに怒りを燃やしたので、青月が「この馬鹿が」と言いながら寒月をどかせ、僕の手をとった。真剣な青い瞳。銀髪が雪降るようにさらりと光る。

「最初は不純な動機だった。腹の立つ皇族の残りをどうにかしてやりたいと、そう考えていた。それは認める。だが初めて会ったときのお前は、俺たちが手を下すまでもなく死にかけていて……まるで拉致《らち》されて道端で死にかけていた、昔の俺たちみたいだった」

「そう、それ！」

「だから放っておけずに、つい添い寝したんだ。するとお前は、あまりに無防備に俺たちに身を任せて……」

「それな！　可愛い寝顔で抱きつかれて、こっちは勃《た》ちっぱなしだったっつーの。もうどうしてくれようかと」

醍牙の臣下たちが「おおおー！」とどよめいた。異母姉たちも、「キャーッ！」と顔を紅潮させて騒いでいる。僕は恥ずかしさのあまり目眩《めまい》がして、寒月の髪を思い切り引っ張った。

「あだだだ！　なにすんだてめっ」

「きみらこそ会議の場でなにを言ってるの!?　ほんと最低！」

青月が再度、寒月を押しのける。

「すまん。俺が言いたいのは……お前は俺たちが嫌っていた皇族とは違って……お前となら本当に、結婚してみてもいいなと。ずっと結婚なんて無意味だと思っていたが」

「青月！　抜け駆けすんなっつってんだろうが！」

「ケツ毛は黙ってろ」

「誰がケツ毛だ！」

「……どうして、結婚してみてもいいと思ったの？」

エルバータの皇族に嫌な思い出しかなかっただろうに、双子は僕の立場や肩書に引っ張られず、僕そのものを見て判断してくれていたのか。

なんだか胸があたたかくなって、おそるおそる尋ねたら、機嫌が直ったと思ったのか、双子はわかりやすくホッとして表情を緩めた。

寒月が嬉しそうにニカッと笑う。悔しいけど、目元の笑い皺まで男前。

「そりゃあお前が、どこもかしこも美人だからっつーのも、もちろんあるけどよ。なんか思ってたのと違ったんだよな……遊蕩《ゆうとう》三昧で悪名高いエルバータの皇族にしては、反応が初心《うぶ》だし」

「そう。お前は寒月のちんこごときで真っ赤になってた」

青月のいらぬ補足に、臣下たちが「ほほう」とざわめく。ほんとこの双子は……どうしてみんなの前で、そういう話をするんだよ！

再抗議しようと思ったら、寒月がやけにしんみりと切り出した。

「お前を見ていると、件の恩人親子を思い出すんだ」

「そう」

青月もうなずく。

「あの親子もほのかに、清々しい花のような匂いがしていた。お前みたいな」

「そう。そして特に子供のほうは、よく俺たちにくっついて、『モフモフ』とか言ってた」

「エルバータ人で好きになったのは、あの親子だけだった。だが、お前もエルバータ人だが気に入った。三人目だな」

「その通り」

「……で？」

僕が冷たい声を出すと、過去を打ち明ければ僕が納得するだろうと考えていたらしき二人は、目を瞠《みは》って僕を見た。寒月が困り顔で頬を掻く。

「なんで怒ってんだよ」

なんでって。なんでって！

「僕の問いに対して今きみたちが答えたのは、恩人が大好きってことと、僕が寒月のちんこを見て真っ赤になったということ、それだけなんだけど⁉」

寒月はきょとんとしてうなずいた。

「ああ、そうだけど？」


——ダメだ。全然わかってない。


藍剛将軍すら察してオロオロしているのに、この双子はまったくピンときていないのだ。思わず苛ついた声を出してしまった。

「なんで恋愛経験皆無の僕が、説明してあげなきゃいけないのさ！」

「「えっ！　恋愛経験皆無⁉」」

双子は、その言葉にやたら激しく反応した。人の非モテ人生に対してなにをそんなに嬉しそうに。

ムッとしていると、視界の端で王様も頭痛をこらえるようにうつむいた。

「それはどうでもいいだろう！　とにかくきみたちは、僕に惚れたわけじゃないってことだね！」

「え。なに言ってんの」

「それは違う」

寒月と青月、こんなときばかり仲良く同時に否定する。憎たらしい。でも王女が僕に味方してくれた。

「今のお前たちの話では、アーネストの言う通りに聞こえたぞ」

「まさか」

「それは違う」

僕は肩を怒らせ反論した。

「違わない。きみたちは僕が恩人に似ていて、ちんこを見たら赤くなるから、結婚してみてもいいと思った。それだけ。そんな理由で嫁になれとか……僕みたいにモテない奴は、なにを言われても喜んで飛びつくと思ったんだろーっ！」

双子と一緒に、なぜか王女や将軍たちまで、「ええええっ⁉」と目を丸くしている。

「モテないって、そんな馬鹿な。いや待て待て待て待て、でっかい誤解だ、悪かった」

「落ち着け、もう一度やり直そう」

結婚もしていないのに、離婚寸前の話し合いみたいなことを言われている僕。そういえば処刑の話はどうなった？　もう混乱の極みだよ。

婚姻《こんいん》の話は最初から、エルバータの元皇族を辱めることが目的だった。

自分たちが散々見下してきた醍牙の民に屈服させられたことを、国の内外に知らしめるための、処罰感情に満ちた婚姻《こんいん》。

だからそこへ、さらに念入りに皇族を苦しめるべく双子の嫌がらせが加わったとしても、以前の僕なら、「そういうことも起こり得る」と諦めて終わりだったと思う。

なのにどうして今は、こんなにムカつくんだろう。

ただ単に双子が、僕に隠しごとをしたまま近づいて、共に時間を過ごして、「嫁になれ」なんて言ってきたと思ったら、その理由は主に、大好きな恩人親子と僕が似ているからだったという、それだけのことなのに。

別に、双子がなにをどう考えようと、彼らの自由だし。

僕が勝手に彼らを信頼して、『恩人の代わりになるペット』みたいな理由で結婚を申し込んでくるような人たちだとも思わず、降って湧いた縁談に、彼等が僕をしっかり見てくれていたのだと思って盛り上がってしまったという、それだけのこと。

勝手にふわふわ気分になっていたくせに、怒るほうが変だよね。はっはっは、は……

……むぐぐぐ。

冷静に。冷静に。

初めて『自分が当事者の恋愛話』を経験して、心を乱してしまった。落ち着け、僕。初心を忘れてはいけない。そもそも醍牙に来たのは、嫁入りのためじゃないのだから。

「あのね。寒月、青月」

気を取り直して話しかけると、

「おう、機嫌直ったか。なら嫁に来い」

寒月。きみの思考はどうなっているんだ。

「そうじゃなくて、僕は」

「俺の嫁になるんだな？」

青月。きみまでも。

いや……この双子と僕の考え方にズレがあるからといって、苛立ってはいけない。大人になれ僕よ。彼らの考え方が、醍牙では普通なのかもしれない。僕には果たすべき使命があるのだから、とにかく今はそれだけに集中して——

「しまった。ようやくヤれると考えただけで勃《た》っちまった」

「やめろ、クズ。あいつは俺の嫁だ」

「ざけんな。だったら今ここで決着つけようぜ！」

「望むところだ」

双子が地響きのような雄叫びを上げて対峙すると、醍牙の臣下たちは畏怖する表情で、おおお！と歓声を上げた。強い存在に憧れるっていう、アレなのかな。

父上たちは逆に、涙目で抱き合って、なるべく隅へと避難しているけど。

「あのさ」

今まさに飛びかかろうとしていた双子に声をかけると、再び変容していた一対の虎耳がクリッとこちらを向いた。

「おう、どうした俺の嫁。腹減ったか？」

「危ないから離れていろ、俺の嫁」

こちらもいつの間にか出現していた金と銀のトラ尻尾が、嬉しそうにプルプル震えている。

くっ……！　ここで可愛いと思ってはいけない。モフモフ変質者になっている場合ではない。モフりたくない、丸いお耳もふかふか尻尾も、モフりたくなどない……っ！

僕は努めて冷静な声を出した。

「僕はきみたちの嫁になるつもりはないからね？」

「「……は？」」

「僕はもしも結婚できるのなら、心から愛し愛されて、信頼できる相手とがいい」

一拍置いて、寒月が眉根を寄せて言った。

「ならやっぱ、相手は俺しかいねえじゃん。四の五の言わずに嫁になれ」

ちょっと苛立っているようだが、僕は怯まず言い切った。

「イヤだ」

「なんだと⁉」

「あのねえ。悪巧みしていたことを都合よく隠していたのは、きみたちだよ。そういうことは『実はこうだった』と打ち明けてくれた上で、嫁云々の話に入るのが筋というものでしょう？　もしも本当に、相手に信頼してほしいのなら。たとえ処刑をなくすためだとしても、そんな相手とは結婚したいと思えないよ」

するとと寒月は、チッと舌打ちしてトラ耳と尻尾を引っ込めた。

「面倒くせえ奴だな。いいじゃねえか、もうお前に親を処刑させるような選択はさせねえって言ってるんだからよ！」

舌打ちされた。その上、面倒くさい奴って言われた……！

その瞬間、プチッと堪忍袋の緒が切れた。

「言ったな！『親を処刑させるような選択はさせない』って、今言ったな！この場にいる全員が証人だからな！」

「い、言ったけど？」

「だったらもう、政略結婚の必要はなし！僕を嫁にする話もなし！はい、この話はこれでおしまい！議決！」

寒月は「はああ⁉」と目を剥いた。

「待て待て、おいコラてめえ、勝手に議事録に書き込むんじゃねえ！」

あぜんとしている議長や補佐官たちの席に行って、「早く記録しちゃって！」と急かしていると、青月に「待ってくれ」と止められた。

「寒月が怒らせたなら謝る。あいつは全身全霊で馬鹿だから、人の言葉が通じないんだ」

「んだとコラ！」

また寒月が猛ってるけど、それにはかまわず、青月は僕の頬を撫でた。

「政略は関係なく、俺の嫁になればいい」

「イヤだ。ならない！」

「なにっ⁉」

青月の尻尾の毛が逆立ち太くなった。モフモフは尊いけど、この双子は本当に、人の話を聞いていないよね！

「きみたちね、気分次第で僕を罠に嵌めようとしたり、取りやめたり、ちんこを見て赤面するのが面白いから嫁にするとか言い出してみたり……挙げ句の果てに人の話に舌打ちして、面倒くさがって。僕が『愛し愛されて信頼できる相手を望む』って言ったことも、まるっと無視してるじゃないか！」

「「してねえよ！」」

「こんなときばっかり仲良く声をそろえるな、バカ双子！」

「「うるせえ！　なんと言おうが、お前は俺の獲物なんだよ！」」

……通じない。息切れするほど喋って、訴えているのに。獲物ってなんだよ。

「どうして、ちゃんと聞いてくれないんだよ……」

苦しくて悔しくて、泣けてきた。泣きたくなんかないのに。

諦めて政略結婚に応じれば話ははやいのかもしれない。でも、嫌なのだ。そんな風に二人のそばにいることを想像すると、なんだか胸が苦しくなる。

ポロポロ涙をこぼすと、双子がギョッとしたのがわかった。すぐになにか言いかけたみたいだけど、貴賓席から大声が降ってくるのが先だった。

「あーあ、泣ーかせたーっ！　寒月！　青月！　今のはお前たちが悪い！　アーちゃんに謝りなさい！」

「「あ、アーちゃん？」」

双子が怯んでる。さすが父親。

そしてアーちゃんとは……もしかして、僕？　そう認識するあいだに、醍牙の人々からも声が上がった。

「話は聞かせていただきました！　わたしも陛下のお言葉に同意いたします！」

「そうですな！　殿下たちは少し横暴ですぞ！」

「こんなに儚き伯爵が、ひとりで殿下方に立ち向かっているというのに！　泣かせるほど追いつめるとは、それが圧倒的強者のすることですか！」

「その通り！　フラれたからってアーちゃんを泣かせるなー！」

「負けるなアーちゃん！　我らがついてるぞ！」

あっというまに、「アー・ちゃん！　アー・ちゃん！」の大合唱。義母の隣で女官たちまで、こぶしを振り上げ連呼しながら双子を睨んでいる。藍剛将軍なんか涙を拭っているし。なぜによ、よくわからないけど……ありがとう、王様！　ありがとう、皆さん！

しかし。

「うるせえ！　外野は関係ねえだろうが！」

寒月が大音声で吠えると、臣下たちはたちまち慄いて身をすくめてしまった。が、王様がすかさず言い返す。

「父上は身内でしょ！」

「親父……ちょっと黙っててくれ」

頭痛をこらえるような顔をした青月を見て、王様は愉快そうに笑った。たてがみみたいな金髪の色も、顔の造作も、王様と寒月は本当によく似ている。

ということは、青月はおそらく母親似なのだろうけど、王妃様らしき人の姿は見当たらない。彼等のお母さんはどうしているのだろう。

気を散らせてそんなことを考えていると、王様から息子たちへ、ビシッと指導が入った。

「黙っていてほしいなら小さい子をいじめてないで、さっさと話を進めなさい。まずアーちゃんとの結婚の話は白紙！」

……えーと。「アーちゃん」に続いて「小さい子」というのも、僕のこと……？

エルバータ基準では平均身長のはずなんだけど。醍牙の人たちが特別大柄なんだよ。王様は特に、大木のようだし。

……もしや急にみんなが僕の応援をしてくれたのも、僕を「小さい子」と見なしたからだったりする……？　だとしたら、成人男性としてかなり複雑だけども。今はそれどころではない。

「なんだよそれ！」

「親父が決めることじゃねえだろ！」

抗議する青月と寒月に、僕はグイと目元を拭って宣言した。

「陛下の仰る通りだ。僕は今のきみたちを、結婚相手として信頼することはできない」

「うっ」

「あ……」

寒月も青月も、言葉を失っている。そろってフラリとよろめいたくらいにして。

キツいことを言ってしまって、心が痛むけど……

でも、楽しい遊びの一環のように結婚を語るこの二人と、かたちだけ婚姻《こんいん》関係を結んだとしても、きっと不安しかない。そのうちまた目新しい相手を見つけて、その人が『恩人親子』に少しでも似ていたら、同様に「嫁になれ」とか言い出すのではと思えてしまう。

だから王様の言う通り、結婚の話は白紙。それが最善だ。

再び胸のチクッが戻ってきたけど……恋愛経験皆無の僕の人生に、一瞬だけでも結婚話が浮上したのだから、良い想い出ができたと思おう。今際の際に思い出して、笑えるかもしれない。それで充分だ。……充分、だ。

そう自分に言い聞かせて顔を上げると、青月と目が合った。

むう。さっき寒月と一緒に怒鳴ったこと、まだ怒ってるからな。根に持ってるからな！

むすっとして睨みつけると、彼は困ったように眉尻を下げて、手をのばしてきた。

反射的にビクッと身を引いたが、青月の筋張った大きな手は、壊れものに触れるみたいにそっと、僕の頬に残っていた涙を拭いた。

驚いて青い瞳を見つめ返したら、視界にヌッと寒月が入ってきた。

寒月め。きみのことは本当に怒ってるからな！　舌打ちも「面倒くさい奴」発言も、しばらく許さん！

すると寒月は、怒ったように眉根を寄せて。いきなりポフンと、肉球を頬にあててきた。なんと。片手の肘から下だけ、虎のおててに変容させている！

ああ……頬をポフポフする、硬めでしっかりと弾力のある大きな肉球。そして肉球を取り囲むモフ毛の幸せ触感。ずるい。ずるすぎる。こんな賄賂《わいろ》で、ゆ、ゆる、許してなどやら……むはーっ。

コーフンをひた隠して二人を見ると、広い背中をしょんぼり丸めていた。なんだよもう！　僕が二人をいじめたみたいじゃないか！

その間に王様から急かされていた議長は、「では議題を戻しましょう」と木槌を鳴らした。

「ウォルドグレイブ伯爵。貴殿はエルバータの元皇族と、皇族派の貴族たちの弁護役とのことですが。今のところ、減刑に値する情報を提示できてはいませんね」

そうだった。父上たちを弁護する材料も見つからず、婚姻《こんいん》で恩赦《おんしゃ》を求めることもできない。本格的に困った。どうしよう。

あれほど騒がしかった義母や異母姉たちも、固唾《かたず》を呑んで僕を見ている。父上も異母兄たちも真っ青だ。だが考える時間は与えられず、議長が急かしてきた。

「新たな弁論はないようですね。では、貴殿以外の元皇族は女人を除いて死刑。貴族たちも同罪として、議決をとります。よろしいですね？」

「いえ、嫌です」

「え」

「え」って。よろしいですかと訊かれれば、よろしくないに決まっている。僕は最初からそう言っている。なのに、僕が諦めると思っていたのか、みんなポカンとして僕を見た。

しょんぼりと背中を向けていた双子だけが、小さく吹き出したけども。

「で、ですが……大半の者が処刑を支持しているのですから、伯爵が嫌というだけでは覆りません。嫌でも納得していただかねばなりません」

「嫌なのに納得しろと言われても。だったら、僕が納得できる案を提示してください」

「……え」

またも議長たちが絶句し、双子はさらに肩を震わせ笑い始めた。

そりゃあ完全な屁理屈だという自覚はあるよ！　だから笑われても仕方ないけども！　大勢の命が僕の肩にかかっているのだから、こっちも必死なんだよ。

そのとき醍牙の臣下たちの最前列で、挙手する者がいた。議長が咳払いして指名する。

「アルデンホフ大臣、ご意見が？」

「ああ。これ以上、他所者に大事な会議を邪魔されるのはうんざりだ。さっさと処刑の決議をしてくれ」

アルデンホフと呼ばれたその中年男性は、灰色の眉の下で冷たく僕を見ると、口元だけで笑った。眉と同じ灰色の瞳で、赤茶色の髪を七三に撫でつけた、神経質そうな男性だ。

「ウォルドグレイブ伯爵。それほど不満ならば、いっそ共に処刑の列に連なってはどうか？　そうすれば、家族を喪う寂しさも感じず済むではないか」

「嫌です」

「は？」

「処刑に反対している僕が、どうして処刑の列に加わらねばならないのです？　それに僕の家族はダースティンの領民たちなので、皇族や貴族たちがいなくなったら寂しいから弁護しているわけではありません。後悔したくない自分のためです」

「なっ！　敗戦国の若造が、なんと生意気な物言いだ！」

真っ赤になって声を荒らげたアルデンホフ氏より、売られて行く仔牛のような目で僕を見ている父上のほうが気になるけど……ごめんなさい父上。今はかまっていられません。

……やっぱり、応援してくれる人ばかりじゃない。僕らは敵国の人間だもの、憎悪されても仕方ない。だからと言って、理不尽な物言いに反論する権利を、放棄する気もまったくない。

「ならば、こうするか？」

アルデンホフ氏の顔が歪んだ。いや、笑ったのか。

「元皇族も皇族派貴族も処刑しない代わりに、奴らの領地は領民ごと焼き尽くそう。誰ひとり仕える者のいなくなった荒野に舞い戻って、裸一貫、物乞いから再生活を始めるというのはどうだ？元皇族どもが庶民の靴を舐めるさまを、我らはしっかり見物させてもらおうではないか」

なにを言っているんだろう、この人。復讐モノの歌劇でも見すぎているのではなかろうか。

「嫌です。というか逆に、奪ったからには土地も民も守るのが、あなたたちの責任でしょう」

「はっ、はああ!?」

「僕はそれが言いたくて醍牙まで来たのです。気に入らぬものを蹴散らすだけなら、幼児の癇癪と一緒です。民の平和な暮らしを守るのが、治める者の責任と義務です。エルバータ国民の保護に関する要望内容はすべて書類にまとめてありますので、あとで提出させていただきます。ご質問があれば簡潔に整理したのちお聞かせください。可能な限り答えさせていただきます」

アルデンホフ氏も会場の皆さんも、ぽかんと口を開けて僕を見ている。

うむ。どさくさに紛れてとはいえ、肝心なことは言えた。沈黙の中ひとりで満足していると。

「「ぶはっ！」」

双子が盛大に吹き出した。腹を抱えて大笑いしている。

そこまで笑われるほど、おかしなことを言ったかなあ……。双子の笑いで我に返ったらしきアルデンホフ氏は、笑うどころか「汚らわしいエルバータ人めが！」なんて言って、蒸気が出そうなほどカッカしているのに。

「わたしと我が醍牙王国の、神聖な審議を舐めくさりおって！　衛兵！　今すぐあいつをひっ捕らえよ！　ほかの元皇族ともども、地下牢に放り込め！」

その言葉に、にわかに議場が騒然となった。

が、地響きのような唸り声が、すぐさま皆の口を閉じさせる。唸り声の主――寒月と青月が、僕の左右に立ち、爛々《らんらん》と光る眼で、アルデンホフ氏を見おろした。

「アルデンホフ。俺たちを差し置いて命令するとは、てめえのほうが王族みてえだな」

「王族の庇護《ひご》下《か》にある人間に手を出すからには、それなりの覚悟があるんだろうな？」

二本の虎尻尾が、僕を守るようにクルンと巻きつく。

一方、双子王子からすごまれたアルデンホフ氏は、表情を一変させていた。怒りで真っ赤になっていた顔から血の気が引いて、驚きの白さになっている。

「そ、そん、そんなっ、王族の皆様に盾突こうなどと、そんなつもりはっ」

頭ひとつぶん以上も身長差がある双子から、怒気満載で見おろされたら、威圧感がすさまじいだろう。アルデンホフ氏は顔中から汗を噴き出し、あれこれ言いわけを始めたが、双子は容赦せず威嚇の唸り声を叩きつけた。

しかし今の僕はとてもじゃないが、彼らの会話に集中できない。

「モフモフぅ……」

金と銀の虎尻尾が、アルデンホフ氏に苛立ってバシバシ上下したり、僕の腕に巻き付いたりするんだもの！　二人のせいでモフモフ不足に陥っているこの僕に、だ。思わず猫じゃらしを追う猫のごとく、モフモフ尻尾を捕まえようと手を振った。

二人の獣型が一般的な虎より長毛なのは、獣人だからなのかな？　それとも彼らだけの特徴なのかな？　何度見ても完璧な虎縞、ツヤツヤしなやかな煌めく毛並み。ああ、なんて極上のモフフカ感！

そのとき、議長が木槌を連打した。

「静粛に！　アルデンホフ大臣、勝手な制裁発言は許されませんぞ！」

その通り！　と口々に声が上がり、議長は双子にも呼びかけた。

「殿下たちも、どうかその辺でご容赦ください」

それでも双子は威嚇を続けていたが、僕が二本の尻尾をきゅっと捕まえると、驚いてこちらを見た。しまった。状況を忘れてモフモフ変質者と化していた。

……でもついでだから、久々のモフモフを吸い込んでおこう。尻尾を二本まとめてスーハー吸って、匂いを確認。むむ。今日はほんのり甘い匂い。この二人、お菓子屋さんにでも寄ってきたのだろうか。

「あのー……ウォルドグレイブ伯爵？　殿下方の尻尾を吸うのはあと回しにして、話し合いに戻っていただけますかな？」

ハッ。

気づけば双子ばかりかみんなの視線が、一心不乱に尻尾を吸う僕に集中しているではないか。

……どうしよう。妙な沈黙が降りている。

「……プフッ！」

吹き出したのは、王様だった。それをきっかけに、広間中が爆笑につつまれる。

「なにをやっているの、あなたは……」

異母姉の呆れた声が耳に痛い。うう、本当にその通り。

なにをやっているのだ、僕は。恥ずかしいよう。

でも双子は、すっごく嬉しそうだった。アルデンホフ氏に激怒していたのも忘れたみたいに、ニコニコして僕を見ている。

それでいて、彼らなりに遠慮しているのか、いつものように軽口を叩くことはなく。じっと見つめ返したら、困り顔に戻って目を逸らしてしまった。俺様な双子らしくもない。別に、話しかけてきたっていいのに。

……きつく言い過ぎちゃったかな。

いや、でも、僕の怒りは正当だったよね？

……正当な怒りってなんだっけ……

思えば僕はこれまで、誰かに怒りをぶつけたり、喧嘩したりという経験がなかった。

ダースティンのみんなを家族同然に思っていたけど、やっぱり主従関係では喧嘩にならないし、僕が病弱なのもあって、みんな僕に甘かった。そのせいか、言い合いをするほど腹を立てたこともなかった。いつも僕が怒る前にジェームズが怒っていたので、僕はなだめる側だったしね。

その点、双子には遠慮なく怒っているなあと、今さらながら自覚する。向こうが遠慮なく怒らせるからだけど。でも、すごく親切にもしてもらったのも事実だ。

……仲直りって、どうやってするの……？

ウジウジと思い悩むあいだにも、会議は進行していく。

「では改めて、ウォルドグレイブ伯爵。対案が無いようならば、処刑案で議決をとらせていただきますよ？」

そうだ、対案。どうしよう、地位も財産も失った父上たちに、差し出せるものはなかろうし。どうしよう、どうしたら。

「――賠償金では、どうだ？」

焦る僕に代わって、上がった声。

僕は驚いて彼を――青月を見た。

僕だけじゃない。醍牙の臣下たちも歓宜王女も、みんなが目を丸くして彼を見て、次いで大きくどよめいた。議長が「静粛に！」と場を静め、皆の意見を代表する。

「青月殿下。あなたと寒月殿下は処刑賛成派の筆頭と、我らは受けとめておりましたが」

「……仕方ないだろう」

「はい？」

青月は一瞬こちらを見て、すぐに視線を議長へ戻した。

「意見を変えた。元皇族たちが、こちらの提示する賠償額と、完全な監視下での生活を受け入れるなどの条件を呑むならばの話だが」

「なんと……参考までに、賠償額はどのくらいをお考えですか？」

その問いに答えたのは、寒月だった。

「五千億キューズくらいが妥当じゃねえの」

みんなはまだざわついている。納得、反対、困惑。それぞれの声が上がっているけど、僕はただ、呆然と双子を見つめることしかできずにいた。

――あの双子が、意見を変えてくれた。あんなにエルバータの皇族を憎んでいたのに。僕の話も、全然聞いてくれなかったのに。

もしかして……自惚れでなければ……僕のため、妥協してくれた？　僕は二人に対してめちゃくちゃ怒って、「バカ双子」って言ったのに？

「元皇族どもの財産は国ごと没収済みだが、どうやって支払わせる？」

歓宜王女が尋ねると、

「奴らは周辺国にも隠し財産を持っているはずだ」

青月の言葉に、寒月もうなずく。

「それで足りねえぶんは、しょーがねえから……」

そう続けたが、その先は王女が「こうしよう」と遮った。

「足りないぶんは労働で返させる。元皇族も貴族どもも、使用人の身分となり、監視担当の者の屋敷で、召し使いとして働くこととする。その上で、もしも賠償金をすべて返済できたならそのときは、僻地《へきち》で隠居《いんきょ》生活を送る程度の自由を認める方向で、改めて審議しよう。もちろん、監視は生涯、受け入れさせるが。――これでどうだ？」

参加者たちから、拍手と歓声と同意の声が沸き起こった。

「あの傲慢《ごうまん》な元皇族たちを、召し使いに！　痛快ですな！」

「処刑で終わらせるより、よほど屈辱的で効果的な処罰では？」

「ならば、元皇帝は我が家にて召し抱えよう！」

「いや、ぜひ我が屋敷で！」

会場が沸く中、双子はなにやらあわてた様子で、「お、おい！　歓宜！」となにか言いかけたけれど、先んじた義母たちの怒声に遮られた。

「めめめ、召し使いですってぇ!?　冗談も大概になさい！」

「助けてお母様！　召し使いなんて絶対いやあ！」

泣きわめく異母姉たちに目もくれず、双子が僕へと振り向いた。寒月が焦った様子で口をひらく。

「おい、お前は召し使いになんか――」

「本当にいいの？」

「「は？」」

僕は喜びを隠せず、声を弾ませて二人を見つめ返した。

「僕たち、召し使いになれるの!?」

「『なれるの』って……まさか、召し使いになりたいのか？」

寒月は――そして青月も、信じられないという表情だ。でも僕は、「うんうん！」と何度もうなずいた。

「だって僕たちにはもう収入の当てがないから、どのみち働かないといけない。でも知らない国で仕事探しは難儀すること確実だし、王族の紹介で仕事をもらえるのなら、とても助かるよ！」

「だが、お前が召し使いなんて」

「なにを言っているのです、このうつけ者が！」

青月の言葉をかき消したのは、またしても義母の怒鳴り声だった。すごい剣幕。額にこんなにもありったけの青筋を浮かべている人を、かつて見たことがない。

「エルバータの皇族が獣人の召し使いに成り下がるなんて、受け入れられるはずがないでしょう！　わたくしたちを、田舎で平民同様に育ってきたあなたと一緒にしないでちょうだい！」

「そうよ！　お母様の言う通りだわ！」

異母姉たちも泣きながら便乗してきたので、安心してもらおうと、「大丈夫！」とにっこり笑いかけた。

「最初は上手くできなくても、義母上たちだって頑張れば、きっと良い召し使いになれますよ」

「励ましてほしいわけではありません！」

「でも義母上。父上たちが殺されるよりは良いでしょう？」

「うっ」

「生きて償う機会をいただけたのですから、絶対に無駄にしてはいけませんよ！　ほら早く早く、醍牙の皆さんの気が変わらないうちに、議決してもらわないと！」

「えっ。あ、う、ちょっ！」

勢い大事。こうして、虜囚《りょしゅう》となっていた元皇族と貴族たちは、監視役を務める醍牙の王侯貴族たちの下で、召し使いとして仕えることが、正式に可決され。

ひとまず父上は、王様の西の領地にある城へ送られることになった。異母兄たちは、それぞれ、藍剛将軍の弟さんたち（三人いるらしい。会ってみたい！）の屋敷へ。

義母と長姉は、歓宜王女の私邸へ。最初は義母だけのはずだったが、王女から報復されることを恐れた義母が、そこだけは絶対に嫌だと猛烈に抵抗したので、長姉も一緒ということになった。

でも王女はかえって、獲物が二匹に増えたとでも言いたげに、ニヤ～と笑っていたけども。

残る二人の異母姉は、修道神殿へ。あの沈睡副神官長の管轄下となり、神殿付属の孤児院や救貧院が勤め先になるみたい。異母姉たちも最後まで嫌がって、大騒ぎしていたけど……沈睡さんは僕たちを弁護してくれた方だし、きっと広い心で指導してくれるだろう。

そして僕の勤め先は、黒牙城に決まった。最初に運び込まれて以来、すっかりお世話になっている場所だ。ちょっとでも馴染みのある職場でよかった。

雇い主は王様で、双子が僕の監視担当となった。

◇

「おい、本当に大丈夫なのかよ……」

使用人用の部屋まで案内してくれながら、寒月が訊いてきた。苦虫を噛み潰したような顔で。

「お前を働かせる気などなかったのに……歓宜のやつ」

青月も大きなため息をこぼしている。僕は働き手として戦力外と見なされているからだろう。悔しいが、この体力のなさでは当然だ。

「大丈夫だよ。それに王女殿下があの流れであの発言をしてくれたことが、召し使い案の採用を大きくあと押ししてくれたと思うんだ」

本当に、絶妙なタイミングでの提案だった。またマルム茸を見つけたら必ずお礼に持って行こうと、心に誓った。

実は会議のあと、机に生えていたマルム茸を思い出して、王女にあげようと思ったのだけれど、すでになくなっていた。

誰かが持って行ったのだろうか。それともやっぱり、机に生えていたわけじゃなく、誰かの忘れ物だったのだろうか。しかし会議の場に、キノコ持参でやって来るかなあ……

あ。そういえば。

「僕が行き倒れたときに持っていたマルム茸は、きみたちで食べたの？」

尋ねると、双子は目を瞠《みは》った。

「マルム茸⁉　そんなん見たこともねえよ！　持ってたんか、すげー！」

「あのとき身に着けていたものは、すべて調べさせてもらったが……キノコなどなかったぞ？」

なんと。

「じゃあ、落としながら歩いていたのかも……」

「なんてドジっ子だ、もったいねえ」

「あははっ」

寒月は呆れ顔だったが、「ドジっ子」と言われたことがおかしくて笑ってしまった。

すると双子が足を止めて、びっくりしたように僕を見る。どうしたのかと思ったら、次の瞬間、とびきり嬉しそうに破顔した。太陽みたいな金髪に、タレ目がちな緑の瞳の寒月と、月光を閉じ込めたような銀髪に、切れ長な青い瞳の青月が、褒められた子供みたいに無邪気な笑顔で。

迫力のイケメン二人そろって、そんなふうに笑われたら……異母姉たちが彼らに見惚れていた気持ちが、よくわかってしまう。

「どうした？　顔が赤いぞ」

青月が目ざとく気づいて、心配そうに覗き込んできた。至近距離やめて。今それ逆効果。

「また熱が上がったんじゃねえのか？　会議で疲れたんだろう」

寒月まで顔を寄せてくる。はひー。やめてやめて、もっと赤くなる。

何を僕はこんなにドギマギしているのだろう。そうだ、きっと疲れてるんだ。それで情緒不安定なんだ。そうに違いない。

「だいじょぶ。そんなことより……二人とも、本当にどうもありがとう」

深く頭を下げると、双子はまた目を丸くした。

「二人のおかげで、」

「「いいから！　もうそれはいい！」」

元皇族と貴族たち、大勢の命を救ってくれたこと、生きるための許しを与えてくれたことに、きちんとお礼を言いたかったのに。スパッと拒まれてしまった。

……ん？　二人とも、耳が赤いぞ。

「もしかして、照れてる？」

普通に尋ねたら、寒月は「照れてねー」とぶっきらぼうに答えた。青月は無表情だけど、絶対照れてるだろー。

「ふふっ」

「「照れてない。笑うな」」

「耳だけでなく顔も赤くなってきたのに？」

「「照れてねえっつってんだろ！」」

ガアッと牙を剥いた二人に左右から肩を掴まれ、驚いて一瞬、動けなくなった。

次の瞬間、左右のほっぺに、やわらかい感触。

二人から頬にキスされたのだと把握したときには、もう離れていて。双子は、ぽかんと口を開けた僕を見て、輝くように笑った。

「ははっ。照れてんのは、お前じゃん」

「耳も頬も赤いぞ、アーネスト」

そっと触れてすぐ離れたのに、唇の感触がまだ残っている。カアッとそこから熱くなって、自分でも真っ赤になっていることがわかった。

「ず、ずるい！」

抗議する僕に笑っていた双子が、急に表情を改めた。

「なあ、アーネスト。さっきのことは謝る」

「すまない」

「泣かせるつもりじゃなかった」

「もう二度と怒鳴りつけたりしない」

驚くほど神妙に、寒月と青月が交互に詫びてきた。そして、

「だから、結婚の話を考え直してくれないか？」

らしくもなく、顔色を窺うように問うてくる顔が……またも幼い子のようで、胸がきゅうんとした……けれど。

「お断りします」

「即答かよ！」

「……許してはもらえないか……」

悲しそうな二人に、こちらまで悲しくなる。

でもここで妥協しても、お互い、いつか後悔する。長生きはできそうもない僕と違って、二人にはたくさんの時間が残されているのだから。いずれきっと、『恩人に似ていて、反応が面白い』ってだけじゃない、本当の本当に愛する人と出会って、心から結婚したいと思う日が来るだろう。ちゃんと健康で……彼らの隣に、ふさわしい人と。

……うう、胸が苦しい。チクッがズキンになってきた。

無言で歩く二人の背中を見るほどに、取り返しのつかないものを手放したような、焦燥感に襲われて。重苦しい気分を振り払えぬまま、こんな痛みは気のせいだと、自分に言い聞かせた。

第三章　召し使い始めました

一夜明け。

本日は記念すべき、召し使い生活の一日目！　気分一新、ここから始まる、新たなる僕の人生！

――の初日から、僕は寝込んでしまった。目がさめたら躰が鉛のように重くなっていて、身を起こすのもひと苦労という状態だったのだ。

……これはおそらく、精神的な負担が躰に来たというやつだ。これまでさまざまな体調不良を経験してきたので、症状でだいたいの原因がわかる。僕の数少ない特技と言えよう。

昨夜は久し振りに双子の寝室ではなく、与えられた私室でひとりで眠ったのだけど。

寝つく寸前まで「胸はズキンズキンしていない、ちっとも痛くない」と己に言い聞かせていたのに、僕の躰はまったく納得してくれなかった。双子との結婚話の破談に加えて、会議で受けた、多くの人の命が自分の言動で左右されるという重圧も、自覚より重く心身にのしかかっていたみたい。

だからといって、精神面の不平不満を、いちいち体調不良で表さずともよいものを……

どうにかこうにか寝台から出たものの頽れて、そのまま起き上がれず床に横たわっていたら、様子を見に来た双子に発見されて大騒ぎになった。

双子は僕が死んでいると思ったらしい。「「ギャーッ！」」なんて悲鳴を上げていたし。これこれ、生きてますよー。あ、でも転がっているあいだに寒くて、風邪もひきました……。その結果。

『言わんこっちゃねえ！　過労だって医者が言ってたぞ、絶対安静だ！　召し使いなんて無理だって！』

今、寒月から散々叱られているところ。

反論したいが、虎の姿で僕をあたためてくれている最中なので、文句は言えない。いや、言う気にならない。

「モッフモフー……」

僕は思い切り、フカフカの胸元に顔を押しつけた。

虎縞模様は、胸元にもちゃんと入っているんだね。双子の場合は、長毛猫の胸毛《フリル》みたいに襟巻状にフサフサしているから、よりいっそう豪華な感じ。

そして巨大な虎は、もはや寝台そのものというか……抱きついても寄りかかっても乗っかっても、どうくっつこうと安定感抜群だ。純毛百パーセントで、安心するいい匂いというのもたまらない。

『お前なあ……結婚を断った相手の胸を吸ってること、わかってる？』

もちろん、金モフ虎を吸っていることは自覚しています。そして己の節操《せっそう》のなさに反省もしています。

しかし……ああ、癒されるうぅ。抗い難き、モフモフの魔力よ。

こうしていると、鉛のような躰の重だるさも、底冷えのする醍牙の寒さも忘れられる。ついでに就職一日目から欠勤して寝込んでいるという情けなさも、今だけは忘れられ……

「そういえば」

『ん？　……ほら、もっとくっつけ』

顔を上げた流れで少し躰が離れただけなのに、虎の顎と前肢が、クイッと僕を抱き寄せた。ふふっ、髭の感触が面白い。

『本当に、召し使いはやめとけ。俺の小姓に雇ってやるから。業務内容は食って寝ること』

「もう充分、食べて寝かせてもらっているよ。この部屋だって立派過ぎるし」

僕は改めて、ぐるりと室内を見回した。

双子の居室ほど広くも豪華でもないけれど、僕から見れば充分広くて立派。獣人向けなので、どの部屋も大きめではあるのだが。

この部屋は、むかし藍剛将軍が双子の守り役だった頃、泊まり込む必要があるときに使っていた部屋なのだとか。だから家具などは素朴なつくりだけど質が良いし、暖炉《だんろ》もしっかりあるし、大きな本棚には今も書物がいっぱいで、立派な花窓まである。

将軍が双子の守り役をしていたことは、この部屋を借りたとき教わったのだけど。守り役と言っても、主な役目は剣術の指南。本来は別の剣術の師範《しはん》が雇われていたのに、双子のあまりの腕白っぷりに逃げ出す者が続出し、二人を制御しながら指導できるのが、藍剛将軍しかいなかったらしい。

その話を聞いて、僕は改めて将軍を尊敬した。

「藍剛将軍はすごいよね。強くて人柄も素晴らしくて」

しみじみ言うと、寒月は不機嫌そうに尻尾をパシパシ振った。

『お前は老け専か？』

「ふけせん？」

『藍剛だの老執事だのに、やけに懐いてるじゃねえか」

「うん、大好きだけど？」

『……言っとくが、藍剛には妻子も孫もいるからな。惚れても無駄だ』

「なに言ってるの？」

思わず顔をしかめたら、モフ虎はフンと翠玉の目を細めた。

『そういや、さっきなにか言いかけてなかったか？』

「え？　……あ、そうだった。あの会議のとき、きみたちの尻尾を吸ったらね」

『お前はほんとに、なんでそうスーハースーハー俺らを吸うんだよ』

「モフモフはお吸いものなんだよ！　ケホッ」

力説したらむせてしまった。『おかしな主張で体力削るなよ』と呆れた声。

「ケホッ。あのとき、きみたちの尻尾が甘い匂いになってたなあって」

『……マジか。お前すげえな。動物の嗅覚に負けてねえな』

驚きながら、寒月は『そこ開けてみ』と脇机を示した。机上に飲み物や薬湯が置かれている。

手をのばして言われた通り引き出しを開けてみると、そこには、丁寧にひとつひとつ紙で包まれた焼き菓子が並んでいた。

『料理長特製。てめえはいつも食が細いから、菓子なら食うかと思って。口当たりの良いものを作ってくれと注文しといたら試作ができたっつーから、あの日お前を会議に連れてく前に厨房に寄って、味見してた。んで、それはその完成品。日持ちするから、好きなときに食え』

「寒月……」

味見してた、なんて言ってるけど。それだけじゃ匂いは染み込まないと思うぞ？　二人して厨房に長居して、ああでもないこうでもないと吟味してくれていたんじゃないの？

「……ありがとう、寒月。青月にもあとでお礼を言うよ。大事にいただきます」

『大事にしなくていい、さっさと食え』

ぶっきらぼうになるときは、大抵照れているのだとわかってきた。ふふ。調子に乗って、もうひとつ注文しておこう。

「寒月」

『なんだ。眠くないのか』

「寝るけど。あのね、僕はアーネスト」

『んあ？』

「『てめえ』でも『お前』でもなくて、アーネストだからね」

『んなこた知ってる』

「じゃあ、呼んでみて」

『へ?』

「アーネスト。はい、どうぞ?」

『……用もねえのに呼ばねーよ』

「ふーん。僕はまず、二人の名前を呼ぶために練習したけどね。きみは僕の名前を呼んでくれる気はないわけだ。ふーん」

わざとくるっと背中を向けたら、『わーったよ!』と声が上がった。

思わず笑いながら振り向いたら、その瞬間、蛍の群舞のような金の光。


——あ。


人の姿に戻った寒月が、僕を腕枕したまま、苦笑する。

「アーネスト。……これでいいか?」

「う。ん。」

「なんだよ、不満そうじゃねえか」

だって。だって!

きみもう普通に、ぜ、全裸だし!

さりげなく離れようとしたら、逆に「こら」と笑いながら長い腕の中に抱き込まれた。そうして、大きな両手で頬をつつまれる。

「アーネスト」

嬉しそうに、幸せそうに。

どうしてそんなに、優しく見つめるのだろう。そんな顔をされたら胸がバクバクして、目を離せなくなる。

ただでさえ胸がズキンズキンしているのに……って、ん？　ズキンズキンして、いない……な？

いつのまにか胸の痛みは消えて、代わりに心臓が、大げさに脈打つ鼓動を伝えてきた。

「うぅ」

返事、変な声が出た。

「アーネスト」

寒月の顔が近づいてくる。

あれ？　これは……もしや……避けないと、ダメなやつでは？　このままじっとしてたら、唇が……唇が……

あ……

チュッ、と音を立てて、名残惜しそうに僕の唇を食んでから、寒月の唇が離れた。

「ちっくしょう……可愛すぎるっつーの」

クシャッと僕の前髪をかきあげる、かたい手のひら。長い指。

キスした。僕、今、寒月とキスした。ほっぺじゃなくて、口で。唇で。

心臓が飛び出しそうなほど驚いていているのに、気持ちはとろけてしまっていて。ぼーっと寒月を見上げたら。

「そんな顔してっと、襲うぞ」

そんなこと言われても、自分がどんな顔をしているのかなんてわからない！

キスした。ほんとにキスした。生涯しないまま終わると思っていたキスを。寒月の唇は思ったよりやわらかくて、その唇と僕のそれが……あわわわわ。どうしようジェームズ！　キスだ！　今の、キスだ……！

とにかく恥ずかしくてたまらず目を逸らすと、額にもキスをされた。やわらかくてやさしいキス。

「もう休め。おやすみ、アーネスト」

◇

三日後。

またも僕にしては驚異的な早さで回復し、今日こそ、今日こそは、召し使い生活を始動する！

今日の僕は、これまでの僕とはひと味違う。その理由は、今、目の前で藍剛将軍に告げ口をしている、金の虎の人にある。

「なあ藍剛。アーネストの奴、ひでえだろ？」

「今度はなにをやってアーネスト様を怒らせたのですか、寒月殿下」

おお、さすが将軍！　初っ端から寒月の言い分を信用していない。

「だから添い寝してやっただけだって！　あと、あんまり可愛く笑うからキスもしたけど！　マジそんだけなんだぜ⁉」

　将軍は、やれやれと眉尻を下げた。

「チッスが余計ですな」

「チッスがか！　なんでだ！」

　寒月、チッスがうつってる。

　チッスはともかく、この状況を説明するならば。先ほど、ちょうど登城してきた藍剛将軍と廊下で会えたので、現在、僕が使わせてもらっている彼の部屋の本を、借りてもいいかとお願いした。将軍は快く了承してくれて、用事はすぐに済んだのだけれど。

　そこへ、なぜか一緒についてきていた寒月が、将軍に愚痴《ぐち》り始めたのだ。

　僕にキスをした件について……というか正確には、キスのあとの件なのだが。どちらにしても、そういうことを第三者にペラペラ喋るところ！　そういうとこだぞ、寒月！

「けどよ、キスされてありえねえほど可愛い顔をしてたくせに、直後に『安眠妨害されたから慰謝料を請求する』なんて言い出したんだぜ⁉　それが結婚を断られたにもかかわらず、けなげに添い寝で看病した男に言う台詞か？　とんでもねーよ、あいつ」

　それに対して将軍が返したのが、「なにをやって怒らせたのか」の問いかけである。デキる男の将軍は、さらに寒月に助言した。

「次からは、『チッスをしても良いですか』とお伺いを立てなされ。そうすれば、慰謝料を請求されるような羽目にならずに済みますからの」

「マジか！　そんなのは嫌だあぁぁ」

通りかかった女官たちがクスクス笑っている。うう、恥ずかしい。寒月がショックを受けているあいだに、こっそり、その場をあとにした。

これから、召し使いのまとめ役である、家令《かれい》のハグマイヤーさんに会いに行かねばならない。寒月は心配してついて来てくれたのだろうが、王子連れで現れては、現場の皆さんにプレッシャーを与えてしまうだろう。

指定された使用人の休憩室がどこにあるかはわかっている。今いる廊下の突き当りだ。まっすぐ進めばいいだけだから、さすがの僕も迷子にはなるまい。

「ふう……」

知らず、ため息がこぼれた。

ひとりになるとどうしても、寒月とのキスを思い出してしまう。寒い廊下を歩きながら、顔だけポッポッと火照らせて。

どうしてあんなに抵抗なく、彼のキスを受け入れてしまったんだろう。どうしてあんなに……うっとりするほど、気持ちよかったのだろう……

思い出すだけで恥ずかしくてたまらないのに、ひどく甘やかな浮遊感もあって。結婚はしない、白紙に戻すなんて宣言しておきながら、やっぱりそばにいてくれれば嬉しいし、甘えたくなるし、吸いたくなるし。

求婚を断ったあとも、寒月が変わらず親密に好意を示してくれることに、本音は安堵し、大喜びしている。でも同じくらい、自分はこんなにも、けじめも節操《せっそう》もない人間だったと思い知らされて、自己嫌悪に陥ってもいる。

こんな不誠実な状態で初めてのキスを許すなんて、以前の僕なら考えられない。いや、そもそも以前の僕にはキスする相手がいなかったが、それはさておき。

僕がこんなにふしだらな人間だったとジェームズが知ったら、また泣かせてしまうに違いない。嘆くジェームズが脳裏に浮かび、ますます情けない気持ちになった。

このまま曖昧な関係を続けてはいけないとか、きちんと距離を置かなければとか。でもモフモフだけは例外にして良いだろうかとか、いやいや良いわけないだろうとか。思考がグルグル空転して、どんどん目が冴えてしまって、睡眠不足に。

だからその原因をつくった寒月に、キスの翌朝、慰謝料を請求してやったのだ。正直に言う。八つ当たりだ。唐突すぎてイチャモンとしか言えない理由で金を巻き上げる、この悪党っぷりときたら。自分で自分が恐ろしい。

こんな人間は、すぐに愛想を尽かされるだろう。悪党な僕なんかにこだわらずとも、寒月にはいくらでもお相手がいるのだから。キスしても慰謝料を請求してこないまともな相手が。

——僕だって、本当は寒月にお金をせびったりしたくないよ……

でも寒月と距離を置くには、これしかないんだ。金銭問題に持ち込んで、向こうから「もうあいつ無理」と思われるしか。

意志薄弱な僕のみに任せていたら、絶対また流される。もう僕は僕を信用できない。

……またも胸のズキッが復活しているけど……。きっとすぐ忘れるさ。恋愛沙汰皆無の元の人生に戻れば、きっと。

巻き上げたお金は賠償金の足しにすればいいのだし。寒月と距離を置きつつお金も得られる。

一石二鳥。我ながらナイス悪党アイディア！

……うぅ。つらいよジェームズ。切ないよ。

虚弱ゆえいつも行動が制限されて、できないことだらけだった。だから諦めることには慣れていた。なのにどうして、今回はこんなに、踏ん切りをつけることが難しいのだろう。

そうだ。こういうときは別のことを考えよう。幸い、と言っていいのかわからないが、僕が抱えている問題は、この『モテない人に人生初の恋バナ到来で右往左往問題』だけではない。

『五千億キューズの賠償金返済問題』という難題もあるのだ。というかこちらが本題だった。

現実感のない金額すぎて、途方に暮れるが。でも父上たちはその条件で命を救われたのだから、きっちり返済せねばならない。

しかしどうやって？　皇族と貴族たちの隠し財産で、その半分は賄えるのではという話も耳にしたけれど……存在の不確かなものを、当てにしてはいられないし。

ちなみに僕のような下っ端召し使いの日当は、朝から晩まで働いても、八千キューズ程度らしい。

宿代や食費などの生活費がかからないのは幸いだが、五千億は遥かに遠い。

五千億どころか、手持ちのお金もわずかだし……。処刑か、地下牢で衰弱死するかという覚悟のもとやって来たので、財産と呼べるものはすべてダースティンのみんなのために使うよう、ジェームズに委ねてきた。

ここからまとまった額を稼ぐには、そのダースティンで培われし、「皇族の絵を売っぱらってでもお金をつくる」という経済観念を思い切り活用しながら、儲ける機会を虎視眈々と狙わねばならない。寒月も、予想外にたくさんの慰謝料をくれたし。これを元手にでっかく増やす手段はないだろうか。

……かなり良心が痛むが……

これも寒月、そして青月とも、誠実な関係に戻るため。さらに賠償金という名の借金返済のため。

醍牙の王族からせしめたお金を、醍牙への賠償金に充てるという矛盾はさておき……非モテ人生において最初で最後であろう結婚話を逃した傷心も、きっとお金が癒してくれる。

そうとも。これからの僕の目標は、返済額をゼロにすること！

お金稼ぐぞ！　貯めるぞ！　そのためならば。

「守銭奴《しゅせんど》に、僕はなる！」

こぶしを突き上げ、見えない世界に向かって宣言していたら……

「元皇子がなんて宣言だ」

うしろから呆れ声をかけられた。驚きのあまり跳び上がったけど、この声は。

「青月？　どうしてここに」

振り向いた先には思った通り、いつ見ても涼やかなイケメンの青月。

そういえば今回、僕が寝込んでいたとき添い寝に来てくれたのは、寒月だけだった。青月は仕事で多忙なのだと言って。

数日ぶりに青月の顔を見たら、とてもホッとしている自分に気づく。

……僕、自分で意識するよりずっと、青月に会いたかったんだな。

醍牙に来て双子に助けられて以来、二人とも暇さえあれば一緒にいてくれたから……それに、求婚を断ったときの青月が、とても傷ついていたように見えたから……。嫌われても仕方ないと覚悟したつもりでも、本当に現れなくなると心細かったんだ。僕はどうしようもなく自分勝手だ。

それにしても今日の青月は、元気がない様子。多忙とは聞いていたけど、よほど仕事が大変なのだろうか。

「青月……」

大丈夫かと尋ねようとしたとき、青月のうしろからピョコッと、少年が顔を出した。

「おや？」
十一、二歳くらい？　もっと幼いかな？　綺麗な明るい灰色の髪に、オレンジ色の大きな瞳。
愛らしく利発そうなその少年は、頬を紅潮させて僕を見上げていたが、目が合ったので微笑むと、ぱあっと嬉しそうな笑顔になった。

「こいつは白銅《ハクドウ》。今日からお前の従僕《じゅうぼく》だ」

「へ？」

「アーネスト様、はじめまして！　白銅と申します、アーネスト様にお仕えできて光栄です！　よろしくお願いいたします！」

元気な挨拶のあとペコリと頭を下げられて、つられて僕も、「こちらこそ、よろしく～」と返してしまったけれども。そうじゃなくて。

「従僕《じゅうぼく》って、どういうこと？」

「こいつは十一歳だが、賢いし気が利くから、呑気なお前の世話を焼くにはちょうどいいだろう」

「頑張ります！　ちなみにぼくは、猫の獣人です！」

いや、年齢や長所を訊いたわけじゃなくて。って、え？

「猫ー!?」

「はい！」

なにそれ可愛い！　猫キタ！　猫獣人キターーッ！

猫だから小柄なのかな。この国の人は子供も平均してエルバータ人より大きいようだけど、白銅くんは青月の半分くらいの丈しかない。

いや、それは大げさだけど。ということは、あれか。獣化《じゅうか》したら、まだ子猫か！

「子モフ……！」

想像だけでモフモフ変質者になり、ハァハァしながら手をのばしたら、白銅くんは笑みを浮かべたまま首をかしげた。まだ小さいのに、急にコーフンし始めた僕に嫌な顔もせず、なんてデキた子だろうか。そんな彼に青月が……

「ほらな。たまに挙動不審になる。だが害はないから安心して仕えろ。あと、獣化《じゅうか》すると吸われるから気をつけろ」

「はいっ！　誠心誠意、頑張ります！」

ちょっと待っておくれ。モフモフ変質者になっている間に、話が進んでいるではないか。

「青月。僕は召し使いになったんだよ？」

「ああ」

「なのに従僕《じゅうぼく》はおかしくない？」

「……お前は未だ、ウォルドグレイブ伯爵でもある」

そういえば、会議のとき藍剛将軍がそう言っていた。

「爵位はいつ剥奪《はくだつ》されるんだろう」

「さあな。だが親父が、『ウォルドグレイブ家は妖精さんの知識で爵位と領地を授かったのに、それを奪ってしまったら、妖精王様が怒るんじゃなあい？』とか言って、藍剛も賛同してたけどな」

なるほど。よくわからない。

「だとしても、召し使いに従僕《じゅうぼく》というのは……」

「会議でお前たちへの敵意を剥き出しにしていたアルデンホフのように、エルバータ人を毛嫌いしている者もいる」

エルバータを焼くとか言っていた、あのアルデンホフ氏か。確かに、とてもわかりやすく嫌われていた。

「俺と寒月がお前の監視役であることは周知させたから、お前に手を出す命知らずはまずいないと思うが。常にそばで守ってやることはできないから、もしも不測の事態が起きたら、とりあえず白銅に対処させるか、俺に連絡を寄こせ」

ああ、そうか……

僕はお気楽に「働き口が見つかった」と喜んでいたけど、元皇族を預かって監視しなきゃいけない青月たちには、いろんな責任が生じているのだ。僕ひとりで放っておくことなんてできないんだよね。考えてみれば当たり前のことだ。

「あの……ごめんなさい」

謝ると、青月も白銅くんも驚いたようだ。

「なんで謝るんだ？」

「うん……浅はかだったなあと。勝手に張り切って、守銭奴《しゅせんど》になろうとしたり。寒月からも慰謝料をぶんどったし……」

「あの寒月様から慰謝料を!?」

白銅くん、大きな目をさらに大きく見ひらいている。可愛い。

ひそかに癒されていたら、眉をひそめた青月が、白銅くんに「ちょっと待ってろ」と声をかけた。

「アーネスト、ちょっと来い」

「え。あ」

いきなり背中に腕を回され、ぐいぐい元来た廊下を戻される。

「どこ行くの青月。僕もう、家令《かれい》さんのところに行かないと」

「わかってる」

そう言いながら青月は僕を抱き上げ、僕が歩く倍の速度で移動すると、ひとつの扉を蹴り開けた。中に入ってようやく床に足が着いたところで見回せば、寝具などの備品置き場として使われている部屋らしい。

青月は僕の両手をとって、真剣な顔で問うてきた。

「寒月になにをされた」

「え」

「慰謝料を要求するほどのことを、あいつがしたんだろう?」

あ。そこか。……余計なことを言うんじゃなかった……

「違うよ、ひどいことをされたとかではないんだ。その……」

「あのクソ馬鹿め。いきなり賭けを持ちかけてきて、負けた俺に会議の事後処理を自分のぶんまで押しつけやがった。俺を遠ざけておいて、その間にお前に悪さをしてたんだな⁉」

「か、賭け? なんの?」

「その日の藍剛の朝飯はなんだったかって賭けだ。あいつ、先に本人に確かめていた」

青月がぐったりして見えるほど忙しかったのは、寒月のぶんまで引き受けていたからか。そりゃあ大忙しだったろう。

「すまない。俺がいれば、弱っているお前にあんな奴を近づけなかったのに。さあ、怖がらず言え。ひどいことをされたんだな？」

「違いマス違いマス、えっと、ほら。僕が守銭奴《しゅせんど》だから？」

「……言いにくいなら、奴に直接訊こう。場合によってはぶちのめす」

「うわー！　やめてやめて！　違うんだ、キスされたの！　それだけ！」

大股で部屋を出て行きかけていた青月の動きが、ピタリと止まった。

「……キス？」

ゆっくり振り返った、涼やかなイケメンの目が。切れ長の青いおめめが。なんだかメラメラ燃えてるんですけど……！

「キスされたって……あいつが無理矢理？」

静かな口調がよりいっそう、怒りの強さを物語る。

どうしよう。このままでは本当に、殴り込みに行ってしまうやも。ちゃんと言わなきゃ。正直に。

「その……無理矢理では、ないんだ」

「まさか。――同意の上だったのか？」

激怒していたのが一転、青月はよろめきそうなほど衝撃を受けている。なぜにそこまで。

「アーネスト」

「はい」

「寒月のことが好きなのか」

「うう⁉」

うん、と答えようとして、いま問われている「好き」とは、恋愛感情としての「好き」のことだと気がついた。そうだよね、キスしたと言ったんだから、そういう流れになるよね。

……やっぱり、そうなのだろうか。

あまりに恋愛経験がなさすぎて、自分のこの感情が、初めて同年代の他人と打ち解け合えたことによる親愛の情なのか、子供じみた独占欲なのか、それとも……恋愛感情、なのか。あやふやなまま混乱し続けている。

確かなのは、キスをされても嫌じゃなかったということ。

それどころか気持ちいいと感じてしまったことで。それだけなら、いくら恋愛ごとに疎い僕でも、恋愛感情を抱いてしまったのだと素直に認めていたと思う。

ことを複雑にしたのは、双子の求婚理由に納得がいかなかったことと、相手が二人いるということだ。

恩人に似ているから結婚を考えたという双子に腹を立て、こんな人たちに振り回されるのは、まっぴらだと思った。そこで気持ちを切り替えたつもりだったのに、本音は未練タラタラだった。何の踏ん切りもつけぬまま、寒月に優しくされて喜んだり、キスされてときめいたり。

おまけに僕は青月にも、嫌われたくないと思っている。こうして久しぶりに会えて、呆れられたり避けられたりしていたわけではなかったと知って、心底安堵した。本当に嬉しかった。

……寒月に対する気持ちと、青月に対する気持ち。

そこに違いを見つけられない。二人に対して同じくらい愛着を感じているけど、そんな無節操《せっそう》な恋愛感情なんてあり得ないと思ってしまう。少なくとも僕の中では。だって僕はずっと、『愛し愛されて信頼できる関係』が理想だと考えてきたのだから。

だからいろいろ理由をつけて、本当の気持ちから……こんなのとっくに恋に落ちてるじゃないかと認めることから、目を逸らし続けてきた気がする。

……そうだよね？　これが、好きってこと、なんだよね……？

でもそうすると僕は、二人の態度を責める資格などない、とんでもなく不誠実な恋愛感情の持ち主だということに。そんなわけない、僕の理想は――ああ、思考がグルグル堂々巡りしている。

困り果てた僕は、眉根を寄せて僕を見ている青月に、問いかけてみた。

「青月。恋愛感情の基準ってなに？」

「恋愛感情の基準？」

「うん。ちょっと相談に乗ってほしいんだ」

「あ、ああ」

僕は手近な丸椅子を二脚引き寄せ、怪訝《けげん》そうな表情の青月と向かい合って座った。

「たとえばね。僕の知人の例なのだけどね。その知人は、初対面の二人といきなり全裸で抱き合ってしまって、さらにその後も、何度もモフモフに身を委ねてしまったのだけどね。そんなことができたのは、相手を好きになったから？」

「それ、お前のことだろう」

「違うし。ち、知人だし」

「……その知人の場合はたぶん、モフモフが好きなだけだ。最初は病気で意識もなかったし。……なかったと思われるし」

「うん、そうだったんだよね。僕もそう思う。じゃあ次ね。その全裸男たちがいきなり、『嫁になれ』と言ってきたとして、そう言われたことに……何というかその、ドキドキ？　してしまったら？」

「ドキドキしたのか？」

青月の嬉しそうな笑顔に、まさにドキドキしてしまい、思わず声を張り上げた。

「知人がね！」

「そうか、知人か。嫁になれと言われて拒むより先に、ドキドキするということは、その知人も相手に好意を持っていると考えるのが普通じゃないか？」

「う」

「ちなみにその知人は、どっちに好意を感じたんだ」

「え」

「……まあいい。続けろ」

「う、うん。でも『嫁になれ』と言ってきた人たちは、実は知人を好きなわけではなくて、恩人に似ているから気に入っただけだったんだ。それで……」

「違う！」

青月が急いで否定してきた。

「それは違う。そうじゃなくて」

「違わない。きみたちは、あのとき、はっきりそう言った」

「知人の話だろう！」

「知人じゃないよ！　僕たちの話に決まってるじゃないか！」

気が昂ったせいであのときのショックが甦り、知人設定を自ら放棄してしまった。最初から、もしや無意味な設定だったかなという自覚はあったけども。混乱は人を愚策に走らせる。

「考えれば考えるほど混乱するんだ。僕は自分の気持ちすら把握できない。きみたちの真意はもっとわからない。きみたちの言葉に悪意はないと信じてるけど、その言葉の影響力も結婚も、軽く考えすぎているのじゃないかとも思う。でも今、僕が最も信用できないのは僕で……ああもう、なにを言っているんだろう。とにかく今の僕に、きみたちを責める資格はない。何ひとつまともに考えられない。気持ちがグチャグチャだよ！」

「……アーネストは、ゆっくり考えればいい。ただでさえ、右も左もわからない敵国で会議だなんだと追い立てられていたお前に、急な結婚話まで持ち出して、散々振り回した俺たちが悪いんだ」

「青月……」

「だが俺の気持ちはもう固まっている。信じてくれるまで、いくらでも待つ」

備品室に、沈黙が降りた。遠くざわめきが聞こえてくる。

青月の真摯な言葉が、僕の心にしみ込んできて、昂った気持ちをつつみ込んだ。思いがけない返答への驚きごと、心を優しく抱きしめられたみたいに。僕は返す言葉をなくして、ただ彼を見つめ返した。

青月はゆっくり椅子から立ち上がり、僕の前に片膝を立てて跪いた。

至近距離で視線が絡み合う。深海のような瞳に吸い込まれそうだ。

「俺たちが自分の発言の影響力を軽く考えすぎだというお前の言葉は、きっと正しい。自分たちだけで納得して、それでお前にも伝わると思い込んでいた。アーネストがどう受け取るかなんて、深く考えなかった。今までずっと、そんな調子でやってきたから。アーネストを怒らせて、泣かせて、生まれて初めて反省した」

生まれて初めて。反省の初体験が遅すぎやしまいか。いや、でも、しないよりはずっといい。

「誤解させてすまない。何度でも謝る。だが、嘘は言っていない。お前は出会った当初から無防備で、無邪気で、弱々しくて、かと思えば恐れ知らずで。瞳をキラキラさせて獣化《じゅうか》した俺たちに抱きついくるお前を、元第五皇子だから害さなければなんて思えなかった。俺たちの警戒心を簡単に突破してくるこの存在は、いったいなんなんだろうと、添い寝しながらずっと思ってたよ。もちろん、反応が初心《うぶ》なのが可愛いとか、ほかにも理由はたくさんあるから、望むならひと晩中でも話し続けられるが」

「い、いや、それはいい、です」

本当はすごく聴きたいけど。そんな本音が顔に出ていたのか、青月がくすりと笑った。くうっ。氷像のような美形の優しい微笑は反則すぎる。

「アーネストは、結婚なんてまったく興味のなかった俺たちに、お前となら結婚してみてもいいと思わせてしまった、そして今はもっと強くそう望ませてる。結婚相手はアーネストしかいらないと思わせてる。お前はすごい」

「青月……」

「恩人の話と並べたせいで、おまけに寒月が余計なことを言う天才の最低馬鹿野郎なせいで、誤解を膨らませてしまったが。俺は本気で、アーネストの伴侶になりたい」

「青月……」

「お前が好きだ。アーネスト」

甘い微笑みと、真摯な瞳と、優しく囁かれた告白。

怖い。怖いほど胸がドキドキしてる。頬が紅潮しているのを感じる。わけのわからぬ甘い疼きで、気づけば指が震えていた。その両手を青月の大きな手が、優しくつつみこんでくれる。

「アーネストは……寒月のことが好きなのか？　俺では、ダメか……？」

周囲からどう思われようと歯牙にもかけないような、ともすれば冷淡に見られがちな青月の、そんな悲しそうな、傷ついたような顔を見せられたら……胸がキュウッと締めつけられて、獣化《じゅうか》してもいないのに、思い切り抱きつきたくなってしまう。

黙っていると感情の熱が身の内に溜まってまた寝込みそうだから、僕も正直に胸の内を明かした。

「きみたちといると、混乱してばかりだよ」

「すまない」

「それはたぶん……きみたちのことが、好きだからだ」

それもすごく。ものすごく。喧嘩しても腹を立てても、すぐに一緒にいたくなるくらい。自分のずるさや執着を痛感させられて、ますます自己嫌悪に陥るとわかっていても、二人を諦められないくらい。

青月が目を細めた。

「アーネスト……」

「でも。だったら僕は、きみたち両方に同じくらい混乱させられている僕は……どうすればいいんだろう」

「……それは、自分で考えるべきだな。だが俺は、あいつと同じじゃ嫌だ」

優しい口調だけど、その言葉だけは強く言い切った青月。

そうだよね。二人とも好きなんて変だし、不実だし……

ようやく自分の恋を自覚できたはいいけれど、いくらこれまで色恋沙汰にご縁がなかったからといって、いっぺんに二人を同じくらい好きになるというのは、欲張りすぎだと我ながら思う。

自己嫌悪のあまりうつむくと、頬を両手でつつまれた。

「俺とも、してみる?」

「してみるって、なにを?」

青月の甘い微笑みに、心臓を鷲づかみされながら問い返すと、その卑怯なほど端整な顔が近づいてきて……あ。あ。

……。ゆっくりと唇が離れるとき、プチュッと音がした。

恥ずかしくてたまらないのに、青月はうっとりと見つめてくる。

「そんな可愛い顔をするな。離せなくなる」

そう言って僕の髪を優しく掻き上げる、優しい手。再度くちびるが重なった。

……。どうしよう。気持ちいい……

やわらかくついばむような青月のキスは、角度を変えて触れるたび、「可愛い。本当に可愛いな、アーネスト」と囁く甘いオマケ付き。……もっと、していたい。

どうしようジェームズ。

僕はどんどん、ふしだらになっているよ……

◇

「あの青月様にも慰謝料を払わせるなんて。本当にすごいです、アーネスト様！」

青月との会話を終えて、今度こそ家令《かれい》さんに会うべく使用人の休憩室へと向かいながら、白銅くんが興奮気味に言った。

「あれ？　でもなぜ、青月様に慰謝料を請求したのでしたっけ？」

「僕の精神状態を乱し、業務妨害したからだよ」

「そう、なのですか？」

よくわからないが深く追及せずにおこうという、気遣いに満ちた笑顔を浮かべる白銅くん。小さいのに、なんて気遣い上手さんであることか。青月が推すだけあるよ。

……その青月に僕は、キスされたあとにまたも、慰謝料を請求してしまった。混乱した末の八つ当たり的守銭奴《しゅせんど》発動、再び。どんどん悪党業が板についてきている。

青月の告白には正直、頭がくらくらするほどときめいたし、優しいキスも、き、き、気持ちよかったけど……

でも、流されるまま双子の両方とキスしてしまったことで、ものすごい罪悪感に襲われたのも事実で。改めて、きちんと二人と距離を置いて考えねばと、すごい勢いで猛省《もうせい》もした。

流されやすすぎて、自分で自分が信用できない。

だから一旦、冷静に考えられるまで離れて過ごそうと、青月に宣言した。もちろん寒月とも同様にするつもりだ。結婚の話も同じく。まだまだそこまで考えられる段階ではない。

いちいち慰謝料を請求するような男なんてと幻滅されても、それはそれで仕方ない。いや、正直、仕方なくないけども。思いっきり悲しいけども。……でも今の僕には、これしか思いつかない。荒ぶるときめきをお金に換えることしか……

恋に悩みながら、悩むことに使った労力を借金返済に結びつける、タダでは起きぬ貧乏領主思考。モテないはずだよ。こんなことで平静さを取り戻そうとするなんて。

こじつけそのものの僕の要求に、寒月と同様「とんでもねーな」と頭を抱えつつ、手持ちの金貨を全部くれた青月は、僕が抱える好意も自己嫌悪も、察してくれていたのかもしれない。

とにかく……最初から近すぎた距離を離して、真剣に考える。

その間は召し使いという新たな職業に邁進《まいしん》し、一心不乱に働くのだ！

早く仕事をおぼえて、わずかずつでも借金を返済して。

ちなみに青月がくれた慰謝料は、偶然にも、寒月と同じ金貨五枚だった。さすが双子。

「ねえ、白銅くん」

「どうぞ呼び捨てにしてください、アーネスト様」

「僕も呼び捨てでいいよ、召し使いだもの」

「いいえ。肩書がなんであろうと、僕はアーネスト様を尊敬していますから！　あの王子殿下たちを従わせるなんて、藍剛将軍でもできません！」

従わせる？　はて。なんの話だ。従わせるどころか振り回されているのだけど。……まあいい、それは置いといて。

「近くに、信頼できる両替商はあるかな？　寒月と青月からもらったお金を元手に、なにかできないかなと考えているのだけど……」

「お金を預けたり、商売を始める相談に乗ってもらったりしたいんですね？　それなら、王室御用達の両替商がありますよ」

「おおお……なんて賢いんだ、白銅くん！」

「それほどでもー。えへへ」

かかか可愛いぃ。灰白色の髪の毛を撫でると、なんともやわらかで幸せな手触りで、これぞ猫っ毛。二人してほんわか和んで、にこにこしながら歩くうち、使用人の休憩室の前に着いた。

「少し遅くなっちゃったね。家令《かれい》さんは、まだいるかな？」

「いると思いますよ」

白銅くんがノックしようとしたとき、大きな話し声が聞こえてきた。よく見ると扉が少しひらいている。その隙間の向こうに、茶器を持った丸いお腹の男性が見えた。なかなかの貫禄。もしや彼が家令《かれい》さんだろうか。

そして彼と共に窓際に立つ男性たちは、たぶん、これから同僚《どうりょう》になるこの城の使用人たちだろう。

丸いお腹の男性が、鼻の下に生やした髭を指で整えながら、「やれやれ」と茶器を卓上に置いた。

「エルバータの伯爵サマだかなんだか知らないけど、初日から休んでみたり、ようやく顔を出すというから待っていたら遅刻したり、あり得ないと思うんだよね」

「その通りです、ハグマイヤーさん！」

「妖精の血筋で躰が弱いからとか言って、あの俺様な王子殿下たちまでが、『重労働をさせたら許さん』なんて圧力かけてくるとは。どんな手を使えば、あの殿下たちにあそこまで気を遣わせられるんだよ。妖精魔法？」

「きっとそうです、ハグマイヤーさん！」

「陛下もたいそうお気に入りだということを、心得て接するように！ なんて言われちゃってさ。どんな召し使い様だよ」

「俺たち使用人一同、まったく同意見です、ハグマイヤーさん！」

「噂じゃそれはもう、ひと目見たら膝から崩れ落ちるレベルの美形なんだとさー。笑うー。そんな人間いるわけない！　遅刻しても今日は来るんだろうから、せいぜい楽しみにしていような」

「そうですよ。現実にそんな、膝から崩れ落ちるほどの美形なんていやしませんよ、ハグマイヤーさん！」

「生ぬるく笑ってやりましょう、ハグマイヤーさん！」

あっはっはっ！　とみんなで大笑いしている。うーむ。とっても入りづらい。

すると白銅くんが、「あいつら〜」と大きなおめめを吊り上げた。

「陰口なんて許せません！　待っててください、アーネスト様。僕が懲らしめてやりますから！」

「い、いいんだよ、白銅くん」

初日から休んだことも遅刻したことも本当だから、悪印象を持たれて当然だ。ここから挽回できるよう、努力するしかない。

だが正義感が強いらしき白銅くんは、「呼び捨てにしてくださいってば！」と憤慨したまま言い置いて、引き止める間も無く休憩室に飛び込んでしまった。

「こらあ！　アーネスト様を悪く言う奴は許さないぞ！」

少年特有の高い声ですごんでいる。ふふっ。こんなときだけど、ほっこりしちゃうなあ。

休憩室の面々も懲らしめられた様子はなく。

「おや白銅。今日も殿下のお手伝いかい？」

「白坊、ちょうどよかった。ちょっと肩叩いてくれないか」

なんて言われている。白銅くんが「叩かない！」と言い返したところで、僕も休憩室に足を踏み入れた。

「お邪魔してよろしいですか？　遅れてしまい申しわけありません。アーネスト・ルイ・ウォルドグレイブと申します」

途端、その場の全員の視線が僕に集中した。

みんなが幽霊でも見たように目を見ひらき、口までパカッとひらく。その反応に戸惑いつつも、少しでも悪印象を拭いたくて、にっこり微笑むと——みんなそろって、膝から崩れ落ちた。

ど、どうした⁉　蓄積疲労が一気に表れた⁉　……さすがお城で働く人たち。この広い場内を歩き回るのだから、よほどお疲れなのだろう。

医師を呼ぶべきか迷ったけれど、皆さん、よろめきながらもすぐに立ち上がったのでよかった。

しかしまだなにやら、ぼそぼそと喋っている。

「なんてことだ……まさか本当に、膝から崩れ落ちる羽目になろうとは」

「びっくりしましたね、ハグマイヤーさん……」

「おれはまだ直視できません、ハグマイヤーさん」

丸いお腹が貫禄のあるハグマイヤーさんは、乱れた口髭を撫でつけると、鋭くみんなを見据えた。

「なにを言っているんだ。いくら予想の遥か上空を突破する美形だったといえど、相手は我らと同じ使用人なんだよ！　直視できないと仕事にならないじゃないか！」

「そ、その通りです、ハグマイヤーさん！」

話の流れがわからないが、とりあえずおとなしく待っていると、急にみんなが強い決意をたたえた顔で、こちらを直視してきた。

なんだろう。身だしなみなどを点検されているのだろうか。

よし。せっかく注目されているのだから、僕は友好的な人間ですと訴えよう。そう思って、「敵意はありませんよ、仲良くしてくださいね」という気持ちを込めて微笑み返すと、またもみんなが「うはあぁぁ」と不思議な声を発して頽れたので、ビクッとあとずさってしまった。……彼らは本当にどうしたのだろう……こういう体操があるとかではないよね？

「は、白銅くん。みんな大丈夫かな？　もしや病気なのでは」

「ある意味病気でしょうね」

白銅くんは「まったくもう」と家令《かれい》さんに手を貸すと、立ち上がるのを手伝いながら、キリッと全員に言い放った。

「ハグマイヤーさんとその他のみなさん、シャキッとしてください！　アーネスト様を心配させないでくださいよ！」

「は、白坊……おれたちを『その他のみなさん』で括るの、ひどくない？」

抗議の声を無視して仁王立ちする白銅くん、凛々しくも可愛い。ひとりでほっこりしていると、家令《かれい》さんがコホンと咳払いした。

「確かに、白銅の言う通りだね。最初が肝心。シャキッとしないと」

そう言って僕をなぜか細目で見ると、ムンッと胸を張った。

「失礼したね。わたしが家令《かれい》のハグマイヤーだ、よろしく。えーと、ウォルドグレイブ……伯爵？」

「どうぞ、ただのウォルドグレイブで。もしくはアーネストとお呼びください、ハグマイヤーさん」

笑顔で返すと、ハグマイヤーさんはまたも「うっ」とよろめいたが、周りの人たちが「しっかり、ハグマイヤーさん！」と支えた。ハグマイヤーさんも「負けないよ、わたしは負けないよ！」と手を取り合っているが、いったいなにと勝負しているのだろう。

そうして再度、胸を張り直したハグマイヤーさんが振り向いた。

「では遠慮なく、アーネストくんと呼ばせてもらおう」

「はい」

「きみに召し使いとしての仕事を与えるよう、王子殿下方から命じられてはいるが。実はわたしはつい最近まで、仕事で陛下のご領地へ出向いていたのでね。きみのことをどう扱えばいいものやら、わかりかねている」

「そのお気持ちはわかります」

エルバータの元皇子という情報しかないのに、「雇ったから仕事をやれ」と頼まれても、現場の責任者としては困惑するだろう。なのでコクコクうなずくと、泳いでいたハグマイヤーさんの視線がぴたりと止まって、ぱちぱち瞬きをした。

「……わかってくれるのかい？」

「はい。お手間を増やして申しわけありません」

「いや、そんなことは良いのさ。主の期待に応えてこその家令《かれい》だからね」

すると使用人さんたちが「かっこいいです、ハグマイヤーさん！」と拍手を送る。楽しそうなので僕も一緒に拍手すると、ハグマイヤーさんもみんなも、嬉しそうに顔を見合わせながら僕を見た。

「きみはなんだか、想像していた『元皇族』と違うね」

「僕はただの田舎者ですから」

「それにしちゃ洗練されているけど。ともかく、召し使いの心得を教えておこう」

「はい、ぜひ！」

前のめりにうなずくと、ハグマイヤーさんは満足そうに口角を緩めて、「まあ、座って。みんなも」と、椅子をすすめてくれた。

「召し使いというのはね、アーネストくん。主の前では一瞬たりとも気を抜かず、常にその言動に気を配り、言われる前に望みを察し、繊細《せんさい》な心遣いで完璧な仕事を」

「それでハグマイヤーさん、アーネスト様はなんのお仕事をすれば良いのですか？」

白銅くんがハグマイヤーさんの話をぶった切った。が、家令《かれい》さんは怒った様子もなく、「ああ、そうだった、そうだった。早く仕事に戻らなきゃ」と話を切り替えた。なんだかとても良い人そうだ、ハグマイヤーさん。

「では改めて、アーネストくん」

「はい」

「城の仕事は部署ごとに細分化されていてね。使用人はそれぞれ、担当の仕事が決まっている。たとえば新米は、燭台《しょくだい》を綺麗にする仕事、とかね。でもきみは特例ということで。得意なことがあれば、なるべくそういう仕事を回すから、教えてくれるかな」

得意なこと……

困った。

倒れたり寝込んだりすること以外、思い浮かばない。薬草には詳しいけど、エルバータと醍牙では植物の環境も違うだろうし。

よっぽど情けない顔をしていたのか、みんなが応援してくれた。

「頑張れ、なにか絞り出すんだ！」

「ひとつくらいはなにか誇れることがあるはず！」

うう。ありがとうございます、みなさん。

しかし仕事としてお給金をいただくに値するほど、得意なことなんて僕には。すると成り行きを心配そうに見守ってくれていた白銅くんが、助言をくれた。

「アーネスト様は読み書き計算に不自由しない方ですし、ひとまずハグマイヤーさんの書類仕事のお手伝いはいかがですか？」

その言葉のおかげで、僕は『家令《かれい》補佐』という役目をいただけた。

本当は「下働きでもなんでもやります！」と言いたいけれど、自分の体力の無さは充分自覚しているので……無理をして倒れでもしたら、かえってハグマイヤーさんたちの迷惑になるだろう。

でも、できる仕事を少しずつでも増やせるよう、精いっぱい努力するつもりだ。頑張るぞ！

◇

――そんなこんなで。

召し使い生活十日目。今日も僕は、ハグマイヤーさんの仕事に必要な資料を集めながら、城内をあちこち回っている。

ハグマイヤーさんの業務は本当に幅広くて、男性の全使用人の責任者として雇用《こよう》も解雇も差配し、現場に目を光らせつつ王様の領地の一部を管理し、もちろん王様ご自身のお世話もするという、大変な仕事量だ。

彼の仕事を手伝わせてもらっていると、醍牙の地理や各地方の気候や、有力貴族の領地の分布なども自然と学べて、お給金をもらいながら学びにもなるという、とてもありがたい環境だった。

おかげで双子と離れている寂しさも紛れるというもの。

そう、離れているのだ。今度こそ有言実行中。青月とのキスのあと、二人と距離を置いて考えると決意して以来、どうしても必要なとき以外は顔を合わせないようにしている。

でもそれが、こんなに寂しいことだとは思わなかった。会いたい。顔を見たい。今日はこんな仕事をおぼえたよと報告したり、二人の話を聴いたりしたい。思い切りモフモフしたい。

でもそうして感情任せで動いていたら、また同じことの繰り返しだ。

僕は未だ、どちらも選べない。二人とも同じくらい大好きだという不誠実な感情は、彼らと離れて考えてみても、揺らぐどころか膨らみ続ける一方だ。

こんな……こんな僕より、寒月と青月にふさわしい相手は、たくさんいると。心の中の別の自分が、いつも僕を責め立てる。きっとそれが正論だ。

今すぐ双子に「今後一切、恋愛感情は持ちません。結婚も絶対しません」ときっぱり告げることこそ、『常識的な正解』なのだろう。あの俺様な双子とて、僕が本気で拒んでいるとわかれば、婚《こん》姻《いん》を強要したりはしないはず。

……たぶん。俺様だけど、本当は思いやり深い人たちだもの。それにすごく格好良くて声までイケメンで、笑顔が可愛くてモフモフで……は、関係ないか。

それに引き換え僕ときたら、病弱で借金持ちで、生きているだけで精いっぱい。二人にふさわしくないことは、充分自覚している。だからいっそう、無邪気なまでに大胆に『嫁になれ』なんて言う双子に、夢を見たくなってしまうんだ。本当に、そんな未来があればいいのになって。彼等と一緒にこの先の人生を歩けるなら、どんな願いだって叶えられるくらいの勇気が出そうだなって。

……こんな不誠実な男が、都合の良いことばかり考えて。本当に情けない。

こんな調子で結論を出せず、同じことをグルグルと悩み続けているわけなので。しみじみ、仕事をもらえていてよかったなと思う。

とにかく働くこと。賠償金の完済方法を考えること。そうして果たすべき役割に取り組んでいれば、泥沼みたいな思考を切り替えられる。なにもかもが中途半端な僕を、少しは強くしてくれる気もする。

「アーネスト様？」

白銅くんの声に、思案の底から浮上した。歩きながら考え込んでいたものだから、本日も従僕《じゅうぼく》として付き添ってくれている白銅くんが、心配そうに僕を見上げていた。

「大丈夫ですか？　お疲れなのでは？」

「大丈夫、少し考えごとをしていただけだよ。ありがとう」

安心したように笑顔になる白銅くんは、今日も安定の可愛さだ。彼が案内してくれるので広い城内を迷わず移動できて、本当に助かっている。そして癒されている。

「白銅くんは獣《じゅう》化《か》しないの？」

だいぶ気安い関係になったこともあり、期待を込めて訊いてみると、白銅くんは残念そうに首を横に振った。

「できないことはないのですが、獣人が自分の意思で姿を変えられるのは、成人してからなのです。それまでは、うっかり獣《じゅう》化《か》したが最後、何日も人の姿に戻れなくなったりします。だから安易に獣《じゅう》化《か》できません」

そうだった。ジェームズからそう教わっていたのに、子モフ見たさに失念していた。

「無神経な質問をして、ごめんね……」

「えっ⁉　ぜんぜん無神経なんかじゃありませんよう！」

白銅くんは楽しそうに声を上げて笑った。子供特有のキャッキャと高い笑い声が、子猫の

「ぴゃっ」という鳴き声に聞こえるのは、願望が生む幻聴だろうか。

「ちなみに獣人の多くは、人の姿で生まれたのちすぐ獣化《じゅうか》して、しばらくそのままです」

「へええ、そうなんだあ」

「はい。そこから人の姿になるまでの期間は、個人差があります」

ほほう。じゃあ、あの巨大トラの双子も、生まれたては双子の子トラ姿でスヤスヤしてたのか……なにそれ、かーわーいーいーいー！　ハァハァ。想像だけでモフモフ変質者になりそうだ。

ハァハァしている僕には気づかず、白銅くんは真珠みたいな八重歯を見せて笑った。

「アーネスト様は積極的に獣人のことを知ろうとしてくださるので、すごく嬉しいです。使用人たちにも丁寧に接するから、みんなとても喜んでいるんですよ。『城で預かる元皇族がアーネスト様で、本当に良かった』って！」

新人のくせに事務仕事をさせてもらっている召し使いに、そう言ってもらえるのはとてもありがたいけれど……

「丁寧に接するというか、僕は新入り召し使いだから、いろいろ教えてもらう立場からお願いするのは当然のことだと思う」

「アーネスト様。エルバータの元皇族たちは、その『当然のこと』がわからないのが普通なのです」

白銅くん、眉間にしわを寄せて首を振っている。いちいち可愛い。

「アーネスト様のご家族の悪口を言いたくはないですが、あの元皇女たちをさっき見かけました。

耳が痛くなるほど大騒ぎしてましたよ」

「異母姉《あね》たちが？」

「そうです。修道神殿で預かる二人です」

それは次姉のルイーズと、末姉のパメラだな。

「移送のための支度や手続きが終わって、今日が修道神殿へ移される日なんですけど……柱にしがみついて抵抗して、女官たちが数人がかりで引き剥がしてました」

「それは元気だねえ」

「元気すぎます！」

話しているうち、一直線の長い廊下に出た。向かって左手の壁には、中庭に面した窓。右手にはずらりと扉が並ぶ。その奥まった位置にある扉がちょうどひらいて、騒々しい話し声が響くや、ぞろぞろと人が出てきた。

「放しなさい！　放せ、無礼者！」

「痛いったら！　女のくせになんて力なの!?　獣人の馬鹿力で触らないで！」

「うわあ。噂をすればです」

嫌そうに眉根を寄せた白銅くんの言う通り、そこにいるのは、まさに今話題にのぼっていた異母姉たちだった。

思った以上に元気そうで……なんというか、申しわけありません、女官さんたち。

逞しい獣人の女官たちはおそらく、武術の心得があるのだろう。歓宜王女を思い出させるキビキビとした動きで、暴れる異母姉たちを連行しながら、こちらへ近づいてきた。

義母と長姉のソフィは見当たらない。すでに歓宜王女の私邸へ移されたのだろうか。……などと考えていたら、僕に気づいた異母姉たちが「あーっ！」と大声を上げた。

「アーネスト・ルイ・ウォルドグレイブ！　この能なしの厄介者！」

「お前のせいでわたくしたちは、貧乏ったらしい宗教施設に送られるのよ！　この役立たず！」

ルイーズもパメラも、前回見たときよりかなり質素な衣服を身に着けていた。でもやつれた様子はないし、逞しい女官たちの制止をも振り切っているし、むしろ活気に満ちてるみたい。

「異母姉《あね》上たち、ご機嫌うるわしゅう」

「うるわしいわけないでしょう！　人の話を聞いているの!?」

「ああ、もうこんな愚か者は放っておきましょうよ、ルイーズ姉様！　それより、ほら」

「ああ、そうだったわね」

そこで二人は、急に勝ち誇ったような笑みを浮かべた。

「よく聞きなさい、アーネスト・ルイ・ウォルドグレイブ。お前とわたくしたちの縁は、これをもって完全に切れた。そもそも赤の他人同様だったのだから、かまわないでしょう？」

唐突なルイーズの言葉に戸惑ったが、確かに醍牙に来るまで、僕は皇族と関わることなく暮らしてきた。だからまったく問題ないのだが……。

「それはかまいませんが、賠償金はどうするのですか？　わずかでも、みんなで貯めたほうが早く返済できると思うのですが」

途端、異母姉たちは弾けたように笑い出した。

「なにを言い出すのやら、偉そうに。聞いたわよ。お前は会議のあと倒れて、寝込んでいたそうじゃないの。評判通りのひ弱さね！　そんな調子でどうやって、しかも雀の涙ほどの給金で、お金を貯めるというの？」

そう言ってケラケラ笑うルイーズに、パメラも続く。

「お前など、結局はただの田舎の貧乏貴族。わたくしたちをお前と一緒にしないでちょうだいな。いいこと？　賠償金の工面は、お前はお前でなんとかなさい。わたくしたちとお前は、なんの関係もないのだから。お前のような厄介者の面倒をみるつもりは、一切ないわ」

◆

「――と、元皇女たちが、アーネストくんに言っていたそうです」

ハグマイヤーの報告に、寒月王子と青月王子が「へえ」と冷笑を浮かべた。

「てめえの家族の命の恩人に向かって、ずいぶんなこと言ってくれるじゃねえか」

寒月王子が獰猛《どうもう》に犬歯を覗かせれば、青月王子は物騒な鉤爪《かぎづめ》に変容させた指先を見つめて。

「そいつらも沈睡のところより、歓宜に躾けさせたほうが良いかもな」

仲良くうなずき合っている。この双子は物騒な話題や悪巧みのときほど息ぴったりになることを、ハグマイヤーはよく知っていた。

書斎《しょさい》の長椅子に図体の大きい彼らが並んで座り、ふんぞり返って長い脚を組んでいるさまは、獣化《じゅうか》していなくても迫力満点。特にこうして剣呑な空気を発散しているときなど、ハグマイヤーの中の獣の本能が『逃げろ』と訴え、躰をぶるりと震わせる。

もちろん長年仕えているから、この双子王子がいくら喧嘩っ早かろうと、目下の者を無慈悲に扱うようなことはしないとわかっている。だが生存本能に理屈は通用しない。どんな生きものだって、危険や恐れには敏感に反応するものだ。

ただ、その原則が、いまいち当て嵌まらない人間がいる。それこそが先ほどから話題にのぼっている、アーネストである。

本当に不思議な青年だと、ハグマイヤーは思う。

召し使いとなった彼を観察し始めてから間もないが、使用人の身分となったからといって悲観した様子はまったくなく、卑屈になってもいない。

そしてなにより、これほど突然、獣人だらけの環境に放り込まれたというのに、一般的に普通の人間が獣人に対して抱く警戒心や恐れというものを、彼からは一切感じない。

それどころか興味津々、親しみと尊敬の念すらにじませて距離を詰めてくるので、逆に「もっと用心しなさい」と忠告したくなるほどだ。

茶飲み友達の藍剛将軍から聞いた話によると、アーネストの友好的な反応は、エルバータで将軍たちを迎えたときから一貫しているらしい。それだけでも驚くが、ハグマイヤーを最も驚かせたのは、その態度がこの双子王子に対しても変わらない――どころか、対等に渡り合っているところだ。

虎の獣人なんて、よく知る相手でもなければ、獣人から見ても怖い。

なのにあの青年は、恐れるどころか「モフモフー」などと言って、大喜びするのだとか。躰が弱いぶん、精神面が強いのだろうか。

「――しかし、わざわざそんな通告をアーネストにしたということは、元皇族たちには賠償金を支払う当てがあるということか？」

青月王子が眉根を寄せると、寒月王子も顔をしかめた。

「ただ単に馬鹿なんじゃねえの？　奴らが外国に分散させた隠し財産は、当然、見つけ次第没収するし」

「……油断はできん。各対象者の監視役たちにも、外部との接触や行動を漏らさず見張るよう、改めて念を押しておこう」

話にひと区切りついたところで、「では、わたしはこれで」と退室しようとすると、「おい」と寒月王子に引きとめられた。

「はい、なにかご用でしょうか」

「あいつは、その……どうにか、やっていけそうか？」

らしくもなく言い淀んだ寒月王子同様、青月王子も、いかにも平静を装っているという口調で訊いてくる。

「今はどんな仕事をさせているんだ？　体調は大丈夫なんだろうな？」

ハグマイヤーは首をかしげた。

「当初から今に至るまで、わたしの補佐の書類仕事です。体調も問題ないように見えますが、それほど心配でしたら直接、様子を見にいらしてはいかがです？」

「それができねえから訊いてんだよ！」

寒月王子が吠えた。青月王子も渋い表情だ。

「さっきこっそり見に行ったらすぐ見つかって、俺も寒月も追い返された。『きみたちとは、しばらく距離を置くと言ったでしょう？　さようなら。幸せなモフモフ時間でした』と」

「あのヤロウ、逃げた女房の置き手紙みたいなことを言いやがって」

ハグマイヤーは、内心で仰天していた。あの妖精そのものみたいに儚げな青年が、この押しの強い王子たちを追い返したって？　しかも、それを二人が許している。

彼らがアーネストをいたく気に入り、妻にと望んでいることは承知しているが……いつもの悪い遊びの一環、どうせすぐ飽きるのだろうと考えていた。

しかし、これは……長く仕えるハグマイヤーですら、こんなに腰の引けた双子王子は見たことがない。もしや、かなり本気なのだろうか。

「……家令《かれい》補佐としては、かなり優秀ですよ。さすがに領主をされていた方なだけあります。領地の税金の複雑な算出方法なども悠々理解していましたし、語学も堪能で。醍牙文字はさすがに馴染みがなかったようですが、藍剛将軍から借りた本で勉強を始めたそうです。王子殿下方のお名前も練習していましたよ。真面目で熱心で、すごく助かっています」

「……なんだって？」

「は？」

目を丸くすると、二人はじれったそうに急かしてきた。

「最後のとこ！　なんて言った？」

「は、はい。真面目で熱心で、すごく助かって……」

「そこじゃない！　あいつ、俺たちの名前を書いてたのか⁉」

「はあ」

ハグマイヤーは思わずポカンと口を開けてしまったが、それも一瞬のこと。優秀な家令《かれい》として、すぐに二人の希望を察した。

「休憩時間に、醍牙という字はどう書くのかを教えてあげたのです。すると、寒月殿下と青月殿下の字はどう書くのかと訊かれました。お手本を書くと、その場で何度も練習していましたよ」

途端、二人は頬を紅潮させ、夢見る乙女のように瞳を輝かせた。

「まず、俺たちの名前を書きたがったのか……」

「なんだよ、避けるフリしやがって。やっぱ俺たちのことが大好きじゃねえか」

じわじわと込み上げる喜びを噛みしめている二人を見て、ハグマイヤーは自分の仕事ぶりに満足した。アーネストは歓宜王女と白銅の名も一生懸命練習していたのだが、それを言う必要はないだろう。

第四章　二人と

涙目の白銅くんが、膝立ちで僕の顔を覗き込んできた。

「大丈夫ですか、アーネスト様ぁ」

「うん。血も止まったし、もう大丈夫だよ。心配かけてごめんね」

笑顔で答えて、ダースティンから持参してきた傷薬を指の切り傷にたっぷり塗った。

よし、これで大丈夫。刃物の傷は出血しやすいけど、少し切った程度なら案外塞がりやすい。

そんなわけで、なぜにいきなり負傷しているかといえば。先刻まで厨房《ちゅうぼう》にいて、イモの皮剥きをしていたからだ。


以前、双子が僕のために作らせてくれた焼き菓子がとても美味しかったので、数日前に、料理長のカーラさんにお礼に伺った。カーラさんはパワフルで威勢の良い女性で……

「いやだよもう！　この子の腰ったら、あたしの腕と同じくらいじゃないの！」

そう言って嘆かれた。以降、顔を合わせるたびなにか食べさせようとしてくる彼女だったが、どうやら少食な僕を見ていると「食わせてみせる」という料理人魂がうずくらしい。

そして今日も、厨房《ちゅうぼう》のそばを通ったついでに、挨拶に寄ったのだが。

本日、判明した事実。

厨房《ちゅうぼう》にいる全員が——そして実は白銅くんまでも、僕の好物は「バターを乗せた蒸したジャガイモ」と認識していて、僕は無類のイモ好きと思われていた。いつの間に。

おそらく、講和会議の場で藍剛将軍が読み上げた、「蒸したジャガイモにバターを乗せたものを想像するだけで幸せになる」というダースティンからの手紙が原因だと思うけど……。実際のところ僕は、イモは好きだが「無類の」というほどではない。

しかしすでに厨房《ちゅうぼう》には、これでもかというほどジャガイモが置かれており、下ごしらえ担当の女性たちが、せっせと皮を剥いていた。

さすがにそれらすべてが僕ひとりのために用意されたわけではなかったが、カーラさんもほかの料理人さんたちも、「イモ尽くしにするからお楽しみに！」と良い笑顔を向けてきて、白銅くんにまで「よかったですね、アーネスト様！」などと嬉しそうに笑われてしまっては、今さら「無類のイモ好きではありません」とは、言い出しにくい状況であった。

なんとなく申しわけない気持ちになった僕は、カーラさんと会話しがてら皮剥きを手伝うことにした。みんな驚いて、止めてきたけど……ダースティンにいた頃はよく手伝っていたから、僕も皮剥きくらいはできるんだよ。

「これほどイモが似合わない人も珍しいのに、案外上手ねえ」

なんてみんなに感心されて、白銅くんも楽しそうに手伝ってくれて。途中でカーラさんから……

「イモ以外はなにが好きなのさ」

と訊かれるまでは、順調だったのだが。

「好き」という言葉で最初に頭に浮かんだのが、寒月と青月だった。

訊かれたのは食べ物のことだ。誰が好きなのさ、ではない。

……いや、誰が好きなのさ、だとしても。

懲りもせず二人同時に思い浮かべるなんて……僕ってやつは。距離を置いてもなにも変わっていない。やっぱり諦めるなんて無理だと、思い知らされるばかり。

彼らの強さや可愛らしさを。僕のために、あんなに憎んでいた父上たちのことを許してくれた自己犠牲を。優しく触れる手を、唇を。愛しいと思う心を。愛しい人に愛しいと思ってもらえる喜びを。知ってしまったら、知らぬ頃には戻れない。

異国で体調を崩して寝込んでいても心細い思いをせず済んだのは、二人がずっとそばにいて、ぬくもりとモフモフでつつみ込んでくれていたからだ。


――とんでもねーな、こいつ。


そう言われるのも好きなんだ。

だっていくら呆れ口調でも、ちゃんと見守ってくれていると、伝わってくるから。

今ならまだ間に合う。僕も好きだと手をのばせば、彼等はその手を握り返してくれる。今ならまだ、きっと……きっと……

きっと、どうしようと言うのだ。

会いたくてたまらないけど、二人ともを恋しく想っているという点はまったく変わっていない。

それではダメなのだと、どれだけ堂々巡りを繰り返せば気が済むのか。

でも、なにをしていても大好きな人たちの顔が頭に浮かぶのは止められない。

綺麗な景色を見るのも、美味しいものを食べるのも、なにげない気づきも。ここに二人がいればなと、二人と一緒がいいなと、湧き上がる想いは抑えられない。

どう考えても、やっぱり僕は、寒月も青月も、同じくらい恋しく思っている。どちらかを選んでどちらかを拒否するなんて、絶対できない。

その二人に対して誠実でいようと思うのなら、結論はやっぱり……二人ともを諦めるしか、ない。

「あれ？　頬が赤いみたいですよ、アーネスト様」

白銅くんの声で僕は、イモの皮剥きをしていた現実に戻った。と同時にナイフを滑らせ、スパッと指に切りつけてしまったのだった。

◇

「そのお薬、とても良い匂いがしますね」

自室での怪我の手当てを終えると、白銅くんが小さなお鼻をくんくん動かした。可愛い。

「いろんな薬草の匂いだよ。これはウォルドグレイブ家に伝わる処方の傷薬に、僕が手を加えたものでね。農作業でよく怪我をする領民たちのために作ったのだけど、よく効くよ」

「アーネスト様は、お薬まで作れるのですか⁉」

「よく知ったものならね。さて、仕事に戻ろうか」

立ち上がったとき、廊下から荒々しい足音が聞こえてきた。白銅くんと目を合わせた次の瞬間、けたたましいノックが響き、返事もせぬうちに乱暴に扉がひらかれた。

「「アーネスト！」」

ドクンと鼓動が跳ね上がる。

金と銀の、今日も憎たらしいほどイケメンな双子が、息を切らして僕を見た。

「怪我したってほんとか！」

「医者は！　医者には診せたのか⁉」

「け……が……う？」

ちょうど恋しく想っていた二人が飛び込んできたものだから、驚きのあまり言葉に詰まった。

「『けがう』ってなんだ！　口か？　口を怪我したのか！」

寒月が両手で僕の頬をガシッと挟んだので、必然的におちょぼ口になりながら、「ちあう」と否定した。すると今度は、僕の指に巻きつけられた包帯に目ざとく気づいた青月が。

「指か。怪我したのは指なんだな？　大変だ。今すぐ王都一の名医を呼ばなければ」

深刻な顔でそんなことを言い出した。やめて。この程度の切り傷で名医を振り回さないで。

――と、いつもなら普通に言えるのに。

今日はダメだ。二人の心配顔が接近するたび切なくて、心臓が連打されて上手く言葉が出てこない。改めて間近で見る二人は、どちらも睫毛が長くて。金と銀で、髪の毛と同じ色をしていて。こんな色っぽいイケメンたちと、よく普通に同衾《どうきん》していたよね、僕は。

自分の鈍さが信じられない！

脳内が大騒ぎしすぎて、一周回って表面上はボーっとしていると、青月が心配そうに白銅くんに尋ねた。

「なんだか様子がおかしいんだが。熱でも出ているのか？」

「お二方がいらっしゃるまでは、普通にお元気そうでしたけど……」

「やっぱ医師だな。呼ぶのを待ってられねえ、こっちから行くぞ！」

寒月が僕を抱き上げようとしたので、あわてて身をかわした。

「ダイダイ大丈夫デス。寒月殿下、青月殿下。自分デ手当テ、ヤタ。医者モイリ、ナイ」

「なんでまた殿下呼びに逆戻りしてるんだよ」

「そしてなぜいきなりカタコト？」

僕にもワカリ、ナイ……

うぅ、双子が不審者を見る目つきになってる。しゃんとしろ、僕！

「もう僕ハ召シ使イなのデ、けじめデス。王子殿下ヲ呼ビ捨テには、デキマヘン！」

噛んだ。しゃんとするの、失敗。

「『デキマヘン』て」

「……かなりの異変が起きているようだ」

「そうですね。気づけなくて申しわけありません」

寒月と青月に続いて白銅くんまで、重病人を見るような目になっている。

情けなさすぎて本当に熱が出そうなので、そうなる前に、双子には退室を願おう。そうすれば、一時的にでも平常心を取り戻せるはず。

二人のどちらも選びません、結婚の話は完全になかったことにしましょうと伝えるにしても、白銅くんのいる前では話せない。情けないけど正直、話の途中で泣いてしまいそうだし……

一度きちんと自分自身に言い聞かせて、冷静に話す心構えができてから話を切り出そう。

「寒月殿下、青月殿下。本当に僕は大丈夫です。たいした傷ではないし、手当てもちゃんとしました。だからもう、お戻りください」

よし、キリリと言えた。と、思ったのに、双子は眉根を寄せて、

「「白銅。呼ぶまでどっか行ってろ」」

双子が出ていくのでなく、白銅くんが退室させられてしまった。

「なんでぇ？」

我ながら情けない声で抗議すると、寒月から「それはこっちの台詞だ！」と怒られた。話しながら長椅子に座らされ、左右に陣取った双子に挟まれる。

「なにが殿下だ、気持ちわりぃ」

「ひどい！　王子のくせに！」

「呼び捨てにしないとキスするぞ」

うっと口を閉じると、寒月は「ったく」と苦笑した。

「そんなに警戒すんなよ」

「け、警戒ナンカ」

「動揺するとカタコトになるのな」

くっ。バレバレだ。せめて表情を読まれないよううつむいたのに、青月の大きな手で、そっと上向かされてしまった。目の前に綺麗な青いおめめ……切なげに見ないでくれ。刺激が強すぎる。

その上……

「お前に避けられて、しんどかった」

寂しそうに笑うから、罪悪感で胸がきゅうっと苦しくなった。不実な態度は二人に対して失礼だと思い、距離を置いたのに。かえって傷つけてしまっていたのだろうか。

「ご、ごめんなさい。僕……」

「俺たち二人から迫られて、困っていたんだろう？」

寒月とも青月ともキスしたことを、二人とも承知している。恥ずかしくていたたまれなくて、ぎゅうっと目をつぶってうなずいた。

すると両の頬に、おぼえのあるやわらかな感触。ハッとして目をひらいたと同時、チュッと音を立てて寒月と青月の唇が離れた。

「え、え、え？」

同時に頬にキスされたのだと、一拍遅れて認識した途端、ボッと火を噴いたみたいに顔が熱くなった。そんな僕を見ていた寒月が、「なに可愛い反応してんだ」と笑う。

そっちこそ、なに格好よく笑っているのだ！　深刻に悩んでいるときに急にキスされたら、しかも二人そろってキスしてきたら、驚くにきまってるじゃないか。頬を火照らせたままキッと睨んでやると、青月が苦笑を浮かべた。いちいち絵になるな！

「もう、どちらかを選ぶよう、無理強いしたりしないから」

「……え」

一瞬、とうとう見捨てられた、来るべきときが来たと目の前が真っ暗になった。しかし。

「寒月と話し合った。俺らはどちらも、アーネストを諦めるつもりはない。独占したい。どうしようもなく惚れている」

その言葉に、気持ちが一気に高揚した。嬉しい。不実で申しわけないけど、嬉しい。一度は絶望した反動で、泣き出しそうなくらい嬉しい。

と同時に、胸を引っ掻く罪悪感。ひっそりと葛藤《かっとう》していたら、僕の気持ちを読んだみたいに寒月が言った。

「どちらかを選べと迫り続けていたら、お前の場合『なら、どっちも選ばない』なんて言い出しかねねえし」

「うっ！」

鋭すぎる。今まさにそう考えてました。

「だから、アーネスト」

青月が、こんな甘い声も出せるのかと驚くくらい、うっとりするほど優しく囁いた。

「俺たち二人の嫁になればいい」

……二人の、嫁に、……なる？

「……なんですと？」

まさに頭が真っ白という状態からようやくそれだけ絞り出すと、期待に満ちた目で僕を見ていた双子が、がっくりと肩を落とした。

寒月が「あのな」と顔をしかめる。

「今俺たちは大変な決意でもって、お前に再度求婚したんだぞ？」

「う？」

「妥協という言葉が死ぬほど嫌いな、この俺たちがだ。どうしてもお前に逃げられたくないばっかりに、独占するのを諦めてでも嫁になってほしいと頼んでるんだ。ちゃんと聞いてたか？」

「う」

驚愕と混乱のあまり、カタコトどころかなにを言えばよいかもわからなくなった僕に、青月も苦悩の表情で額を押さえた。

「この妥協案に行き着くまでに、命懸けの兄弟喧嘩になりかけた。だが俺たちが本気でやり合ったら間違いなくどっちも死ぬし、そうなれば漁夫の利で、ほかの誰かがお前に手を出すだろう」

「え」

「そういうこと！　どこぞのクソ野郎にアーネストを取られるくらいなら、青月のほうがまだマシだ。だから、血尿を垂れ流す思いで妥協したんだ」

「馬鹿だな、寒月。そういうときは血涙を絞る思いと言うんだ。——それで、アーネスト」

「あう」

命懸けの兄弟喧嘩だの血尿だの血涙だの。求婚の話がどうしてそんな流血沙汰になるのかと呆然と聞いていたら、いきなり名を呼ばれた。

「なってくれるか？　俺たちの嫁に」

「なってくれるよな？　俺たちの嫁に」

青月と寒月が、左右から耳元で囁いてくる。

カーッと、さらに頬が熱くなった。火を噴きそう。

正直、嬉しいけど。夢みたいだけど。

「で、でも。でも、でも」

良いのだろうか、本当に。そんな贅沢な選択をしたら、罰が当たるのではなかろうか。

いや、それ以前に、双子は本当にそれで幸せになれるのだろうか。こんなに立派な男性二人の伴侶が、僕だなんて。

嵐のような葛藤《かっとう》に揉まれていると、双子がグイグイ身を寄せてきた。またもほっぺにキスをされそうになり、ハッとして「待てい！」と両手で双子の顔を押し返す。

「ちょっと待って。もっとちゃんと考えて……」

「考えるだけ無駄だって。お前も俺たちを好きだろう？　アーネスト」

「お前は好きでもない奴にキスをさせる性分ではないからな、アーネスト」

「うっ！」

またも図星を指されて言葉に詰まる。なぜこんなにバレバレなのだ、僕よ。いや、そんなことは置いといて。

「ふ、二人ともと結婚、なんて、想定外過ぎて……こ、心の準備というものが……」

「なんだそんなことか」

寒月は安心したように笑って、僕の左手を持ち上げると、傷口に巻いた包帯をそっと撫でた。

「だったら慣れればいい」

上目遣いに微笑んで、指にキスをする。

「寒月……そんな、簡単に……」

言葉では拒んでも、誘惑する緑の瞳に魅入られて。我ながら弱々しい声。

と、今度は青月に右手をとられ、手のひらに口づけられた。

「アーネスト」

「青月……」

熱っぽく僕を見つめる青玉の瞳は、吸い込まれそうなほど蠱惑的《こわくてき》で。意志の力で目を逸らすと、寒月がおでこにキスしてきた。チュ、チュ、と音を立ててついばむように唇をすべらせ、まぶたにも、目尻にも、鼻先にもキスの雨が降る。

優しいキスに困惑していた心を解され、無意識に待ちわびていた唇に寒月のそれが重なると、やわらかな感触に甘い痺れが駆け抜けた。

「寒月。今日は俺が先のはずだ」

とろけそうな視線とキスに酔いしれていたところへ、青月の声で我に返る。

「うわあっ！」

なんてことだ。青月の見ている前で寒月のキスにうっとりするとか！

顔から火を噴きそうになりながら寒月の顔を押し返すと、「いててっ！　なんだよ急に！」と抗議された。なんだもなにも。

こういうことか。二人と付き合うということは、どちらかが見ている前で、どちらかとキスすることになったりするのか！

「のおお……」

「何呻いてんだ」

呻きたくもなるよ！　『二人と結婚する』という意味の生々しさが見えてきて、一気に恥ずかしく気まずくなった。やっぱり、こんなのはおかしいのでは。

「青月、寒月」

もっと冷静になってから考えさせてと、言おうとしたのに。二人を呼ぶ声は、自分のものとは思えないほど甘ったるくかすれた声だった。そんな僕を見て、青月は困ったように眉尻を下げる。

「そんな顔、俺たち以外の奴には絶対見せるなよ」

そんなことを言われてもどんな顔をしているのか……きっとすごくだらしない顔なのだろうな。

思わず頬に手をやると、青月の顔が近づいてきた。

すでにその理由を知っている僕は、すかさず顔を逸らして拒む――どころか、ねだるように目を閉じてしまった。ことごとく、理性より感情が先走る。

ああ、僕……本当に、二人に恋してるんだ。

好きで好きで、一緒にいたくて、くっついていたくて、それが幸せで仕方ないんだ。

青月の唇が、触れては離れる。それを繰り返すうち、彼の舌が歯列《しれつ》を割って入ってきた。

思わずピクンと揺れた肩は長い腕に抱きとめられて、舌先で挨拶するみたいにノックされながら、少しずつ、深く、絡まる。

「ふ……はぁ」

つるんと歯茎の裏を舐められたら、自分のものじゃないみたいな声が出た。ぴちゃ、と小さな音がして、耳まで熱くなる。

「アーネスト……肌がほんのり桃色だ。色づく果実のようだな」

口づけの合間に優しく見つめられたら、もうダメだ。気持ちがとろんととろけてしまった。ひどく甘えたい気分になって、青月の首筋にスリッと鼻先をすりつける。

「ちくしょう。もういいだろう青月！」

ふてくされた声の寒月に引き寄せられて、飢えたように舌を絡めとられた。僕はまたも拒むどころか、ぎゅっと寒月の服の胸元を握りしめて、されるがまま応えてしまう。

「アーネスト、アーネスト。結婚して？　俺たちが絶対、お前を守るから」

唇を触れさせたまま囁く寒月の低い声に、くったりと力が抜ける。

もう……ダメだ……。ドキドキし過ぎて身がもたない。ふにゃふにゃになってしまった僕を、二人が長い腕で抱きしめてきた。

「もっと体力つけような、アーネスト」

青月の甘い声。

「じゃないと、この先が大変だからな。特に繁殖期《はんしょくき》の俺たちは」

ちょっと野性味を覗かせた寒月の声。

ん？　……繁殖期《はんしょくき》の俺たちは……なに？

◇

『～獣人の繁殖期《はんしょくき》について～

わたしたち獣人には、普通の動物とは似て非なる繁殖期《はんしょくき》があります。

獣人は一般的な人間と同じく、季節を問わず生殖活動と妊娠《にんしん》が可能です。

しかし繁殖期《はんしょくき》に入ると、個人差や属性差はありますが、発情を誘起するフェロモンが盛んに分泌され、妊娠《にんしん》の可能性も飛躍的に高まります。属する動物が虎や獅子や羆《ひぐま》のような「猛獣」と呼ばれる種は、特にその傾向が強いとされています。

獣人の繁殖期《はんしょくき》は、普通の動物のように定まった周期がありません。

しかしほんの数日、前兆として体調の変化がありますので、前兆を自覚したら必ず、本人だけでなく周囲も、生殖活動に備えましょう。猛獣の場合は、強い性衝動が昼夜を問わず数日続くことが珍しくありません。ゆえに、特に注意が必要です。

安全と互いの同意が性行為の大前提です。もしも生殖行為や妊娠《にんしん》を望まない場合は、必ず事前に家族や医師に相談しましょう。

【思春期の獣人のための、優しい性教育】より』

「……昼夜を問わず、すうじ……つ……」

呆然と呟いて、パタンと机に突っ伏した。

燭台《しょくだい》の揺らめく灯りが照らす机の上には、藍剛将軍の書架から借りた本の山。ぎっしり詰まった書棚の中には、幼年向けの字の練習帳などもある。おそらく子供時代の双子王子や、自分の子らのためにそろえたものだろう。醍牙文字を学習中の僕にとってもありがたい教材なので、ありがたく利用させてもらってきたのだが。

寒月から「繁殖期《はんしょくき》」という言葉を聞かされたのち、どうしても気になった僕は、それを双子には直接訊かず――おそらく僕の天才的な危機回避能力が、「それはやめとけ」と警告を発したのだと思うが——将軍の書架の中に、共通言語とされるエルバータ語で書かれた、思春期向けの性教育読本があったことを思い出した。

そういうわけで、本日の勤務終了後に読んでみた結果。

双子に直接訊かなくて、本当によかったと思う内容であった。もし訊いていたら、きっと「実践で教えてやる」とか言い出したに違いない。

「実践……」

突っ伏したまま、自分の発想にボッ！　と赤面した。

無理。体力的に無理。精神的にも無理。いつかそういうことをするのかと考えるだけでも恥ずかしくて転げ回りそうになるのに、実践とか。

無理、考えられない。その上、繁殖期《はんしょくき》って。

強い性衝動って。昼夜を問わず数日続くって、いったい。いったい！

「昼夜は問え！」

いろいろ想像してひとりで叫び、頭を抱えた。うおお……キスしたあとの別れ際、双子がなにやら不敵に微笑んで……

「『体力つけさせてやるからな』」

と声をそろえていたのも、嫌な予感しかしないし……

「……もぎゃーっ！」

もう一度奇声を発したところで、扉をノックされた。瞬時にキリリと表情を整え、「どうぞ」と促す。

「失礼します」

入ってきたのは、思った通り白銅くん。不思議そうに小首をかしげて。

「あの……今、なにか叫ばれてました？」

「ううん、気のせいだよ」

「あははっ、そうですよね、ひとりで叫ぶ人はいませんよね！」

素直に納得する白銅くん。ほんとごめんなさい……いるんだ、目の前に。ひとりで叫ぶ大人が。

でもひとりで大騒ぎしていた理由は明かせないので、許しておくれ。

胸の内で謝罪する僕に向かって、白銅くんは、「そうそう」と表情を曇らせた。

「ラキュラス草について庭師に訊いてきたのですが、温暖な地域の植物なので、醍牙では自生も栽培もしていないそうです。流通しているのはエルバータから取り寄せたもので、とても高価だとか」

「そうかぁ……ダースティンは暖かかったからなぁ」

僕は指の傷に目をやった。

もうすっかり痛みは引いたし、さっき包帯を取って確かめたら、傷口も綺麗に塞がっていた。手製の薬だけど本当によく効く。この薬はぜひ常備しておきたいので、この辺りで手に入る薬草について調べてもらっていたのだが。

白銅くんの話を聞く限り、材料の中で最も多く必要なラキュラス草は、エルバータから取り寄せねばならないようだ。

しかし高額で取引されているのなら、借金を背負った召し使いが手を出せるものではない。

「薬草の栽培なら得意だったんだけど……生育環境が合わないのでは、無理だろうなあ」

「ダメもとで試してみるのも良いかもですけど、醍牙はこれから本格的に雪が積もるので、時期が悪いですよね」

「そうだねえ」

うーんと二人して腕組みしながら考え込んでいるうち、そろそろ白銅くんを家に帰してやらねばと気がついた。とっても真面目な彼は、僕の睡眠支度を手伝うまで帰ろうとしないのだ。

いくら僕が虚弱ゆえの特別待遇で、ハグマイヤーさんが早くに仕事を上がらせてくれるとはいえど、子供に長時間つき従ってもらうのは心が痛む。

が、それを本人に言うとケラケラ笑って……

「獣人は体力があるので、心配いりませんよう！　むしろずっとアーネスト様といられて嬉しいです。それに大人はたぶん、アーネスト様の従僕《じゅうぼく》にはなれませんよ？　王子殿下たちが許しませんから」

大人の従僕《じゅうぼく》は双子が許さない？　青月はそういう基準で従僕《じゅうぼく》を選んでいたの？

よくわからないが……僕も今では白銅くん以外の従僕《じゅうぼく》は考えられないので、青月は見る目があるなあと思っているのだけど。

「よし。今日はもう休んで、明日また考えよう」

「そうですね！　明日になったら、王子殿下たちに相談してみてはいかがですか？」

「それはちょっと……もう大金を巻き上げちゃっているし」

「でもそのお金を預ける両替商も、殿下方に頼んだほうが話が早いと思いますよ？」

「うーん……そうだね。そっちは頼んでもいいかも」

「はい、そうしましょう！」

そうして明日の予定をあれこれ打ち合わせたのち、白銅くんと「お休みなさい」を言って別れた。

ひとりになり、寝床に入る前に、机に出しっぱなしにしていた本を戻しておこうと書架に視線を流す。途端、両手に抱えた本を危うく落としそうになった。

木製の書架からぴょこぴょこと、マルム茸が生えていたからだ。

「びっくりしたあ。なんでまた、こんなところに生えてるのさ？」

オレンジ色の傘をつついて尋ねども、答えが返るはずもなく。

先ほど本を取り出したときには絶対、キノコなんか生えていなかった。

なのに今は二つも生えている。ん？　まだあった、三つだ。

いくら生育条件が謎の「旅する茸」だからって、なにも本棚から生えなくてもいいものを。会議のときは机に生えていたし、なんだか醍牙に来て以来、妙な場所でばかり見つけている気がする。

「でも、ちょうどよかった」

マルム茸は高値で売れるはずだから、それを元手にダースティンからラキュラス草を取り寄せられないか双子に相談してみよう。ジェームズから以前聞いた話によると、ラキュラス草はエルバータならどこでも自生しているらしいが……

「わたくしが知る中では、ラキュラス草に限らずほかの薬草も、ダースティン産のものが一番質が良いのですよ」

だそうだ。彼はそういうことに関して無駄なお世辞を言う男ではないので、本当にそう実感していたのだろう。元皇后から逃げ回っていた僕ら母子を守りながら、数多の地域を見てきたジェームズの言葉だから、信じていいと思う。

……ジェームズやダースティンのみんなは、今頃どうしているだろう。元気にしているかな。会いたいな……

◇

翌日の午後。

昼休憩に合わせて双子が待っていてくれるというので、僕は待ち合わせ場所の食堂へ白銅くんと向かっていた。

「殿下方は、アーネスト様に食べてほしいものがあるそうですよ」

「そうなの？　だから食堂で待ち合わせなのか。なんだろう」

また焼き菓子だといいなと密かに期待していたら、白銅くんが「あっ」と足を止めた。

「アーネスト様、ご用心ください！」

「え？　なにに？」

唐突な警告に目を丸くすると、白銅くんは廊下の向こうを視線で示した。

見れば、昼の装いとしては鮮やかすぎるくらい原色のドレスを身にまとった若い女性たちが、お付きの女官らしき者たちを引き連れやって来る。

女官たちは、豪華な毛皮の外套《がいとう》や帽子などを、どっさり持たされていた。

「醍牙の貴族のご令嬢たちです。詳しいことはのちほどご説明しますが、おそらくアーネスト様に当たりが強いです」

「当たりが強い……？」

きょとんとしているあいだにも、ご一行がどんどん近づいてくる。令嬢たちは明らかにこちちを凝視していたが、目前まで迫ると、まるで今気づいたかのように白銅くんに声をかけてきた。

「あら、白銅じゃないの」

「みな様、ご機嫌うるわしゅう」

「今日は寒月様のお使い？　それとも青月様かしら？」

「僕は今、アーネスト様の従僕《じゅうぼく》です！」

キリッと胸を張る白銅くん、可愛い。ほっこり癒されつつ、召し使いとして令嬢たちに、礼儀正しくお辞儀をした。

そうして顔を上げると、四人いる令嬢が全員、ジロジロと僕を見ている。なにかご用かな？

にっこり微笑みかけると、なぜか彼女たちはヒクッと口元を歪めたり、ゴホゴホッと咳き込んだりした。空気が乾燥しているから咳が出たのかも。僕もそういうことはよくある。お水でも持ってきてあげようかと考えていると。

令嬢のうちのひとりが、「聞いたわよ、白銅」と冷たい声を放った。

「なんとかいう薬草を探しているのですって？　なんでもエルバータの汚らわしい元皇子が、欲しがっているのだとか」

するともうひとりの令嬢も、あざける口調で続けた。

「あなたも大変ね、白銅。寒月様も青月様もお心が広い上に慈悲深い方たちだから、敗戦国の捕虜《ほりょ》風情に情けをかけていらっしゃるようだけれど。今や召し使いにまで落ちぶれた元皇子のくせに、従僕《じゅうぼく》を顎でこき使うなんて、どこまで図々しく傲慢《ごうまん》なのかしら」

おおお……こういうノリ、久し振り！

普段はダースティンに引きこもっていた僕だが、まれに療養のため温泉保養地を訪れることもあった。そういう場では皇后派の貴族と居合わせてしまうこともあって、よくこんなふうに嫌味を言われたものだ。懐かしいなあ。

ちなみにそういうときはジェームズが「温泉に来てまで厚化粧とは無粋もいいところ。すっぴんでアーネスト様と並ぶ度胸もない輩《やから》がなにをほざこうと、お笑いぐさでございますね！」などと言って高らかに笑うと、ピタリと口撃が止んでいた。

よくわからないが撃退の呪文のようであった。とにかく、こうした展開は慣れている。

「失礼なことを言わないでください、壱香《イチカ》令嬢、繻子那《シュスナ》令嬢！」

白銅くんが細い肩を怒らせたけど、「まあまあ」となだめた。

「白銅くん、そんなことよりも早く行かないと。待たせていたら申しわけないから」

「そ、そうですね」

僕らの会話が聞こえたらしく、壱香と呼ばれた令嬢が眦《まなじり》を吊り上げた。

「待ちなさい！　立ち去る許可は与えていないわよ！」

「家令《ハグマイヤー》はどういう指導をしているのかしら。そら、罰としてそこに跪きなさい」

縹子那というらしき令嬢も便乗し、愉快そうにニイッと笑う。あとの二人の令嬢のうちひとりが、「もう、よしましょうよ」と困り顔でとりなしてくれたが、残るもうひとりは興味津々という顔で見ているだけ。

「あらダメよ、跪くだけじゃ甘いわ。きちんと躾けないと」

「そうね。いいわ、額突いて謝罪なさい。そうしたら許してあげるわ」

調子づいた令嬢たちに向かって、カッとなった白銅くんが言い返そうとしたので、あわてて止めた。彼に迷惑がかかってはいけない。

しかし彼女らに謝罪する謂れもないので、余計な体力気力を使いたくないけれど、そろそろ反論せねばと口をひらいた、そのとき。

「『——誰が誰を許すって？』」

怒りと苛立ちのこもったよく通る声が、二人ぶん響いた。

令嬢たちがギョッとして、声のしたほうへ振り向くと、ほどなく枝分かれした廊下の曲がり角から、寒月と青月が姿を見せた。

こうして改めて見ても、二人は本当に背が高い。頭身が高いから一見スラリとして見えるけれど、近づいて見れば全身が鎧のような筋肉に覆われているのが、衣服越しでもよくわかる。胸板も厚くて、腕も太腿《ふともも》もパーンと太い。

ひとりでも威圧感がすごいのに、二人並ぶとさらに大迫力。おまけにそろって不機嫌オーラを発しているものだから、威勢の良かった令嬢たちも怖じけた様子であとずさった。

が、そこは獣人だけあってなかなかの胆力。四者ともすぐに気を取り直し、双子に向かって綺麗にカーテシーをしたのはさすがだった。

「寒月様、青月様、ご機嫌うるわしゅう」

うってかわって高い声で挨拶をして、恥ずかしそうに笑みを浮かべる女性たち。が……

「「…………」」

妙な沈黙が降りた。おそらく令嬢たちは、身分が上の王子たちから先に声をかけてくるのを待っているのだろう。

しかし双子は無言のまま、大股でこちらに歩いてくる。

脚が長いと、あっという間に距離が縮まるなあと感心していたら、女性たちの前を通り過ぎようとした寒月の腕に壱香嬢が手を添えた。その仕草には、礼儀をあと回しにしても許されるだろうという近しさが滲み出ていた。

「寒月様。わたくしたち、お父様と共にお城に参りましたの。そして先ほどまで、陛下に拝謁していたのですわ」

陛下に、という部分を強調しながら、ちらりと得意そうに僕を見たのはなぜだろう。

「冬会にもお招きいただけるのですって。お約束してくださいましたのよ」

すかさず繻子那嬢も、青月の腕にするりと腕を絡ませる。

「青月様。陛下は冬会で、『婚約のお披露目をしたいね』と仰っていました。きっと一日も早いご令孫のご誕生を願うゆえ、ですわね」

「そうですわ。この醍牙では最も少数で、最も強大な力を誇る虎の、それも王家のご一族ですもの。跡継ぎのご誕生は国民にとっても宿願ですわ」


——虎の獣人って、この国で一番の少数派なのか。知らなかった。


ひそかに驚いていると、白銅くんがツンツンと服の袖をつまんできた。

「どうしたの？」

視線を合わせると、背伸びして耳打ちしてくる。

「あのご令嬢たちは、王子殿下方の婚約者候補だったのです」

……婚約者候補……？

一瞬、思考が真っ白になった。顔だけギギギと双子に向ける。

「元ですよ、元！　殿下方はそもそも遊び人……じゃなくって、えっと、ご結婚どころかご婚約にも、まったく前向きではなかったのです。でもいずれ王となるかもしれない方たちですから、妙齢の娘を持つ貴族たちが躍起になって」

白銅くん、あわててフォローしている。でも僕は聞き逃さなかった。

……なるほど、遊び人か。二人そろって遊び人ね。うん、知ってた。そんな気がしてたさ。

寒月なんか初っ端から、全裸で女官たちとエッチな会話で盛り上がってたしね。

……盛り上がってたしね……！

なぜだか急に、ゴゴゴゴと怒りが込み上げてきた僕には気づかず、白銅くんは早口で説明を続けてくれている。

「あの四人は、特に有力視されていた、権勢のある家門のご令嬢たちです。でももう、王子殿下方の眼中にはアーネスト様しかいないという事実は、知れ渡っているはずなのですが……。あの様子では、まだまだ諦めていないようですね。今日もきっと敵状視察です。アーネスト様を見に来たんですよ！」

なるほど。それで最初から当たりが強かったわけか。

そういう事情なら……はっきり言って、悪者は僕のほうだ。

モフ虎王子様のお嫁さんになるのを夢見ていたのだろうに、いきなり現れた敵国の元皇子が嫁になるかもなんて聞かされたら、そりゃあムカついて当然だよ。

それに……壱香嬢たちは、まことに痛いところを突いてきた。初めての恋に浮かれた僕が、あえて目を逸らしていた核心を。

急に気持ちがしぼんで、がっくり肩を落としてうつむくと。

「アーネスト。気分が悪いのか」

気遣ってくれる青月の声。

二人はすぐに令嬢たちの手を払いのけ、一瞬で僕の目の前まで来て、額に手を当てたり、両手で頬をつつんで覗き込んだりしてきた。寒月が心配そうに眉をひそめる。

「熱はねえな。でも頬も手もすっかり冷えきってる。こんな寒い廊下に長居してられねえ」

「遅いから迎えに来たんだ。早く食堂に行こう」

僕の肩を抱いた二人が足を踏み出したところで、壱香嬢と鏽子那嬢が、「お、お待ちください！」と呼び止めてきた。

「これからお昼をお召し上がりですか？　でしたらぜひ、わたくしたちもご一緒させてくださいませ」

「こちらの料理長は国一番と評判ですもの。きっと普段の昼餐でも、殿下方にふさわしい美味を提供するのでしょうね。楽しみですわ」

が、間髪をいれず寒月が言った。

「いや、ご一緒させねえし」

「俺たちが料理長に用意させたのは、アーネストのための食事だ」

青月からも拒まれて、令嬢たちの笑顔が固まる。が、壱香嬢はなおも食い下がった。

「そっ、その者は憎きエルバータの元皇族ではありませんか！　しかも今では、ただの召し使い。

そんな者になぜ！」

するとと寒月は、にっこり笑って彼女を見た。が……目元にはいつもの笑い皺が浮いておらず、緑の瞳には怒りと苛立ちが舞い戻っていた。

「壱香嬢。さっきこいつに、『躾ける』だの『跪け』だの言っていたな」

「そう。繻子那嬢も、『額突いて謝れ』と命じていた」

青月の眼差しも、氷のよう。

「そ、れは……」

さすがの令嬢たちも、双子からあからさまな怒りを向けられて蒼白になった。

「アーネストの扱いを決めているのは俺たちだ。不満があるなら俺たちに言え。言われたからと言って聞いてやるつもりは一切ないが」

「まさか、殿下たちに不満など」

青月の言葉に令嬢たちが震え上がると、

「なら、俺たちが我慢してやってるうちに、さっさと帰ったほうがいい」

犬歯を覗かせた寒月が、口元だけで笑った。

「男だったら有無を言わさずぶっ飛ばしてた」

令嬢たちの言葉にひそかに動揺して気力を削られた僕は、双子に半ば抱えられながら、食堂へとやって来た。

城中の使用人たちも利用するこの食堂はとても広くて、長机と長椅子がずらりと並んでいる。

混雑する時間帯ではないので食事中の人の姿もまばらで、僕に気づいた料理長のカーラさんがすぐに出てきて、暖炉《だんろ》のそばの席へと案内してくれた。

その机の上には、『予約席』と書いた札。思わず、ふにゃりと笑ってしまった。

「ありがとうございます……」

「今日のあんたは、殿下方直々のご注文をお出しするお客様だからね！　……ん？　なんだか元気がないね。大丈夫かい？」

表情を曇らせたカーラさんに、双子が「そうなんだ」とうなずく。

「ちょっといろいろあってな。早速、例のものを頼むぜ、カーラ！」

「はいよ、お任せくださいな！」

寒月が暖炉《だんろ》に新たな薪をくべてくれて、いつのまにか用意されていたショールを青月が羽織らせてくれて、白銅くんは厨房《ちゅうぼう》へ手伝いに行った。

僕を挟んで腰をおろした双子が、机に肘をついて左右から様子を窺ってくる。

「大丈夫か？　嫌な思いをさせてすまなかった……驚いただろう」

青い瞳で心配そうに覗き込んでくる青月。

「凍えちまったんじゃないか？　これからどんどん寒くなるからな、城内を移動するときは短い距離でも面倒がらずに、外套《がいとう》を着るんだぞ？」

緑の瞳で困ったように言葉を継ぐ寒月。

……らしくないな、二人とも。気になることはハッキリ言えばいいのに。言えないなら、代わりに僕が言おうかね。

「あのご令嬢たちは、きみたちの婚約者候補だったんだってね」

途端、双子は気まずそうに顔を歪めた。わかりやすすぎる！

「やっぱりチクってたか、白銅……。いや、隠そうとしたわけじゃないぞ？　ただ余計な話をお前の耳に入れたくなかっただけで。あいつらになに言われたって気にすることはねえから、堂々としてろ。また偉そうなこと言ってくるようなら、俺たちから話つけるからよ」

「そうだぞ。信じてくれ。俺たちはアーネスト以外とは、婚約も結婚もするつもりはない」

寒月も青月も。こういうときは本当に息ぴったりに喋るよね。でもね。でもね！

「嫌味を言われるくらい、平気だよ」

ギロリと目を据わらせて言ってやったら、「「そ、そうなの……か？」」と、二人そろって怯んでいる。そんなに凶悪な顔になっているのだろうか、僕。

「あのね。言葉や腕力で暴力を振るう人というのは、大抵の場合、反撃されないよう自分より弱い立場の相手を選ぶ。臆病な卑怯者である上に、自分で自分の人間性をズタボロにしているのだと思い至ることもない。そんな人の言動にいちいち反応して、傷ついてあげる必要ある？　僕はそこまでお人よしじゃないし、そんな無駄な気力も体力もない！」

「「お、おお……」」

一気にまくしたてたら、息切れしてしまった。

二人は僕の剣幕に目を丸くしていたが、すぐに嬉しそうな笑みへと変わった。

「なんか……思ったよりつえーな、アーネスト。そうでなくちゃな」

寒月の目元には、優しい笑い皺ができている。

「その通りだ、アーネスト。偉いぞ」

青月、小さい子を褒めるみたいに優しくうなずいている。二人してあんまり優しいので、目の奥がジワッと熱くなった。そう。嫌味だけなら、耐えられたんだよ……

そこへカーラさんと白銅くんたちが、次々お皿を運んできた。たちまち目の前にたくさんの料理が並ぶと、カーラさんはふくよかな腕を組んで笑った。

「殿下方の提案で、今日はお試しメニューなのさ。少しずつつまんで、気に入ったものがあったら教えておくれ」

「アーネストは肉が嫌いで野菜が好きだろう？　だから野菜で体力がつくよう、滋養を増す調理法を考えてもらったんだ」

「イモが好きなんだよな。これも美味いぞ、長芋とチーズを焼いたやつ。イモサラダのパンも揚げイモもある。菓子も好きだろう？　林檎たっぷりのパイも頼んどいたぞ」

寒月と青月が楽しそうに説明しながら、取り皿にあれこれ盛ってくれる。

……なんなのさ、もう。なんでみんな、そんなに優しいんだよう……

「美味しそう」

微笑んでみせると、カーラさんは笑ってうなずき、「スープの様子を見て来なきゃ」と厨房《ちゅうぼう》に戻って行った。それを見送りながら、いろんな感情が胸に渦巻いて唇を噛む。

「どうした？　アーネスト」

「やっぱり熱でも出たか」

「……寒月、青月」

「「うん？」」

「やっぱり結婚相手は、令嬢たちから……女性から選ばないとダメだよ」

ピタリと双子の動きが止まった。

うう、つらい。でも二人にとって、とても大切なことだから……気持ちが折れないうちに、ちゃんと言わなければ。

「どう頑張っても、僕には子供が産めないから」

言った。ちゃんと言えた。我ながら悲愴感に満ちた声。

二人と結婚するという、夢より夢みたいな提案に、まさに夢心地だったけど……やはり現実はそんなに甘くない。跡継ぎを期待される王子二人の伴侶が男だなんて、それではダメなんだ……

悲しみをこらえて双子に目をやると……

「なんだそんなことか」

青月、もぐもぐと長芋のチーズ焼きを食べている！

「子供が産めないなんてあたりめーだろ、なにを今さら……フゴッ、アヒッ」

寒月は揚げイモを頬張って、口の中をヤケドしそうになっている。

きみのほうこそ当たり前だ、揚げたてのイモだぞ？　熱いに決まってるじゃないか。

ていうか、僕のために用意した料理じゃなかったんかい。いや、絶対ひとりでは食べきれないからいいんだけど。

……双子よ……。僕が今、どれほどの決意と覚悟を持ってこの話を持ち出したか、わかってる？

二人があの令嬢たちと幸せそうに子供をあやす姿を想像して、泣きそうだったのに。

羨ましいほど食欲旺盛な双子は、葡萄酒《ぶどうしゅ》をなみなみ注いだ杯を飲み干すと、屈託のない笑顔で僕を見た。

「俺たちはそもそも、あの令嬢たちに子を産ませる気はなかった」

「……と言うと？」

「まあ食え。簡単に説明する」

そう言いながら寒月は、僕の手にフォークを持たせた。すかさず青月も野菜たっぷりのキッシュをすすめてくる。

「実は俺たちとお前の生い立ちには、共通点が多い。俺たち姉弟の母親は、親父の第二妃だった」

「え。そうなの？」

寒月のその話は、まるっきり初耳だった。王妃様の存在を感じないということは地味に気になっていたのだが、怒涛の日々の中で脇に置いてしまっていた。

「あとな、正妃から迫害を受けたっていうのも一緒」

「え」

驚いてフォークを持ったまま固まると、青月がカップにホットミルクを注いでくれながら「と言っても」と補足した。

「アーネストの母君と違って、俺らの母親は相当気性が激しかったようだ。親父が戦続きで留守のあいだに、正妃と第二妃で臣下を巻き込んで激しく対立したあげく、毒殺された」

「毒殺⁉」

「ああ。下手人は一応処刑されたが、黒幕は闇の中。それまで子のいなかった正妃にも息子が生まれて、第二妃が遺した子らを徹底的に排除しようとした。まだ目もよく見えないチビ虎だった俺と寒月が拉致《らち》られて、エルバータの奴隷《どれい》商人に売られたのも、その頃の話」

「……そんな……」

奴隷《どれい》商人に売られた話は会議のときに聞いていたし、それだけでも衝撃的だったけど……そんなかたちで、母親を亡くしていたなんて。生い立ちに共通点があると言っても、僕より二人のほうが、ずっとずっと過酷じゃないか。

でもそういう背景があったからこそ、正妃から逃げるようにして育った僕の事情を知って以降は、あれこれ助けてくれたのかと腑に落ちもした。

とはいえ、憎きエルバータの元皇子であることも事実。双子もとても複雑な心境だったろう。助けるべきか、見放すべきか。ずいぶん葛藤《かっとう》したに違いない。なのに僕は、彼らの行動が気まぐれで勝手すぎると責めてしまった。

ううう、胃が、胃がキリキリする。

「それであの、正妃様と、その……きみたちの弟君の王子は今、どうしているの？」

「あんな馬鹿は弟でもなんでもねえよ。俺たちが力をつけて以降は、あの女の実家の弓庭後家《ユバシリ》の領地に、母子揃って逃げ込んでやがる。報復を恐れているのさ」

「どこに隠れようと、そのうち必ず狩り出してやるがな」

切れ長の目を細めてそう言った青月に、寒月も「それな」と、にやりと笑ってうなずいた。そうして改めて二人の視線が僕に集中する。

「だからな。俺らが下手に権勢のある貴族の嫁をもらったり、子供をつくったりした日には、今のところ落ち着いてる権力バランスが崩れるわけよ。そうなるとまた、権力闘争に子供が巻き込まれるかもしれない」

青月が小さくキッシュを切って、あーんと僕に食べさせながら、愛しいものを見る目で優しく微笑んだ。

「『いつか心底惚れた相手が現れたら、その相手も子供も、絶対、俺たちのような目には遭わせない。命懸けで守ってやろう』と、二人でよく話していた。けど実際は、俺らはそこまで誰かに入れ込む性格じゃなかったし、結婚にも興味がなかった。だから、後継者が必要だというなら、ふさわしい奴を養子に迎えればいいとずっと思っていたんだ。そういう例は珍しくないしな」

寒月もうなずき、僕の頬をそっと撫でる。

「俺たちにとっちゃ、こんだけ惚れ込める相手に出会えたっていうこと、それだけで奇跡だからよ。そこ一番大事だろ？　だからお前もグジグジ考えることはねえよ。大概のことは、悩むだけ無駄なんだから」

「お前は少しは悩め、寒月」

「なんだとコラ」

珍しく仲良さげに話してると思ったら、また揉め始めた。そんな二人を見ていたら……ダメだ、涙腺が緩んできた。二人ともちゃんと話してくれて、すごく嬉しい。……だけど。

この国で一番の少数派である虎獣人の、しかも王族で。誰より子孫繁栄を望まれる立場だろうに、健康な若い王子が二人とも「子は持たない」と決めて結婚するなんて。現実はそんなに簡単なことじゃないと、わかっているはず。

きっと僕がなにを言っても、二人は「もう決めた」と笑うのだろう。

でも彼らは、虚弱な上に繁殖力も激弱の妖精の血筋とは違う。将来、やっぱり自分たちの血を引く子供が欲しいと思うときが来るかもしれない。選択を後悔する日が来るかもしれない。

そのとき僕が重荷になるのは、絶対に嫌だ。

……なんて心配はせずとも、ウォルドグレイブ《うち》は短命な家系だし、その頃には僕はこの世にいないかもしれないけど……。だったらなおさら、そんな奴を手間暇かけて嫁にする必要ある？

僕は……どうしてこんなに役立たずなんだろう。どうしてこんなにダメ人間なんだろう。

生きているだけで精いっぱいだし。自分なりに努力しているつもりでも、空回りばかりだし。

誰かの役に立つより迷惑をかけることのほうが多いし、大好きな人に差し出せるものもなにひとつない。なにひとつしてあげられない。

双子が優しいから、豊かに与えようとしてくれるから、余計に切ない。

「……うっく。ううぅ」

我慢しようと頑張ったけど、堰を切った涙があふれ出した。

「なっ！　なんだ、どうした！」

「アーネスト⁉」

デカい図体で、オロオロする双子。ごめん。きみたちはまったく悪くない。

早く泣きやみたいのだが、まずいことに、騒ぎに気づいた白銅くんやカーラさんら厨房《ちゅうぼう》の人たちが、厨房《ちゅうぼう》から飛び出して来た。恥ずかしいのに止められない。

「うっ、ひっく」

「「いったいどうしたんだ？」」

困り顔の双子に声をそろえて訊かれても、みんながいる前で込み入った説明などできないし……。

仕方ない。

「お、『老《お》いぼれ捕物帳《とりものちょう》』の続きが読みたいぃ」

「「は⁉　お、老いぼれ？」」

すかさず白銅くんが叫んだ。

「ぼく、アーネスト様から聞いてます！　アーネスト様が、エルバータで愛読されていた本の題名ですよ！」

「「そ、そうなのか」」

困惑する双子を、カーラさん率いる厨房《ちゅうぼう》軍団が急かした。

「読ませてやって！　読ませてやってくださいませ、殿下方！」

「そうですよ、こんなに泣くほど読みたがって、可哀想じゃないですか！」

青月が「よし、すぐ手配して取り寄せるから泣くな」とブンブンうなずく。しょーもない我が儘を通してしまった……。ええい、この際だ。

「ダースティンから、ラキュラス草を取り寄せてほしいいぃぃ」

「『ラキュラス草というと』」

「マルム茸があるから、それを売って代金にぃぃ」

「『マルム茸ぇ!?』」

双子ばかりかカーラさんたちも目を剥いて僕を見たが、寒月が「いや、キノコはひとまず置いといて」と急いで言った。

「お前が欲しがってると聞いたから、ラキュラス草はもう手配してるけど？」

「えっ」

びっくりして涙が引っ込んだ。

◇

「アーちゃん、本当にありがとう！　びっくりするほど早く傷口が塞がったよ！　アーちゃんお手製のお薬は、本当によく効くねえ」

「お褒めいただき光栄です」

「でも確かに、ダースティン産の薬草だけで作ったお薬のほうが効いてるかもしれないね。脚のほうが深い傷だったのに、こっちのほうがすぐ血も止まったし」

「はい。ですから、ダースティンと取引がしたいのです」

にっこり微笑むと、腕と脚の傷をつついていた国王陛下が身悶えた。

「アーちゃん、今日もきゃわいい～」

ほんとに楽しい王様だなあ。

そんなわけで僕は、国王陛下の怪我の治療をした。

そんなわけとは、どんなわけかと言うと。

先日、双子が気を利かせて取り寄せてくれていたラキュラス草がダースティンから届いた。

防虫効果も高いラキュラス草は、何十日もかけて運ばれても、虫がついたり雑菌が繁殖したりすることもなく、良い状態を保っていた。

みんなの前で大泣きして大恥をかいた僕は、寒月の言う通り、今は悩むより、やるべきことをひとつひとつ片付けようとひらき直っていた。

ゆえに早速、届きたてのラキュラス草を用いて薬を作ったのだけど……いまいち、品質に満足できない仕上がりとなった。悪くはない。だが使い慣れたいつもの品質には及ばない。

厨房《ちゅうぼう》のカーラさんたちや使用人仲間に試しに使ってもらうと、しもやけにもあかぎれにも、とてもよく効くと大好評で、「もっと欲しい」とも言ってもらえた。

でも、僕は納得がいかない。

品質に自信のないものを提供するのは、僕の主義に反する。虚弱で薬が欠かせない身ゆえ、良質な薬の重要性が身に沁みてわかっているから。

品質の違いの原因はおそらく、ラキュラス草以外の現地調達した原料だろう。薬草油は手持ちのものを使ったし、道具はジェームズが持たせてくれた馴染みの物だし、作り方もしっかり頭に入っている。だから違いといえば原料の産地と、気温や湿度などの環境差。

良い薬を安定して作ることができれば、ダースティンで領民たちに役立ててもらえたように、醍牙でお世話になっているみなさんにも使ってもらえる。恩返しができる。

加えて、僕自身に必要な薬も用意しなければならなかった。

傷薬に限らず、滋養強壮薬や解熱鎮痛等の飲み薬も。僕の場合、普通に医師に処方してもらう薬だと、躰にかかる負担を微調整できないので、昔からウォルドグレイブ家に伝わる処方で薬湯などを自作し、対処してきた。

虚弱体質つながりのご先祖様たちが代々改良を重ねてきた、地産地消の処方だから、原料はダースティンで手に入るものばかり。

そうした薬を飲み忘れようものなら、匙《さじ》ひとつ持ち上げられないくらい衰弱するので、ジェームズから毎日何度も服用したかを確認されていた、僕の命綱。

でも、ダースティンを出て醍牙に来るときは、処刑か獄中死を覚悟していたから……まさか新たに薬が必要になるほど生かしてもらえるとは、想定していなかった。ジェームズが希望を込めて多めに薬を持たせてくれてはいたけど、そろそろ補充しておかねばならない。

そういうわけで、自分とみんなのぶんの薬が必要。

それらを作るためには、質の良い材料が大量に必要。

しかし借金持ちの召し使いには、身銭を切って原料を仕入れ続けることなどできない。むしろ守《しゅ》銭奴《せんど》のごとく貯蓄して、賠償金に充てねばならない立場だ。

そこで僕は双子に「ダースティンと独占契約をして、薬草や薬の販売をしたい」と提案してみた。

「『虚弱が納得する薬！』とか、『おかげ様で今日も生きてます』とか、売れそうだと思わない？」

青月と寒月は顔を見合わせ……

「その売り文句はどうかと思うが……」

「いいじゃん。試してみてえなら協力するぞ？」

そう言ってくれた。そして具体的にどんな準備や設備が必要かなどを相談すべく、王室御用達の両替商にも紹介してくれた。

そこで、恐ろしい事実が判明した。

双子がそれぞれ五枚ずつ、僕にくれた金貨。それを僕は、金貨一枚につき十万、全部で百万キューズくらいかなと思っていた。

そしたら両替商番頭の輪塗《リンズ》さんが……

「一千万キューズですね。これなら当座の資金は充分でしょう」

驚いて椅子から落ちた。双子はそっちにびっくりしていた。

ひと桁違った……！　そんな大金をせしめていたのか、僕は。なんて悪党だ。ぐああ……。本当にごめんなさい。ちょっとずつでも賠償金として返すから、勘弁してください。

しかし、その前にまだ越えねばならない課題が。

王族に手伝ってもらって商売を始めるわけなので、国王陛下の許可も必要だというのだ。

なるほど、もっともな話。

そこで、どんな提案の仕方なら王様に納得してもらえるだろうとあれこれ考えていたところ、双子から話がいったのか、なんと王様のほうから僕のところへ来てくれたのだ。

しかも王様、来る途中で階段から落ちて腕と脚から流血していた。仰天しながら出迎えた僕と白銅くんに、「てへっ」なんて笑ってたけど。

王様には災難だったが、薬を試してもらうにはまたとない機会。

なので、ダースティンから持参した薬と醍牙で新たに作った薬の両方を使って、手当てさせてもらった。それに対する王様の反応が、先ほどの言葉なのだ。

僕はさらに売り込むべく、王様の目の前に乳鉢と乳棒を置いた。

「ダースティン産のラキュラス草は、たとえ干したあとでも、こうしてすり潰すと……このように、汁がたっぷり出てきます。この汁に薬効《やっこう》がたっぷりあるのです」

「えええ！」

目を丸くした王様のうしろから、侍従長の刹淵《セツエン》さんも首をのばして覗き込んできた。

大柄な双子よりさらに大きい王様に負けず、刹淵さんも大きい。

黒髪に黒い瞳で渋い魅力の侍従長さんをさらに渋く見せているのは、額から左頬にかけて走る一文字の傷跡。侍従長というより戦士と呼ぶほうがふさわしいような人で、いつ見ても微笑みを浮かべているけど、迫力満点。彼らが並ぶと巨木の森みたいだ。

その刹淵さんが、興味深げに訊いてきた。

「こんなのは初めて見ました。醍牙で流通しているラキュラス草も干してありますが、潰せば汁気が出ますか？」

「いいえ。僕の執事によると、干したあとに瑞々しい汁を採れるのは、エルバータにおいてもダースティン産だけだそうです」

「「おおお～！」」

「ダースティンの良質な薬草を独占使用できれば、同業者と差別化できるはずです」

王様がぎゅっと指を組んだ。

「でもぉ、お高いんでしょう？」

「お任せください。元領主の大量仕入れということで、信頼の双方両得価格が可能です！」

「「おおおお～！」」

こうして無事、陛下（と侍従長さん）から、商売を始める許可が下りたのだった。

◇

「このクジン草は、そのまま食すと『九回吐く』と言われるように毒草として有名です。でも、ごく少量をラキュラス草とギャテイ草など七種の薬草と混ぜて、薬草油に漬けてから白オウトウ酒で割って飲むと、強力に胃腸を浄化し、逆に解毒薬となります」

僕の説明に、黒牙城の庭師の長である芭宣《バセン》親方が目を瞠《みは》った。

「へえー！　クジン草がねえ！」

「漬ける際に使った薬草油も、皮膜と消炎消毒作用があるので、火傷《やけど》や傷口に使うと良いですよ。虫刺されにも効きます。ただ、通常の肌には作用が別に働きますので注意が必要です」

頭は剃り上げ、顔の下半分はもじゃもじゃの黒髭で覆われている芭宣さんは、一見いかついけれど話してみれば親しみやすい人だった。

「そんなに活用できる薬草だったのか……醍牙では『九回死ぬ』と言われている猛毒だぜ。驚きだねこりゃ」

「え。九回も死ねるのですか？　その都度生き返っているなら、それはそれで強者ですね」

「それが醍牙魂ってやつよ！　たぶん。死んだことねえから知らんけど」

「なるほど～」

あははと笑い合っていると、話を聞いていたほかの庭師さんたちも「何を言ってんだ親方」とつられて笑い出した。

「しかし大した知識量だね。薬師並みじゃねえか」

芭宣親方の言葉に「ほんと、驚いた！」とうなずく庭師さんたちに、あわてて「そんなことはないのです！」と否定した。実際、僕の知識は限定されている。醍牙の薬草環境には精通していないし、そこまで大仰なものじゃない。

だからこそ、薬草を扱うお仕事を始めるからには、庭師さんたちの協力が欠かせないのだけど。

一般的に庭師さんは、自分の仕事に口出しされるのを毛嫌いする人が多い。ゆえに王様の許可が下りたその日のうちに、僕は手製の薬を持って挨拶に伺った。

でも突然お邪魔したせいか、芭宣さんたちをすごく驚かせてしまったようで……みんなして膝から崩れ落ちていたので、どこかで見た光景だなと思いつつ謝罪と挨拶をしたのだが。

みなさんが落ち着かれたあとに使ってもらった薬は、ここでも大好評だった。

「こんな良い薬を作る手伝いができるなら、女房にも自慢できる。大歓迎だ。いつでも声をかけてくれや」

そう言ってもらえて安堵した。よかったあ。

白銅くんが「芭宣親方は、本当に美人に弱いですね」と真顔で声をかけていたようだが、丸太のような腕に捕まって口を塞がれていた。

白銅くんはどこへ行っても可愛がられているようだ。当然だね！

よしよし。順調、順調。

みんなの役に立てて、自分の躰のためにもなる商売。誠心誠意、頑張るぞ。

その上で肝心なのは、絶対に黒字にすること。借金もちゃんと返さなければ。最初は上手くいかないことも多いだろうけれど、コツコツ行こう。やれることから、ひとつひとつ。

そう自分に言い聞かせつつ廊下を歩きながら、僕はこぶしを振り上げ、決意表明した。

「金、金、金！」

「カネ、カネ、カネ！」

隣を歩く白銅くんも付き合ってくれた。笑い合っていたら、またも様子を見に来た双子がいつのまにか背後にいて。

「なんてことを大声で主張してんだ」

寒月から呆れ顔で言われてしまった。青月も眉をひそめて……

「急に張り切りすぎるなよ？　また熱出して倒れるぞ」

なんて言われてしまった。どうしてこう、とんでもないところばかり見つかるのか。

しかし、お任せください。このところ僕は絶好調。不思議なほど元気が漲っているのだ。

はっはっはっ！


……翌日、熱を出して倒れました。

絶好調に元気だと思っていたのは、いつになく高揚していたからのようです。つまりコーフンしすぎて疲労感が鈍っていたのです。

「だから言ったろうが！　ったくお前はー」

「完全に回復するまで、仕事は一切禁止だ」

うう。寒月と青月から交互にガミガミ怒られても、反論できない。薬草で商売を始めようという人間が、体調管理できていなかったのだから、完全に僕が悪い。それに、それに。

「モッフモフー……」

久々の、モフ虎たちの添い寝！　至福じゃー！

寝込むのはしんどいけど、こうして双子がモフ虎になって交互に付き添ってくれるので、昔のようにに寝台でひとり天井を見つめながら自己嫌悪に陥る……なんてことをせずに済むんだ。モフモフによる癒しと励まし効果は、ご先祖様たち伝来の薬に勝るとも劣らないと思う。

虎のぶっとい前肢を枕にして、フカフカした顎の下に顔を埋めて寝るのが、最近のお気に入り。もしくは虎の背中に乗って、抱きついたまま寝るのも良い。巨大抱き枕、最高。

『まったく、お前は』

『無防備すぎるぞ。人の気も知らないで』

なんて、獣化《じゅうか》しているとき特有の不思議に響く声で、ため息をつきながら二人は言うけど。守るように寄り添ってくれる巨大な虎に抱きついていると、なにひとつ恐れることも、不安なこともないんだという気持ちにさせてくれる。

おかげで今回も、寝込んだのは三日ほど。僕としては驚異的な早さで回復した！

——のに、双子は「念には念を入れて治せ」と言う。せっかく早く治ったのに、虚弱は信用がない。

不服を申し立てる僕を見張るためか、四日目の夜は二人そろって僕の私室に来て、付き添ってくれた。

藍剛将軍が使っていた寝台は僕にとっては特大サイズだけど、双子の寝台ほどには大きくないので、獣化《じゅうか》した二人がそろって寝台に乗っかると、両側に余裕がない感じ。二人とも寝返りを打ったら落ちそう。そんな巨トラのあいだに挟まれた僕は、今回は強く出られる立場じゃないので……

「召し使いとしての仕事もあるし、商売の準備とか、やらなきゃいけないことだらけだし。本当にもう大丈夫だから、明日から仕事させてください」

拝むように頼んだけれど、聞き入れられず。

「今度は本当に気をつけるから。それに白銅くんも心配してるだろうし……」

『てめえは白銅を気に入り過ぎだぞ。虎より猫が好きかよ』

いきなりふてくされてグルルと唸った寒月に、思わず吹き出した。

「虎も猫も好きだよ」

『気が多いな。俺たちはアーネストしか好きじゃないのに』

青月も綺麗な青い目に不満の色を浮かべている。

「い、意味が違うだろう？　白銅くんときみたちへの『好き』は……」

釈明したら、急に恥ずかしくなった。頬が火照ってきたので、きっと赤くなってる。照れくさいのでうつむくと、寒月が大きな舌でペロッと僕の頬を舐めた。

『俺たちが好きか？』

「……好き」

我ながらかぼそい声。恥ずかしい……

そのとき、今度は青月にうなじを舐められて、「ひゃっ」と声を上げてしまった。

「もう、青月！　いきなり……」

『俺たちも好きだ。愛してる』

真摯な瞳と言葉に射抜かれて、心臓がドクンと跳ねた。視線を青月に絡めとられて外せない。

と、寒月の、モフモフの尻尾が。フカフカと心地良い感触を残しながら、蛇のように器用に僕の脚を伝って、寝衣の中、ふくらはぎから太腿《ふともも》へと、絡みつくようにして潜り込んできた。

「ちょっ、寒月！　……あっ！」

僕の寝衣は頭からスポンと被る貫頭衣タイプなので、下からたくし上げられると、どんどん下半身が露出してしまう。そしてまずいことに……下着、穿いてない。だって、エルバータではそれが普通だから！

「あっ、こら！」

尻尾の動きに抵抗して、前裾をギュッと押さえていたら、無防備になった後方……お尻を、ぺろんと丸出しにされてしまった。

「もう！」

思わず寒月の尻尾をペシッと叩く。耳まで熱い。きっと顔中真っ赤になっちゃってる。

『めっちゃ脚線美』

『めっちゃ可愛い尻』

寒月ばかりか青月までもそんなことを言うので、「バカ双子！」と急いで裾を引っ張ったけど、下げる端から尻尾が侵入してくる。しかもいつのまにか、青月の尻尾まで参加してるし！

「なにするんだよー！」

『……ひでえことは、しねえよ。俺たちだって、お前の体力のなさはわかってる』

「え」

いつものように、いたずらっ子みたいな表情をしているかと思ったら、寒月は痛みをこらえるように僕を見つめていた。背後から青月も、頭にすりすりと頬ずりしてくる。

その瞬間、双子がなにを我慢しているのかに、生々しく気づいてしまった。

「あ……」

そうか。初対面から全裸で抱き合っていたものだから変な免疫がついて、また双子が調子に乗ってエッチなイタズラを仕掛けてきたなとそういうノリで受け止めていたけど……そ、そっちか。そうでしたか。

いや、考えてみれば当然のことだよね。彼らは僕を、「嫁」にと望んでくれているのだから。だからそういう意味で意識されるのは、ごく自然な成り行きなのだろうけど……非モテ、お付き合いの段取りがわからなさすぎる。

とっさに言葉に詰まってしまったけれど、双子が自分たちの欲望より、僕の躰を気遣うことを優先してくれているのだということは、まっすぐに伝わってきた。

たぶん病み上がりだからというだけじゃなく。……大事に、されている。

そう思ったら、躰の芯がきゅうっとした。

『アーネスト。好きって言って』

青月に低く甘く囁かれて、頭がくらくらする。

「好き……」

『愛してる?』

「愛してる」

恥ずかしいけど、迷いなく言える。すると嬉しそうに喉を鳴らした青月が、首筋をペロリと舐めてきた。思わず「ひゃっ」と声を上げると、喉を鳴らす音が大きくなる。

寒月も頬に鼻を押しつけてきた。冷たい鼻と長いひげがくすぐったくて、肩をすくめて笑った。

二本の尻尾が悪さをやめていないことに、気づかないフリで。

器用に寝衣の裾をめくられた下半身は、隠すものなく剥き出しで、剥き出しにされた下半身が空気に触れてスースーするから、この恥ずかしい格好を嫌でも実感させられる。無理。二人にこんなところを晒してるなんて無理。羞恥のあまり熱出そう。

せめてもと両手で顔を覆ったら、寒月が『こら』とからかうように笑った。

『そんな可愛いことしてると、食っちまうぞ』

「だっ、て」

じゃあ、どうすればいいのさ……。力なく睨みつけたら、クックッと喉で笑った金の虎が、のそりと起き上がった。

と、思うと、器用に向きを変えて、僕の足首に鼻でキスをしてくる。ひんやり濡れた感触に、ピクンと脚が震えた。寒月の舌はそのまま足首から膝まで、味見するように舐め上げてくる。

猫と同じくザラザラした舌のはずなのに、どうやっているのか、舐められてもちっとも痛くない。それどころかなめらかに着々と、太腿《ふともも》まで這い上がってきて……

「あ……」

『アーネスト』

無意識に緊張した僕をなだめるように、銀の虎が、僕の胸元に大きな頭をのせた。そうして下から見上げてくる。甘えん坊の子供みたいだ。

それがあまりに可愛くて思わず吹き出してしまったが、笑っている場合ではなかった。青月はそのまま頭を下に移動させ、たくし上げられていた寝衣の裾を咥えると、さらに胸の上まで引き上げてしまった。

「わーっ！　青月っ」

下半身は剥き出しの上、胸まで全部丸出しにされて、もうすっぽんぽん同然。もはや着衣の意味なし。今さらだが、この中途半端さがまた恥ずかしすぎる。

たまらず抗議しかけたところへ、乳首をペロンと舐められて、声を上げて仰け反った。

「やっ、あ……んんっ」

そんなところを舐められたのも当然、初めてで。

だから普段は意識しない胸の飾りみたいな箇所が、こんなにも鋭敏《えいびん》な感覚を持っているなんて知らなかった。青月の熱い舌で、小さな飴玉みたいに舐められたり吸われたりするたび鋭い感覚に襲われて、ビクッビクッと麻痺するように震えてしまう。

『可愛い。可愛くて綺麗だ、アーネスト』

優しく囁く銀の虎の声は、下腹部にまで熱い痺れを呼び起こさせた。

『こっちも反応してる』

嬉しそうな寒月の声に指摘されて、自分のそこが勃《た》ち上がっていることに気づいた。

「あ……っ」

あわてて太腿《ふともも》を閉じて隠そうとしたけれど、脚から這い上がってきていた金の虎の舌が、先にそこに辿り着いてしまった。

いきなり先端を舐められて、「ひあっ！」と、自分のものと思えないような嬌声が飛び出した。

「や、やだ、寒月……あっ、あっ」

舐められてる！　信じられないとこを、舐められてる！

「ダメ、汚いから、やめ……」

『ちっとも汚くない。こんなとこまで桃みたい』

舌先で先端を揺らしながら喋られて、なにが桃だと抗議する余裕もない。無意識に寒月の金髪に指を絡めたが、ひどく震えて制止の役には立っていない。

「あ、あっ！」

猛獣が獲物の肉を味わうみたいに満足そうに、ときおり僕を見上げながら。寒月はピチャピチャと卑猥《ひわい》な音をたてる。そうして口腔内で僕のものを締めつけ、舐めねぶり……その間も青月の舌と指とで、乳首や脇腹を同時に愛撫《あいぶ》され続けていた僕は、あっけなく陥落した。

「――あ、あッ」

淫らに下半身を突き上げて放ったものを、金の虎が甘露《かんろ》でも飲み干すように、一滴残らず舐め取ってしまう。

「だ、ダメだよ、そんな……んあっ！」

吐精して敏感になっているものを丁寧にしゃぶられて……

『お前のは最高に美味いぞ？』

色気が滴るような緑の瞳で笑みを浮かべられたら、もう恥ずかしくて気が遠くなりそう。そんなもの美味しいわけない……そう言い返したくとも、初めての嵐のような快感の余韻を引きずり、ビクンビクンと陸の魚のように躰を跳ね上げるばかり。

ボーッと横たわっていたら、いつのまにか人の姿に戻った青月が、上半身を支えながら抱き起こしてくれた。その流れで寝台の脇机へ手をのばし、机上に置かれた薬湯の茶器を手に取ると、手早く蜂蜜《はちみつ》も加えて僕の口元へ持ってきた。

「疲れただろうから、飲んでおけ」

言われるがまま、手製の滋養強壮の薬湯を飲む。甘い。そんな僕を双子は熱っぽく見つめてきて。

『すげえ色っぽくて綺麗だ、アーネスト』

「こんな可愛いお前を見たら、もう誰にも見せず閉じ込めておきたくなった」

虎の姿のままの寒月と、全裸のイケメン姿の青月から、感慨深げに囁かれた途端。いっとき忘れていた羞恥心が怒涛の勢いで戻ってきて、全身から火を噴くかと思った。

ジェームズ！　僕、今、すごいことに。すごいことにいいぃ！

恥ずかしさが極まり混乱し、脳内で万能執事に助けを求めながら口をパクパクさせていると、金の虎がニイッと綺麗な犬歯を剥き出して笑った。

『ちゃんと休んでないと、またこういう目に遭うぞ』

第五章　城下街にて

「アーネスト様。軟膏《なんこう》も茶葉も、店頭に出した直後に売り切れています。開店前から長蛇の列です。急ぎで入荷をお願いしたいのですが」

「ウォルドグレイブ伯爵。すぐにでも増産体制を整えねばなりません。早速ご相談いたしましょう！」

薬舗の店長の三自《ミツジ》さんと、両替商番頭の輪塗さんが、先を争うようにやって来た。

陽射しが降り注ぐ『薬草研究室』で、庭師の芭宣親方と薬草栽培について話し合っていた僕は、二人を笑顔で出迎えた。

「こんにちは~三自さん、輪塗さん。お疲れ様です。疲労回復のお茶はいかがですか?」

休憩用に置かれた丸卓と椅子へ手招くと、二人は「あ、どうもどうも」と腰をおろしてから、そろって「じゃなくて!」と立ち上がった。

「んもう、おっとりさんなんですから、アーネスト様は! そこがまた良きなのですけども!」

「そうですよ伯爵! のんびりしていては商機を逸します、あ、お茶はいただきます」

元気にまくし立てる二人を見て、芭宣親方がクックッと笑った。僕も「急ぎたいのはやまやまなんだけど」と苦笑しながら、薬舗でも扱っている薬草茶を淹れる。

「醍牙は雪の時期に入ってしまったから、ダースティンからの仕入れも滞っていてねえ。念のため大量に仕入れておいたとはいえ、まさかここまで売れるとは想定外だったよ」

「「そりゃ売れますよ! こんなに効果てきめんの薬、ほかにありませんから!」」

「違いねえ」

声を合わせた三自さんと輪塗さんに便乗して、芭宣親方まで腕組みしてうなずいている。

「まあ、どうぞ一服」

椀を差し出すと、三人とも嬉しそうに手に取った。

「ああ、美味しい……冷えた躰が芯まで優しく温まります」

「さては輪塗さん。このお茶をタダ飲みできると思って、わざわざ城まで来ているのでは?」

「な、なにを言うのかね、三自さん！」

両替商番頭という堂々たる肩書きの輪塗さんにも、同じ年代の女性である三自さんは遠慮がない。そんなところも気に入って、双子が選んでくれた薬舗の店員候補たちの中から、彼女を店長に選ばせてもらった。

みんなに協力してもらって無事に開店できた薬舗は、おかげ様で大繁盛している。

出店費用を抑えるため城門の出入り口近くに店を出せばいいと言ってくれたのは、なんと王様だ。ありがたすぎる申し出を遠慮なく受けましたとも。借金抱えて遠慮している場合ではないからね。

城下街の商店街とも近い、西門を入ってすぐの場所。

昔は門番の休憩所だったという小さな小屋を少々改築して――と言っても僕は見ていただけで、双子がすごい勢いで大工仕事をしてくれたのだけど――家具や備品もお城で使われなくなったお古を借りまくり、どうにか予算内で出せた、その名も『モフ薬舗』。

この店名、大抵の人から「どういう由来ですか」と訊かれる。

双子は一瞬で理解して「『やめとけ』」と止められたが、ならスーハー薬舗にすると言ったら、モフでいいとお許しが出た。おぼえやすいし、モフモフは獣人の皆さんを象徴するものだし、素晴らしい店名をつけたと自負している。

それになんといってもこの立地。

城門のそばだから人通りが多いし、もしも柄の悪い客がいても衛兵がすぐ駆けつけてくれるという、良いことずくめ。王様にはいくら感謝しても、し足りない。

商品は、傷薬の軟膏《なんこう》と三種の薬草茶に絞った。売り場も小さいし、原料の仕入れ量も製造量も限られるから、そのくらいが妥当かと。こじんまりと始めたつもりが、まさかこれほど評判になるとは思わなかった。

城で働く人のクチコミの力というのがすごかった。

城の使用人というのは、貴族と親しく言葉を交わすこともあるし、城下街の店頭や酒場などで居合わせた人々に、城内の出来事を面白おかしく話して聞かせたりもする。

つまり一般の人にも貴族にも影響を及ぼす広告塔みたいな存在だったんだ。僕は意図せず、その広告塔である使用人仲間や料理人さんや庭師さんたちに商品を試供してもらうことで、しっかり宣伝できていた。幸運でした。

そしてもうひとつ効果絶大なのが、『王室御用達』の称号。

双子が店の入り口に認定証を飾ってしまったときにはビビったが、王様にも双子にも薬を使ってもらっているのは確かなので、これもありがたく使わせてもらった。

——結果として、売れすぎて納品が追いつかないという、想定の甘さが露呈したわけだけど。

こうなると、やはり……質の良い原料の現地調達と生産を可能にしたいよね。

なんて思っていたら、またもや先回りした双子が、なんと城のコンサバトリーを原料栽培の研究室として使えるよう改築してくれていた。

すごい！　すごい！　これは心の底からありがたい！

が、大問題がひとつ。申しわけないけど、その改築費用も使用料も払える余裕がありません。双子から巻き上げたお金は当座の運用資金だし、本棚から生えていた三つのマルム茸は……ちょっと謎な事件が発生中で、売って換金することもできない。

ゆえに双子に分割返済を持ちかけたら、あっさり……

「開店祝いだから奢る」

なんて言うので、ありがたく受け取……るわけには、いかない。さすがに、いくら図々しい僕でも、一千万キューズも取り上げておいてそこまで甘えられない。きっぱり遠慮すると……

「なら、無利子でいい」

青月が苦笑したので、僕は頑として首を横に振った。

「利子まできっちり払います」

キリリと言ってから、改めて額を聞いた直後。

「やっぱり利子はオマケしてください」

と、キリリと言い直したけども。そうすると、いじわるな双子は……

「どうしようかな～。一度は断られた申し出だしなあ」

「無利子のオマケ期間は、ついさっき終了した」

なんてニヤニヤして。

「だが、毎日キスしてくれたら無利子になる期間が始まったぞ」

「おお、それいいな青月！」

なんて言い出して。

「最低十回はしてほしいよな。当たりが出たらタダになるかもな」

「それいいな、寒月。あと、定期的にデートだな」

なんて結託して。実は最初からそれが目当てだったのではと疑ってしまったほどだが……まさかね。ところで当たりってなに。それで、その……。僕は三自さんと輪塗さんに謝った。

「これから殿下たちと会う約束をしているので、また改めて連絡させてください」

そう。このあと、『定期的にデート』の一回目をする約束なのだ。

それに、キス払いも今日から始まるのだ……

ドキドキなんて、してないよ。


双子から「デートはどこに行きたい？」と訊かれたとき、真っ先に頭に浮かんだ場所がある。だから今日は、そこに連れて行ってもらう予定だ。

薬舗のすぐそばにある西門を出た先に商店街があり、その目抜き通りをしばらく進むと、目的の場所があるという。寒月が愛馬の紫揺《シヨウ》を引いてきて、同乗して向かうことになった。

あいにく青月は仕事が立て込んでいて来られないという。せっかく初めての外出だから、みんなで賑やかに過ごせたらよかったけど……お仕事では仕方ないね。

紫揺は輝くような美しい白馬で、圧倒されるほどの巨体だ。藍剛将軍たちの馬も大きかったけど、この馬は群を抜いている。王様の領地のひとつは有名な馬産地で、体格の良い醍牙人に合わせて昔々から品種改良を重ねてきたというから、紫揺は特に選りすぐりの馬なのだろう。

それはともかく。僕も貴族の端くれなので、虚弱体質とはいえど乗馬はたしなんでいる。なので馬を用意してくれればひとりで乗れると主張したのだが、寒月は難しい顔をして首を横に振った。

「エルバータに反感を持つ者もいる。危険だ」

「あ……そうだよね。ごめんなさい」

城の人たちが優しい人ばかりなので、失念してしまいがちだが……そうだった。僕は醍牙の民からすれば敵国の元皇子。未だ厳しい処罰感情を抱く人も少なくないのだろう。

実際、デートとはいえ寒月だけでなく、護衛の兵たちも伴っての外出なのだ。

なのに僕は、久々の外出に浮かれていた。申しわけない。馬上でしょんぼりうなだれると、身軽く背後に乗り込んだ寒月が長い腕で抱きしめてきた。

「それに、このほうがデートっぽいだろう？」

「う」

うん、と言おうとして、そばにいる兵士たちの存在を思い出す。ポッと頬を赤らめている場合ではなかった。平常心、平常心。

「アーネスト、ちょっとこっち向け」

「うん？」

言われるがまま上半身をねじって振り向くと、素早くチュッとキスされた。

「――っ！」

「ははっ、目まんまる」

笑う寒月の周囲で、兵士たちも破顔した。

「あんまり見せつけないでくださいよ、殿下！」

「羨ましいだろう」と得意そうに返す寒月に、「羨ましすぎて落馬しそうです！」と、みんなが笑う。僕だけが驚きと恥ずかしさのあまり言葉を失い、魚みたいに口をパクパクして。

笑い皺が色っぽい男前は、愉快そうにウィンクした。

「今日のキス払い一回目な。あと九回」

「えっ！　最低十回って言ったじゃないか」

「そうだよ？　だから最低でもあと九回だろ」

「だ、だって、青月とも……」

「ああ。二人合わせて十回じゃねえぞ。ひとり最低十回ずつだ」

「ええええっ！　ず、ずるいっ」

情けない声を出した僕に、寒月が吹き出した。

「ちゃんと確かめなかったお前が悪い。契約の基本だろうが。青月には手抜きでいいが、俺は一回たりとも負けてやらねえからな」

言いながら、兵士から受け取った毛布で、僕を頭からすっぽりくるんだ。

「寒くないといいんだが。さあ出発だ！」

◇

初めてきちんと見る醍牙の王都は、興味深いものばかりだった。

商店街は不思議なマーブル模様の石壁や、明るいクリーム色の壁の建物が並ぶ。原色の賑やかな旗や看板が並んでいるけれど、雪の白さの中ではちっともけばけばしくならず、むしろ温かな雰囲気を生み出していた。

歩道に積もった雪は足首がすっぽり埋まる深さで、僕から見れば大雪なのだが、醍牙の人たちは滑ったりもせず普通に歩いていく。小さな子が小さな橇《そり》に荷物と一緒に乗せられて、母親に引っ張られていくのが、すごく可愛い。

大きな商店街だけあって人も馬車も往来が激しいけれど、ひときわ目立つ紫揺に乗った寒月は、すぐにみんなから気づかれ注目を浴びた。

「寒月殿下！　ようこそ、いらっしゃいませ！」

「まあ！　大切そうになにを抱えていらっしゃるかと思えば、そちらの方はもしや」

「妖精の血筋だという、例のお方では？」

どんどん人が集まってくる。次々かけられる声にも寒月は慣れた様子で……

「おう、俺と青月の嫁になる、アーネストだ」

堂々と宣言してしまった。

「ばっ！」

まだ正式に婚約が決まったわけでもないのに、一国の王子が軽々にそんなことを言っちゃダメだろう⁉

あわてて訂正させようとしたが、その前に、歓声や口笛や女性の悲鳴でどっと沸いた。

「おめでとうございます、殿下！」

祝福の声が次々飛んでくる。なにがなにやら、よくわからないのだが……僕もただ毛布にくるまってミノムシになっていては失礼だと思い、混乱しつつも、とりあえず被っていた毛布をおろして、馬上からみんなを見た。

「はじめまして、みなさん」

ゆっくりひとつ瞬きをして、心を落ち着かせてから挨拶すると。

なぜかしばし、あれほど騒いでいた人々が、しんと静まりかえった。

……どうしたのかな。エルバータの元皇子と知られているようだから、やっぱり不快にさせてしまったのかな。と不安になった、次の瞬間。

「ふあああああ、妖精さん……！」

「なんてお美しいの！　噂以上だわあ」

「なるほど、王子殿下がお二人そろってご執心されるわけだ。心から納得しました！」

「お慶び申し上げます、殿下！」

雪の上に頽れる人あり、いっそう大きな歓声を上げる人あり。いよいよ大騒ぎになったところで。

「収拾がつかなくなる前に」と兵士たちに促され、その場をあとにした。

「そういや、珍しく白銅を連れてこなかったんだな」

目的地に到着し、僕に手を貸し馬上から降ろしてくれた寒月が、辺りを見回した。

僕はちょっと呆れて顔をしかめた。

「今気づいたの？　誘ったけど断られたんだよ。マルム茸を見張りたいって」

「ああ、そうか。その後は変化はないのか？」

「うん」

「謎だな」

そう。実は今、マルム茸に関して謎の事態が起こっている。

ことの起こりは、あの、本棚から生えていたマルム茸。

僕はその三つのマルム茸を売ったお金で、ダースティンの薬草を取り寄せてもらおうと考えていたのだが、先にラキュラス草を手配してくれていた双子が、「これも開店祝い」と無料で提供してくれた（そして遠慮なくいただいてしまった）のに加えて、双子がくれた金貨が予想外に高額だったので当座の運用資金を確保できたこともあり、売らずに手元に残った。

そこで手元に残ったマルム茸は王女に贈ることにした。会議の場で口添えしてくれた王女に、まだきちんとお礼をできていなかったから。

双子に頼んで届けてもらおうと思い、とりあえず、薬草入れとして使っているヒノキの小箱に、三つまとめて入れておいた。その間、召し使いとしての仕事と、薬草が届いたあとの準備などに精を出し、一昼夜はそのまま放置していた。

傷みやすいものではないから、特に気にしていなかった。

——が。

次に僕が見たとき、三つあったマルム茸は、ひとつになっていた。

二つなくなったわけではない。文字通り、三つがひとつになったのだ。……たぶん。

通常のマルム茸は、子供のこぶし大。窮屈そうに小箱に詰まっていたキノコは、ちょうどその三倍ほどの大きさだった。

最初にそれを見たときは、もしや誰かがいたずらしてすり替えた？　とも思ったが。でもオレンジ色をした真ん丸フォルムの傘は、見慣れたマルム茸そのものだし。常識を取っ払って考えるなら、三つが合体したとしか思えなかった。

迎えに来た白銅くんに見せたら、彼もものすごく驚いていた。

「盗まれて、作り物とすり替えられたとかでは、ないのですよね？」

「匂いや手触りやフォルムは、マルム茸そのものなんだよねえ。もしも盗むとしても、代わりに巨人な偽物を用意する手間をかけるとは思えないし」

「そうですよね。……だとすると本当に、三つが合体したのでしょうか！」

にわかに大きな瞳をキラキラさせた白銅くん。

「合体キノコ……かっこいいぃ！」

彼の中で、マルム茸が格好いい存在として認識された瞬間だった。なにやらいろんな想像が膨らんだらしい。

ともかく、そんな得体の知れぬ状態では王女に贈れないので、しばらく様子見することにしたのだけども。

その直後に僕は、またもマルム茸を見つけた。

今度はダースティンから届いた薬草の中に、二つ紛れていた。ジェームズからの荷物と手紙も同梱されていたが、マルム茸も入れたとは書かれておらず。

「旅するキノコ」の通り名どおり、自分で薬草箱に入って旅してきたのだろうか。そんなわけないか。……ないのか？

僕は昔からマルム茸をよく見つけてはいたが、醍牙に来てからその頻度が増している。それに以前は普通に土や倒木などから生えているものしか見たことがなかった。

ここに来て、にわかに謎を増すキノコ、マルム茸。

こうなったら、ものは試し。もっと大きなヒノキの箱に、巨大化した（と仮定した）マルム茸と、普通のマルム茸二つを一緒に入れてみた。これでまた同様の現象が起こったら、マルム茸合体説の信憑性が一気に増す。

白銅くんは、ちょっとでも時間が取れればマルム茸を見張るようになった。あまりに熱心で可愛いので、「しばらくマルム茸を見張るように」と指令を与え、日中は好きなだけ観察してもらった。

ただ気の毒なことに、次の変化は僕らが寝ているあいだに起こった。

朝起きたら、新たに入れた二つのうちひとつが消えて、さらに巨大化したマルム茸が出現していたのだ。その脇に、通常サイズのマルム茸がひとつだけ残っていた。

白銅くんは、とても悔しがった。

「今度こそ合体の瞬間を見届けます！」

そうして、ますます観察に熱が入っている今日この頃。

僕がしてあげられるのは、お土産を買って帰ることくらいだ。

「謎キノコ、お前はあんまり気にならないみたいだな？」

寒月が不思議そうに言うので、「気にはなってるよ」と笑った。

「『合体』ならまだしも、『共食い』だったらどうしよう、とか。もしそうなら、そんな現場を白銅くんに見せられないから、なんて言えば観察を中断してくれるかなとか」

「綺麗な顔してエグい発想するなあ」

笑いながら、手袋をはずした寒月の右手がのびてきて、僕の頬をつつむ。

「冷たいな。やっぱ寒かったよな」

「大丈夫だよ。あの……一緒に紫揺に乗せてもらってよかった。あったかかったよ。気を遣ってくれて、ありがとう」

照れるけど、そう思ったのは本当なので素直にお礼を言い、にっこり笑って寒月を見あげると、なぜか不機嫌そうに「はああ？」と眉をひそめられた。

「なんだその可愛い態度は。新手の誘惑かコノヤロウ」

怒ったように言ったかと思うと、素早く抱きしめられてひょいと持ち上げられ、ついばむように口づけられた。

「か、かん」

「二回目」

またもしっかり護衛兵たちに見られてた！「寒月殿下、ニヤけっぱなし！」と口笛付きで笑われてるー！

抗議しようと、持ち上げられたまま足をバタつかせていたら、よく通る声をかけられた。

「なにをしている、馬鹿弟」

「歓宜王女殿下！」

会議の場以来の王女が呆れ顔で立っていた。今日もひとつに結った赤い髪をなびかせ、仁王立ちする姿が凛々しい。

「チッ。来てたのかよ、歓宜」

「あの役立たず共の躾を押しつけてきたのは、貴様らだろうが！」

「あ。そうだった」

ん？　なんのお話？　よくわからないけど、姉弟仲が良くて羨ましい。

「王女殿下、こんにちは。ご機嫌うるわしゅう」

「よう、呑気者。一応まだ生きてるようだな」

「おかげさまで〜」

「アーネスト。怒っていいんだぞ」

寒月がムッとしているが、王女はまったく意に介さず僕を見た。

「孤児院や救貧院に薬を寄付したそうじゃないか。良い心掛けだ。今日も持ってきたのか？」

「はい、そうなのです」

そう。僕たちがやって来たのは孤児院。以前に寄付した軟膏《なんこう》や薬湯の補充と、使用後の意見や要望などを聞けたらと思って、ぜひ伺いたいと双子にお願いしていたのだ。

三人で院の入り口に続く雪道を歩き出すと、王女は白い息を吐きながら、寒月に掴まって慣れぬ雪道を歩く僕を見た。

「それで、あの能なし共にも会っていくのか？」

「能なしども？」

「元皇女たちだ。ちょうど来てるぞ」

◆

エルバータの元第二皇女ルイーズと元第三皇女パメラは、王都の大神殿の沈睡副神官長を監視役として修道神殿にて預かりの身となっていた。

俗世の人間が出家を望む際は、まず修道神殿に身を置き、厳しい規律のもと先輩神官たちから出家後の務めについて学ぶ。務めとは、夜も明けぬうちに起床し祈りと社会奉仕に身を費やし、夜は早々に床に就くこと。その繰り返しだ。

出家を前提として女性のみの修道神殿に放り込まれたルイーズとパメラは、その当日から職務放棄した。与えられた冗談かと思うほど狭い個室に立てこもり、無理矢理引きずり出されたあとは神殿長の話を無視してわめき散らし、お仕着せの修道服の着用を拒否して冬用のドレスを要求した。

神殿長や神官たちが激怒すると、こう言い返した。

「わたくしたちを虐待する気ですか⁉　身の安全は保障されているはずよ！」

「公的な約束を守れないなんて、やはり獣人は噂どおりの野蛮《やばん》人ですのね！」

そのように言えば獣人たちは決まって悔しそうに口をつぐむことを、城に幽閉《ゆうへい》されていたときに学んでいたのだ。獣人は国外の者から「野蛮《やばん》人」と後ろ指を指されることに、多かれ少なかれ劣等感を抱いているから。

歴史を遡れば獣人は、実際に野蛮《やばん》としか言いようがない時代があった。

現代ではずいぶんマシになったものの、昔々の獣人は獣の性質が極めて強く、暴れたいように暴れ、奪いたいように奪う、まさに獣と呼ぶにふさわしい物騒な存在だった。そんな獣人が集まった醍牙は、周辺国にとっては脅威でしかなかった。ゆえに醍牙以外の国々は、共同戦線を張って醍牙を攻撃した。結果、戦に敗れた醍牙は弱体化しエルバータに従属するに至ったのだ。

近年ふたたび台頭してきたと聞いたときも、エルバータの王侯貴族は、「また野蛮《やばん》な獣人どもが騒ぎ始めたか」と嘲笑っていた。ならば再び獣人どもを狩ってやろう、躾を変容させるなどという気味の悪い輩《やから》には人間様のお仕置きが必要だと。

その下等な獣人の国にエルバータが敗れたことは屈辱すぎて未だ信じ難いが。

——実は、賠償金を支払う当てはある。

支払いが済めばまた自由になれる。それがルイーズたちの心を支えている。

「醍牙の馬鹿な獣たちは、わたくしたちを舐めてかかっているようだけれど」

「せいぜい、あの者たちを利用してやりましょう。それまでの辛抱よ」

使用人の身分におとされると聞いたときには、あの愚図で役立たずの異母弟を呪ったものだが……まったくの役立たずではなかったようだ。

ルイーズとパメラは、ほくそ笑んでいた。腹立たしいことばかりではあるが、賠償金を工面できるまで適当にやり過ごせばいいと。そう思っていたのに……

「役立たずの能なし共が、偉そうにタダ飯を食らっているそうじゃないか」

ある日、歓宜王女が修道神殿にやって来てから流れが変わった。

ルイーズもパメラも悲鳴を上げて逃げ出した。

しかしすぐに、勝ち誇った顔の神殿長と神官たちに取り押さえられた。

「お前たちが告げ口したのね！　聖職者のくせに、卑劣な真似を！」

神殿長たちに向かって怒鳴りつけると、歓宜は「私が来たのは、別口からの依頼だ」と二人を見下ろした。

「元皇后たちと同じように、お前らも躾けてほしいそうだ。指図されるのは腹立たしいが、お前たちには借りがあるから、ちょうどいい」

「ひいっ！　ま、まだエルバータでのことを根に持っているの!?」

「元皇后たちと同じようにって……あなた、お母様たちをどんな目に遭わせているのです！」

なじる二人を鼻で嗤って、歓宜は修道服を投げつけてきた。

「まずはそれを着ろ」

「嫌よ！　そんな粗末で寒々しい服！」

それまで二人はお仕着せを拒み、黒牙城で着用していたドレスや外套《がいとう》を持って来させて着用していた。醍牙側が用意した安っぽいドレスだが、修道服よりはずっと良い。

しかし王女は、冷笑を浮かべて言い放った。

「修道服が嫌なら、裸で過ごすんだな。――脱がせろ」

途端、歓宜のうしろに控えていた神官たちが数人がかりで、悲鳴を上げる二人を抑え込んだ。

「こ、この野蛮人《やばん》！　虐待する気!?」

「許されないわ、こんな野蛮《やばん》なこと！　諸外国に訴えます！」

「勝手にしろ。評判なんぞ、私はどうでもいい」

本当にどうでもよさげに言う歓宜に二人は震え上がった。

「……あのときの仕返しをするつもりなのね……！」

「私は監視役として必要な指導をするだけだ」

ニヤリと口元を歪めた歓宜に、二人は降参するよりなかった。

それからというもの、二人は『ごく普通の』神殿暮らしを強いられている。

毎日決まった時刻に起きて祈り、精神修養として掃除をさせられ、社会奉仕として下々の子供たちの溜まり場である孤児院やら臭くて汚い救貧院やらの手伝いをさせられる。

どこへ行っても寒いし汚いし、食事はパンと野菜スープばかりで家畜《かちく》の餌のようだし、さっさと床に入る以外、何の楽しみもない。おまけに。

「あなたたちはもう、皇女ではない。いずれ出家する使用人としてこの場にいるのだから、いいかげん現実を受け容れなさい」

神殿長の説教は無礼極まりないし。

「なにが元皇族よ。今となっては惨めな、ただの役立たずだわ」

「人を貶める前に、我が身の至らなさを噛み締めてみたらどうなの？」

「同じ元皇族でも、ウォルドグレイブ伯爵とは大違いね」

指導と称して嘲笑してくる神官やほかの見習いたちも、片っ端から処刑してやりたいほど憎たらしい。

今日も今日とて、雪の中を孤児院なんぞに連れて来られて、掃除の次は雪かきを手伝わされた。

骨の芯まで凍え切って屋内に戻れば、薄笑いを浮かべた神官たちからまたも掃除を命じられる始末。

「今に見てらっしゃい。まとめて靴底を舐めさせてやるから！」

悪態をつきながらモップを取ってきた二人は、入り口のほうが騒がしいことに気がついた。見れば孤児院の子供たちが、廊下の窓から外を見てはしゃいだ声を上げている。

「なんなのよ、うるさいわね！」

舌打ちしつつ手近な窓から外を見たルイーズが、目を剥いた。

「ちょっとパメラ、あれを見て！」

「なに？」

「アーネストよ！　アーネストが来てるのよ！」

二人が異母弟を見るのは、会議の場で役にも立たない『弁護役』として現れたとき以来だ。

相変わらず歯噛みしたくなるほど美しい。その美貌《びぼう》は、ほんのわずかな瑕もない玉そのもので、人の範疇を越えている。完璧すぎて恐ろしいほどだ。


――が、口をひらくと馬鹿正直で呑気なただの田舎者だとわかるので、その人外めいた完璧さも崩れるけれど。

崩れたら崩れたで、光の粒みたいな愛嬌《あいきょう》がこぼれんばかりで、そんなところもまた妬ましく憎らしい。妖精の血筋という眉唾ものの話も、アーネストを見たあとでは真実なのかもしれないと思えてしまう。二人はそれが悔しくてならなかった。

「なんなのよ、あいつは。わたくしたちをこんな境遇に陥れておいて、自分だけずいぶん幸せそうじゃないの……！」

ギリッと唇を噛んだルイーズに、パメラも眦《まなじり》を吊り上げうなずきながら、窓の向こうを指差した。

「ほら見て、あの手の込んだ毛織物の外套《がいとう》に帽子！　あの色艶は絶対、ゴブショット羊の毛よ！　皇室に献上《けんじょう》されたものを見たことがあるわ。お父様が愛用してらしたもの！」

「ええ、おぼえているわ。軽くて肌触りが滑らかで、どの毛皮より保温性が高い最高級品よ。あいつが着ている外套《がいとう》と帽子と……マフまで！　全部合わせれば、三千万キューズは下らないはず」

「ひどいじゃない、わたくしたちはこんな惨めな姿で虐待されて屈辱を味わっているのに、自分は美形王子二人を手玉に取って贅沢三昧だなんて！」

ルイーズは、きつく修道服を握り締めた。宮廷ではつねに最先端の流行を取り入れて、豪奢《ごうしゃ》なドレスと宝石で身をつつんでいたというのに……

センスの欠片も感じない修道服は病気のカラスみたいにみすぼらしい。着てみれば案外暖かかったが、陰気でみすぼらしくて冴えないことに変わりはない。

自分たちは出家する気などまったくないというのに、なぜこんな格好で掃除だの洗濯だの、死にかけの老人や生意気な子供たちの世話だのをせねばならぬのか。

「歓宜も絶対許さないけど、アーネストも許せない。これほど腹黒い奴とはね」

パメラの怒りにはルイーズも同意しかない。異母弟が目の前に現れたときから、二人は敗北感を味わい続けている。

なにより口惜しいのは醍牙の王子との婚姻《こんいん》の件だ。

会議の場で初めて双子王子を見たときは、甘い矢で胸を射抜かれたような衝撃を受けた。

獣人の王子など、むさ苦しくて醜い、毛むくじゃらの大男とばかり思っていた。

しかし実際は二人そろって背が高くて逞しくて、エルバータの宮廷でもお目にかかれないような、とびきりの美形だった。

太陽のような金髪と月光のような銀髪の二人の王子は、優劣をつけられぬくらい魅力的で、クラクラするほど野性的な色気にあふれていた。それぞれ趣《おもむき》の異なる端整さに、思わず生唾を飲み込み、その逞しい腕に抱かれる自分を想像したら、恥ずかしいほど躰が疼いた。

正直、早まって縁談を拒んだことを、後悔せずにはいられなかった。


――だが、まだ間に合うはずだと。王子たちがエルバータの皇女を娶《めと》るのならば、相手は自分たちしかいないのだからと。あの会議の場では、ルイーズもパメラもそう思い込んでいた。


エルバータの社交界では「麗しの双花」と謳われた自分たち姉妹だ。年頃の貴公子たちは、競って愛を乞うてきた。そんな洗練された美しさを持つ自分たちを娶《めと》ることができれば、獣人の王子たちとて鼻が高いだろうと。

エルバータを蹂躙《じゅうりん》したことは許し難いが、最高にゴージャスな双子王子を姉妹で独占し、ほかの女たちの嫉妬《しっと》と羨望を浴びるのは悪くない。

彼らを手懐ければ醍牙の最高位を得るのと同義であろうし、醍牙の力を利用してエルバータで返り咲くことも夢ではないはずだ。そう考えを切り替えていたというのに。

王子たちはルイーズもパメラも眼中になく、二人そろってアーネストに求婚した。元皇女である自分たちが、完全に脇役。あのときの屈辱と衝撃ときたら……！

居並ぶ醍牙人たちも同様。エルバータの皇族を目の仇にしていたくせに、アーネストだけは贔屓して、庇い立てする者までいた。まったくもって不可解だ。

そして今また異母弟は、輝く金髪の王子と寄り添い、とろけそうなほど優しい目で見つめられ、宝物のように守られながら最高級の品を身にまとってそこにいる。

おまけに、あの歓宜王女とすら親しげに語らっているではないか。

「歓宜にわたくしたちを『躾けろ』なんて唆したのは、アーネストに違いないわ」

「そうよ、絶対そうだわ！　なんて陰険な奴なの！」

「その上で、自分の幸せを見せつけに来たのよ。どこまで陰湿なのかしら」

「そうよ、みんなあの顔に騙されているのだわ！　あいつはきっと、母親のことを逆恨みして、最初からわたくしたち皇族に復讐するつもりだったのよ！」

「そうねパメラ。まちがいないわ」

話しているあいだに、異母弟たちは院内に入ってきた。ルイーズたちは廊下に出て、階段の踊り場から三人を見下ろした。

自分たち姉妹には冷たい孤児院の院長や神官らが、満面の笑顔をアーネストに向けている。

自分たちには生意気な口をきき、掃除の水をひっくり返したり雪玉を投げてきたり、「カンチョー！」などと叫びながら指で尻を突いてくる野猿のようなガキどもまでが、嬉しそうに恥ずかしそうに、目を輝かせてアーネストを見ている。

「行きましょう、パメラ。こんな姿を見せてあいつを喜ばせるなんて、ごめんだわ」

ルイーズは身をひるがえし、廊下の奥へと進みながらモップを床に叩きつけた。

「行くってどこへ？」

「院長室にでもいればいいのよ。あいつらを出迎えているあいだは空室になるでしょう」

「そうね、良い考え！　……でも、わたくしたちがコソコソ隠れねばならないなんて……こんな目に遭うなんて、悔しくてたまらない」

ルイーズも思わず顔を歪ませた。

「お母様が第二妃を憎悪した気持ちが今ならよくわかるわ。でも――」

「賠償金が用意できるまでの我慢。そうでしょう？」

「その通りよ、パメラ！　そのときもアーネストはあんなふうに笑っていられるかしら？」

にんまり笑ったルイーズに、パメラも同じ笑みを返した。

「短命の家系というのは本当らしいし。そのときにまだ、この世にいるとは限らないけれどね」

「フフッ。そうねパメラ。自分で思うよりずっと早くに、この世から消え去るかもしれないわよね」

◆

「異母姉上たちには、会わずにおこうと思います」

そう言うと、歓宜王女は「ふむ」と片眉を上げて僕を見た。

「あいつらに会うのは不快か？」

「いえ、僕はまったく。でもたぶん、向こうは不快でしょうから」

「だろうな」

鼻で嗤うこの王女が、エルバータの皇室に嫁入りした姿を想像できない。金銀宝石の宮殿に閉じ込められるより、草原を馬で駆けるほうが幸せと感じる性分だろうに。

婚姻《こんいん》後に何があったのかは未だ知り得ないが。この激しい気性を持ちながら、両国の平和のため一度は政略結婚を受け入れたというのだから、立派なことだと思う。

「今日は救貧院にも伺う予定ですし、長居はお邪魔でしょう。薬の使用感や要望を教えてもらえれば充分です」

「薬舗はずいぶん繁盛しているそうじゃないか」

「はい。陛下をはじめ、たくさんの方々のおかげ様で」

寒月が自分を指差して褒められ待ちしているが、王女が白けた視線を向けるといじけたように唇をとがらせた。

「在庫が足らなくて、割増しで良いから売ってくれと言う客もいるほど大好評だ！」

なぜか寒月が威張っている。王女は「だったら」と言いながら弟の唇をバシッと叩き、寒月は「いでっ！」と口を押さえた。……気の毒だが面白い。

「アレも売れれば儲かるだろうに」

王女の視線が、寄付用の大量の軟膏《なんこう》と薬湯の茶葉が詰まった木箱を、孤児院の中へ運び込んでくれている兵士たちに移った。寒月も、まだ口を押さえながらうなずく。

「俺もそう言ったんだけどよ。守銭奴《しゅせんど》を目指してるわりには甘いよな」

確かに、守銭奴《しゅせんど》失格ではあるのだが。でもまあ、それはそれ、これはこれ。

「薬の販売は必要に駆られてのことですし、黒字であれば御の字と思っているのです。最初から、もっとウハウハ儲かることを考えるつもりでしたし」

「「ウハウハって……」」

声をそろえる姉弟は、眉根の寄せ方がそっくりだ。ほっこりしていたら急にクシャミが出て、寒月があわてて「早く中に入ろう」と促してきた。

孤児院は想像していたよりずっと立派な建物で、掃除も行き届いているし、職員さんや神官さんたちが細やかに勉強を教えたりお遊戯をしたり、昼寝を見守ったりしてあげている。雰囲気がとても優しい。

子供たちも肌艶が良く健康そう。玄関で「ようこそ、歓宜殿下！　寒月殿下！　アーネスト様！」とみんなで出迎えてくれたのだが、背後から走ってきた男の子がいきなり、

「カンチョー！」

僕に向かって両手を組んだ人差し指を突き出し突進してきたと思うと、寒月に片手で阻止された。

「俺ですらまだ遠慮してるのに、なにしてくれてんだ、おめーは」

無造作にその子の服をつまんでブランブラン振り回し始めたので、あわてて止めようとしたけれど、その子も神官さんたちもほかの子たちも、みんなケラケラ笑っている。

「ぼくもー寒月様！　ぼくも！」

「わたしもーっ！」

……慣れた様子だ。カンチョーっていったい。

寒月は両腕に二人ずつ子供たちをぶら下げて振り回し、たちまちキャーキャー大騒ぎになった。

この国の王族は国民とすごく距離が近いみたい。王女の周りにも、わんぱくそうな子たちが集まってきた。

「歓宜様、おれ、毎日剣の練習してます！　枝だけど！」

「そうか。せいぜい頑張れ」

「そしたら歓宜様に勝てますか！」

「んなわけあるか！　百年早いわ！」

容赦ない。くすくすと笑っていたら、いつのまにか子供たちに囲まれていた。

真っ赤なほっぺの女の子が、「あのう」と恥ずかしそうに話しかけてくる。

「アーネスト様、薬湯をありがとうございます。お熱出たのに、すぐ下がりました」

「すごく美味しいし、魔法みたいでした！」

「わたしも、のど痛いのがすぐ治ったの」

「そうかあ……よかった。役に立てて嬉しいよ。こちらこそ、どうもありがとう」

膝をついて視線を合わせ、いい子いい子と頭を撫でると、みんな笑顔全開になって抱きついてきたり、手をつないできたりした。懐っこくて可愛いなあ。

「アーネスト様、とってもいい匂い」

「そう？　薬草の匂いかな」

「それにとってもキレイ。妖精のお姫様みたい」

「すべすべお肌のお手入れのヒケツを売り出したら良いと思う！」

なにやら、もしや女性と間違われているのだろうかと心配になる発言もあったが……でも良いヒントをもらえた。なるほど。薬舗の新商品は、肌の手入れ用の薬草化粧水なども良いかもしれない。

孤児院を辞して歩きながら、王女が「ところで、さっきから気になっていたんだが」と話しかけてきた。

「お前のその外套《がいとう》や帽子は、ゴブショット羊か？　なにか違う気がするのだが」

「おおお。さすが王女殿下！」

僕はくるりと回ってポーズをとった。

「ゴブショット羊にも見えるでしょう？　実はこれ、ダースティンから送られてきた僕の外套《がいとう》と合わせて作り直したものなんです」

「作り直した？　んん？　……どこを！」

王女は外套《がいとう》をつまんで、矯めつすがめつ観察してから、じれったそうに訊いてきた。

「僕の外套《がいとう》は、ダースティン産のキターノ羊毛で作られていたのです。キターノは育てやすくて丈夫な羊で、安くて質の良い羊毛を安定して提供してくれます。ダースティンでは誰でもこの羊毛の雑貨を持っているというくらい、庶民派の羊毛なんですよ。で、それを、ゴブショット羊と合わせて作り直しました」

「あ？　いきなり話が飛んだな」

「俺と青月がこいつに、冬の外出用の外着一式を買ってやるという話になったんだよ」

子供たちと遊んで乱れた金髪を無造作にかき上げた寒月が、大げさにため息をついた。

「城に業者を呼んで、どうせならゴブショットで誂えろと話していたら、値段を聞いた次の瞬間、『そんなのもらっても、借金返済のために売り払うだけだ』とか言いやがって」

「だって莫大な借金を抱えた召し使いだよ？　おかしいでしょう、そんな高価なものを着てたら」

「醍牙の王子二人の嫁になるってのに、なにせせこましいこと言ってんだ」

「せせこましくなかったら、貧乏領地の経営なんてできないんだよ！」

フンッと鼻息荒く主張したら、王女も寒月も目を丸くして「「なるほど」」と声をそろえた。

いい気になった僕は、虎獣人姉弟に向かって偉そうに胸を張った。

「上手くいけば、このゴブショットもどきの服も、ウハウハな儲け話になるかもしれないんだからね！」

「ゴブショットもどきでウハウハとは、どういうことだ？」

うろんげな王女に、被っていた帽子をとって見せた。

「寒月と青月に、ゴブショット羊の服じゃなく羊毛そのままを買ってもらったのです。先行投資ということで。で、キターノの羊毛やほかの羊毛、そしてゴブショット羊毛を用いて、混合率を研究し、完成した生地と重ねて仕立て直したのがこちらの帽子や外套《がいとう》です」

「ふむ……艶が足りないが、見た目はゴブショットに近い。肌触りも幾分硬めだが悪くないしデザインも良い。……つまり、ゴブショットの廉価版《れんかばん》をつくって売り出すつもりなのか？」

「半分正解です。ウハウハになるためには富裕層を狙わねばなりませんが、そういう方たちには廉《れん》価版《かばん》は魅力が薄いでしょうし」

そこでまたクシュンとくしゃみが出て、「あとでゆっくり話せ」と寒月に急かされ、再び紫揺に騎乗した。少し離れて続いた警備兵たちと話していた王女が、轡を並べて馬上から話しかけてくる。

「救貧院の訪問後に、私の店に寄ってくれ」

「王女殿下のお店、ですか？」

「ああ。場所は寒月が知っている。では、あとで」

白い息越しに、雪を蹴立てて去って行くうしろ姿を見送っていると、背中からすっぽり抱きしめてくれていた寒月が、低く呟いた。

「……王子妃になれば、お前は醍牙の王族だ。エルバータが負う賠償金の債務《さいむ》からも解放されるんだぞ」

「そうなの？　おお、良いこと聞いた」

「おう。だからそんな躰で無理するな。守銭奴《しゅせんど》なんて、お前から一番遠い言葉じゃねえか」

「でも払う」

「なんでだよ！」

僕は躰をねじって振り返り、翠玉の瞳を見つめた。

「僕、きみと青月が好きだよ」

不機嫌そうだった垂れ目が、大きく見ひらかれる。

「だからこそ、お金や債務《さいむ》免除が目当てだなんて、誰にも思われたくない」

そうでなくても僕は、ずっと、二人に対して負い目を感じ続けている。

僕の中の良心は、子供も産めない上にきっとそう長くも生きられない身で、二人の愛情を享受する資格なんてないだろうと、自分を責め続けている。

でも僕の中の正直な心は、長く生きられないならなおのこと、初めて愛した人と幸せな体験をしてなにが悪いんだと貪欲に求めてやまない。

僕は自分のずるさを知っている。だからせめて、行動だけでも誠実でいたい。やれる限りのことをやり切りたい。

「アーネスト……」

寒月は、どこか痛そうな、苦しげな表情。きっと自分を責めてるんだ。

「俺たちがお前を巻き込んだ。平和なダーステティンから呼び寄せて、元皇族としての責務を負わせた」

ほらやっぱり。でも大事なことを忘れてるよ、寒月。

僕はにっこり微笑んだ。

「きみたちに会えて、よかった」

そうだよ。きみたちが呼んでくれたから、出会えたんだよ。

「アーネスト」

のび上がって、いっそうつらそうに眉根を寄せたイケメンの唇に、触れるだけのキスをした。

「三回目」

自分からしたのは初めてだ。驚いた顔にちょっと笑ってしまったけど、すぐに恥ずかしくなった。

前を向いてうつむくと、寒月が笑う気配がした。

「うなじまで真っ赤」

「！」

とっさに手で隠そうとしたうなじは、マフラーで覆われていることに気づく。

からかわれたと気づいて抗議しかけた唇に、吸いつくようなキスをされた。唇が離れたら、とろけるような笑顔と目が合った。

「四回目」

◇

歓宜王女の店『赤嶺馬具《セキレイ》』は、商店街のわりと隅のほうにあった。周囲は工房や鑑定所などが多くて、職人町という感じの一画。

武器防具も置かれていたが、メインは革製品らしい。店名の通り馬具や乗馬用品が多いみたい。店内の柵にさまざまなかたちの鞍《くら》がずらりと並べてあるかと思えば、人用のブーツの横に馬用のブーツも置いてあったりして、見ているだけでも楽しい。

「専属の職人の品はもちろん、優れた職人や良い品を見つけたら取り扱う。注文を取り次ぎもする」

王女の説明に、僕は真剣にうなずいた。

「では僕の店の軟膏《なんこう》なども扱ってください。手数料無料で」

「お前……呑気者と思ってたら、商売に関しては図太いな」

立派な髭を生やした店長や店員たちが、くすくすと笑った。みんな立ち居振る舞いがすっきりとしていて、王女の見る目の良さをいろんな意味で感じるお店だ。

寒月は急用が入ったとかで、僕をこの店に置いて用を済ませに行った。すぐ戻ると言っていたけれど、王女はそれを待たずに用件を切り出した。

「この服に助言をくれないか」

王女が示したのは、一般的な乗馬服だった。ズボンは王女が今穿いているものと同じく、太腿《ふともも》にダボッとゆとりがあるタイプ。

「助言と言われましても……乗馬用品に関しては、殿下のほうこそお詳しいでしょう？」

「新たな視点からの意見が欲しいのだ。この服には、お前の言葉で言うところの『ウハウハ』な儲け話が懸かっている」

「儲け話！」

一転、身を乗り出した僕。

「それは黙っていられませんな」

「……よほど金に苦労してるんだな、お前……。いや、それでいい。その貪欲さが必要だ」

暖炉《だんろ》のそばの卓を挟んで話を聞いていたら、店長さんがお茶を運んできてくれた。冷えた躰に熱々のお茶。嬉しい。

「うちの店で売っている乗馬服の注文数が、競合店の中で最多ならば、来年から国に乗馬用品を納める権利を得ることができる。国と取引できれば、ウハウハの大儲けだ」

「つまり各店で独自の乗馬服を売り出しているのですね？　その注文数で勝敗が決まる、と」

「そういうわけだ」

「そのウハウハ話、ぜひ掴み取りたいですね！　ちなみに手応えは？」

「ない！」

王女はなぜか胸を張って言った。

「ちなみに今のところ最有力は、アルデンホフの店だ。会議の場でお前に喧嘩を売っていた、あのアルデンホフ大臣だよ」

元皇族処刑派の急先鋒《きゅうせんぽう》だったあの人だな。処刑しない代わりに領民ごと領地を焼き払ってやるとか、無茶苦茶なことも言っていたっけ。

「あの方も同業なのですか？」

「あいつは私より手広い。私の主軸は王家の馬の管理だ。生産と育成、両方に携わっている。売買管理は弟たちの管轄だな。アルデンホフが馬の分野で幅を利かせようとしているのは、弟たちへの対抗意識が強いからさ」

「対抗？　なにに対して対抗したがっているのでしょう」

王女はフンと肩をすくめた。

「なにからなにまで。あいつはもともと、醍牙の二十一の州のうちのひとつシネロヴェントの豪商の出だ。伯爵家の娘と結婚して王都に居を構え、こちらでも本格的に商売を始めた」

そうなのか……商売人っぽくは見えなかったけど。

「豪商の出なら、さぞかし資金力があるのでしょうね。それは強敵です」

「金だけだがな！　アルデンホフの生家は成金で、奴が実質入り婿状態で山母里《ヤマモリ》伯爵家と縁付いたのは、喉から手が出るほど欲しかった爵位を金で買ったからだと馬鹿にする声も多い。山母里家は家計が火の車だと心配されていたが、アルデンホフとの婚姻《こんいん》で持ち直したからな。奴はまだ爵位を継いでいないが」

「ほほう。つまりアルデンホフ氏は大金持ちの息子さんで、お舅さんの爵位を継ぐ予定なのですね？」

「そうだ。私は奴が大嫌いだが、成金という理由で馬鹿にしたりはせん。成金というからには成り上がるだけの才覚があったのだから。が、息子《アルデンホフ》がその才覚を受け継いだとはとても思えぬ」

「というと？」

「直接話したのだから、わかるだろう。あの男は短慮で短気で視野が狭い。典型的な金持ちのドラ息子だ。歪んだ上昇志向の持ち主で、見栄っ張りで、商いの内容はいつもどこかの二番煎じ」

ふむ。王女はかなりアルデンホフ氏を嫌っているようだが、店長さんたちまで一緒になって、うんうんとうなずいている。

あの人、広く公平に嫌われているのだろうか。僕も正直、良い印象は持てなかったけれども……

王女はぐびりと茶を飲んで、苛立ちを思い出したように顔をしかめた。

「二番煎じでも、本家に敬意を忘れず改良を加えるならまだ良い。だが奴は、上っ面をちょこっといじっただけで『うちこそが本家だ』と主張しやがる。それをあちらこちらでやっているから敵も多い。そういや、講和会議で元皇族たちの処刑案が覆されたのは、奴のおかげとも言えるぞ？　あいつが処刑を強く主張したから、奴を嫌う者たちは逆の意見に傾いた」

なるほど……そんな裏事情があったのか。

「でもまさか王女殿下のお店は、『二番煎じ』の被害に遭っていませんよね？」

「やられたさ！　うちの品をパクりやがった！」

「そ、それはまた……」

この王女の店に手を出すとは、なんて命知らずなのだ、アルデンホフ氏。

「乗馬初心者用の鞍《くら》の、精魂込めて考えた落馬防止対策の箇所をまるっとパクって、ちょこっと変えて、独自開発と銘打ち格安で売り出しやがった」

「ああ……それは確かに、本家さんが一番嫌うタイプのパクリですね」

「奴の店を見張らせて、奴がいるのを確認してから乗り込んで泣くまでシメてやったら、うちには手を出さなくなったけどな！」

さ、さすが歓宜王女。人にやらせるのでなく、自ら乗り込み自らシメる。僕も彼女にシメられ、死にかけた身ではあるけども。

思わず拍手をしたら、店長さんたちも一緒に拍手した。彼らもこの店の一員として、たいせつな商品に手を出すアルデンホフ氏のやり方に腹を立てていたのだろう。

「話を聞く限り、確かにアルデンホフ氏は商売人向きの性格ではないように思えます。でも豊富な資金力という強い武器がある」

「ああ。金があるからこそ人脈もつくれて、あんな奴でも大臣の座に就けたのだからな。敵を作りやすい反面、奴の財力に頼る層も多い。国との取引の場に新興の奴の店が食い込めたのもそのためだ」

王女によると本来は、ある程度の取引実績があり客からの評価も高く、実力的に拮抗《きっこう》した数店で競い合うはずだったという。

だからこそ国王が「乗馬服の注文数で決めよう」という一風変わった提案をしたのだが、そこにアルデンホフ氏が手を回し参加してしまった。と、いうことらしい。

「だから、アルデンホフにだけは負けたくない」

「そうですね」

「だが、ほかの店にも負けたくない」

「つまり勝ちたいのですね？」

「当然だ！　だからアイディアを寄こせ！」

おおう。ご無体な。そんな簡単につるんと出せるものではありません。

「そういえば、アルデンホフ氏が王子殿下たちに対抗意識を燃やしているというのは？」

「ああ。弟たちの領地には鉄と宝石の鉱山があって、鉱山事業もしているんだが。ただの脳筋の馬鹿共に見えるだろうが、ああ見えて金は持ってる馬鹿共だぞ。だからゴブショットの服くらい貢がせりゃいいんだ」

「こ、鉱山!?」

「弟たちは一応、王子だから、社会的に高い地位にある。その上、投資した二束三文の山が宝の山だったというツキの持ち主で……名前が月だけに。とにかく金があって、脳筋なりに人望もあって、腕っぷしも強い。それがアルデンホフには気に入らんのだろう。よく、酔っては方々で『おれなら王子たちよりずっと上手く資産を増やせる、おれこそ鉱山を持つべきだ』などとくだを巻いてる。バレていないと思っている辺り、筋金入りの愚か者と呼ぶにふさわしい」

ちょっと待って。初耳すぎてお話が入ってきません。

鉱山って。なんだそれ。それってつまり……あの双子、どんだけ儲けてるの？

——なんてことは訊かないでおこう。地味にコツコツ稼いで得意になっている自分とか、「金、金、金！」とこぶしを振り上げていた自分とかが、可哀想になるから。

関係ない。人がどれほど儲けていようと、それは自分の稼ぎではない。だから、僕は僕の儲け話をものにするのだ……！

「殿下。儲け話に戻りましょう」

「大丈夫か、お前。目がメラメラしてるぞ」

「ええ。僕の守銭奴《しゅせんど》魂に火がつきました。こうなったらお金持ちには負けません。絶対ウハウハしてやりましょう！」

「おお、そうともアーネスト！　このウハウハ話、絶対ものにするぞ！」

「「「おおー！」」」

お店の人たちとみんなで声を合わせ、こぶしを突き上げた。気合いの入った王女は意気揚々、改めて身を乗り出す。

「よし、そんじゃアイディアを寄こせ！」

「ガッテンです！」

ノリって怖い。アイディア、なんかつるんと出てきたぞ。

「受注期間にまだ余裕があるのであれば、違うパターンも作りましょう。乗馬ズボンだけでも」

「見本があれば良いのだし、ズボンだけならなんとかなりそうだが……どうするんだ？」

「あれです」

僕は店長さんが暖炉《だんろ》前の卓に置いてくれた、僕の帽子を指さした。

「ダースティン産キターノ羊毛の出番です！　かの地の羊はダースティンの上質な薬草を含む草原の草を食べて過ごします。そのため羊毛は他所のものより弾力と伸縮性に優れておりまして、さまざまな用途に応用可能なのです！」

「儲け話と地元の特産品を売り込むときのお前、生き生きしてるな」

「ええ」

僕はキリリとうなずいた。

「我が領地は基本的に自給自足と地産地消でしたので、キターノの羊毛も衣類小物に生活雑貨にと大いに活用しました。その中でトラウザーズも作ってみたことがあり、なかなか良い穿き心地でした。丈夫で伸縮性があるので、これは良いと思いまして外仕事の多い領民たちにも作業ズボンを作ってみましたら」

「みましたら？」

「ダースティンは温暖なので、『暑いべさ、アーネスト様』という意見が大半でした」

「だろうな」

「領民が穿いてくれないので、僕は自分による自分のためのキターノズボンを執事と共に作りました。その際、他所に出かけるとき用の乗馬ズボンも作ったのです。軽さを出すため太腿《ふともも》に沿うタイトな作りにしましたが、伸縮性があるので動きやすく、なにより」

「なにより？」

興味を惹かれたらしく、王女が身を乗り出してくる。

「冬にそのズボンを穿いて温泉保養地に行った際、居合わせた貴族の方々から、『とてもエレガント。それはどこで手に入るの？』と、大変なモテっぷりだったのです！」

「おおお！　やるなアーネスト！」

「執事が！」

「執事かよ」

一緒になって聞いていた店長さんたちと共に、ガクッと肩を落とした王女だったが、すぐに顔を上げて「しかしそれは有益な情報だ」と腕を組んだ。

「悔しいが、流行は常にエルバータから生まれていた。お前が作り直したという外套《がいとう》や帽子もセンスが良いし」

「ありがとうございます。生地は改良の余地があると思いますが、羊毛を多めに混ぜても、醍牙の寒さならかえって歓迎されるのではないでしょうか。男性でも女性でもすっきりと穿きこなしやすいデザインだと思いますよ」

僕はその場でデザイン画を描き、縫製《ほうせい》に関する提案などを思いつくまま書き添えた。王女は満足そうに何度もうなずき……

「よし。では早速、会議にかけよう。デザイン料と、みごと受注一位になれば成功報酬も、がっぽり出すから楽しみにしておけ」

「報酬の代わりに、ダースティンと羊毛の取引をしてください。王女殿下の御用達にして、あの豊かな環境を守ってあげてほしいのです」

薬草や羊毛に限らず、ダースティンには良いものがたくさんある。それらを売りにすれば領地経営もずっとラクだったろう。でも僕は、積極的に他所に売り出すことはしなかった。

それは、ダースティンがとても無防備で、自衛の手段がなかったからだ。

僕が見つけたマルム茸を他所でいくつか換金して水車をつくった折、どこからか聞きつけた人たちがやって来て、マルム茸を探して断りもなく畑や私有地に入ったり、家畜《かちく》を驚かせたりして、領民にとても迷惑をかけた。

それ以降、どうしても売る必要があるときは一個ずつ、充分間隔をあけて売るよう気をつけていた。薬草などの資源も、同じ理由で大々的には売り出せなかった。目先の利益を優先する人たちは、ダースティンの環境を簡単に壊してしまうから。

彼の地は現在、藍剛将軍の支配下にあるけれど、歓宜王女の庇護《ひご》下《か》にあればさらに安心だろう。

王女は不敵にニヤリと笑った。

「当然だ。それほどの品質なら、乗馬服の件に限らず独占販売契約を結んでほしいくらいなのだから。生産者とその土地を守るのは、こちらの利益でもある」

「おお……殿下、かっこいいですー！」

「当然だ」

そうして打ち合わせを終え寒月を待つあいだ、王女にマルム茸の味の感想を訊いてみた。

「これまでの人生で食べた物の中で、一番美味かった！　味見にひとつだけ、軽く炙って塩を振って食べたのだが……ほろっふわっと舌の上でとろけて、得も言われぬ香りが鼻を抜け、絶妙な塩味と濃厚な旨味が広がったのち、口内にうっとりするほどの爽やかさを残して消えゆく、あの名残惜しさ。思わず次々食べてしまったから、父上のぶんが残らなか……」

うっとりと語ってくれたが、ニコニコしている僕と目が合った途端、きまり悪そうに口をつぐんだ。

「あのときは、すまなかった……」

ものすごく気まずそうに詫びるので、思わずプッと吹き出すと、「なぜ笑う！」とムッとさせてしまった。ごめんなさい。言動は荒っぽいけど根は優しいところが、やっぱり双子とそっくりだなあと笑ってしまいました。

「マルム茸は、バター焼きや蒸し料理や、揚げても絶品だそうですよ。また見つけたらお届けしますね」

「ほんとか！」

もう機嫌が直った。可愛らしい人だ。

――なんてなごんでいたら、お客が入ってきた。

「いらっしゃいませ」

店員たちの声につられてそちらを見れば、若い女性の二人連れ。間違いなく高価であろう毛皮や小物をこれでもかというほど身に着けた、わかりやすく裕福なお家のお嬢様。

気づけば窓外には、雪降る中、彼女たちの使用人とおぼしき人たちが、馬車と共に並んで立っていた。寒いのに大変だ。そのとき、王女が派手に舌打ちした。急に厳しくなった王女の視線は、令嬢たちに向けられている。

「堂々と敵状視察か？」

嘲笑うような声に、令嬢たちがギクリとしてこちらを見た。奥まった場所にいる王女に気づいていなかったらしい。

「王女殿下！　い、いらしたのですね」

「自分の店だぞ。いて悪いか」

「滅相もないことでございます。大変失礼いたしました、殿下。ご機嫌うるわしゅう」

二人とも、流れるようなカーテシー。

見たことある顔だと思っていたけれど、これは間違いない。お城で会った令嬢たちだ。双子の婚約者候補の。あのときは四人いたけど特に攻撃的だった二人の姿はなく、店に来ているのは残る二人の令嬢。

立ち上がってお辞儀をすると、僕の存在にも今気づいたらしく、「あら」と小さな声が上がった。次いで探るように僕と王女を交互に見てから、笑みを浮かべて声をかけてくれた。

「ウォルドグレイブ伯爵。先日は大変失礼いたしました」

「いいえ、こちらこそ。……えっと……」

そこでようやく、彼女たちの名前を知らないことに気づく。口ごもった僕を見て、王女が皮肉げに笑った。

「なんだ、『元』婚約者候補たちから喧嘩を売られたのに、相手の名前も知らなかったのか。身元も明かさぬ相手から一方的に難癖をつけられたとは可哀想になあ」

「いえ、あの」

「では私から紹介しよう」

『元』と強調された令嬢たちが顔を引きつらせたのは無視して、王女は栗色の髪の令嬢を手で示した。お城で会ったとき、傍観していたほうの女性だ。

「弓庭後《ユバシリ》侯爵家令嬢の久利緒《クリオ》殿。先の王妃の家門で、彼女の父親はあの女の兄だ」

すると久利緒嬢は、笑みを浮かべて王女を見た。

「お言葉ですが、『先』ではありませんわ、殿下。王妃陛下は今現在もこの国の正妃様で、国王陛下の唯一のお妃様ですから」

「そうだったか？　我ら姉弟に報復されることを恐れて、馬鹿息子ともども領地に隠れ住んだまま一向に出てこないから、もう隠居《いんきょ》して墓の用意でもしているものと思い込んでいた。はっはっは！」

「嫌ですわ、殿下。おーっほっほ！」

王女と久利緒嬢のあいだに、火花が飛んだように見えた。

双子の話によれば、王妃は彼らの母親である第二妃を暗殺した黒幕と疑われている。双子をエルバータの奴隷《どれい》商人に売ったのも王妃だと、確信しているようだった。

当時は王女も子供なりに、相当な苦労をしただろう。王妃について話すだけで殺気が宿るこの様子を見れば、双子だけでなく王女も、王妃を仇と見なしているのだと充分察せられる。

対する久利緒嬢も負けていないのがすごいが……堂々と王妃を支持しているけど、それだと王妃を強く憎む双子から妃に選ばれる可能性は端から低かったのではなかろうか。義姉となるかもしれない人とも、すでにこの通りの険悪さだし。

それでもなお婚約者候補となり得る、強い理由があるのかな。

……なんて、そんなことは考えても仕方ない。今はとりあえず、この場の刺々しい空気をどうにかしなければ。店員さんたちが緊張の面持ちになっていて気の毒だ。

笑顔で牽制し合う王女と久利緒嬢を遮るように、僕は明るい声を出した。

「殿下。失礼ながら、そちらのご令嬢は？」

もうひとりの褐色の巻毛の令嬢は、攻撃的だった二人の令嬢をなだめていた人だ。彼女はえくぼの浮かぶ笑みで、自ら名乗ってくれた。

「改めましてご挨拶申し上げます、ウォルドグレイブ伯爵。わたくしは琅珠《ロウジュ》と申します。妖精の血筋のお方とお会いできて、光栄ですわ」

僕からも改めて挨拶をと口をひらいたら、王女がくるりとこちらを向いた。

「アーネスト。琅珠殿は、お前のことが大好きなアルデンホフ大臣の娘だ」

え。アルデンホフ氏の？　……ああ、だからか。だから王女は「堂々と敵状視察か？」と言っていたのか。

なるほどと頭の中で関係性を把握していたら、またも久利緒嬢が王女に物申した。

「殿下ったら、なぜそんな意地悪な言い様を？　琅珠様に失礼ではありませんか」

「いいのです、久利緒様。わたくしの父が悪いのですから」

「だそうだぞ、久利緒。娘はよくわかっているな」

王女、もはや呼び捨てしてる。三つ巴《どもえ》の戦いになるかと思われたが、琅珠嬢はおろおろするばかりで、王女に食ってかかったのは久利緒嬢のみだった。

「殿下！　僭越《せんえつ》ながらわたくしたちは、お客としてこちらのお店に伺ったのですよ！　それなのに最初から喧嘩腰とは、いくら殿下といえど失礼ではありませんか！」

「なにを買いに来た」

「は？」

「なにを買いに来たかと訊いているのだ」

途端、久利緒嬢はしどろもどろになった。

「あの、そう……そうですね、乗馬用品ですわ？　もちろん」

「良いお店ですから、ふらりと立ち寄ってみたくなったのですわよね、久利緒様」

言い添えた琅珠嬢の言葉に、久利緒嬢は「そう、そうですわ！」と勢いよく首肯した。

しかし商店街の隅の、『職人町』と呼べそうな渋い一画にあるこのお店は、令嬢方が好みそうな高級店が並ぶ目抜き通りから、ずっと離れている。買い物ついでにふらりと立ち寄るには無理がありそうだけど……

王女もまるで信じていないようで、鼻で嗤って腕を組むと、じろりと二人を見下ろした。

「お前たちの乗馬の腕前は知っている。お前らの興味は、馬に横乗りしたとき、いかにドレス姿が美しく見えるか。そのくらいだろう。馬の世話も乗馬用品をそろえるのも人任せのくせに、うちでなにを見る？　乗馬ドレスの扱いはないぞ」

「で、ですから、ふらりと」

王女は「やれやれ」と肩をすくめた。

「アルデンホフのために、うちの乗馬服の売れ行きを偵察に来たのだろう？　正直に言えばよいものを」

「なっ！」

アルデンホフ氏の娘の琅珠嬢より、久利緒嬢のほうが額に青筋を浮かべている。

性格的には彼女のほうが、アルデンホフ氏と似ているのではなかろうか。そんな久利緒嬢は負けじと、きつく王女を睨みつけ反論した。

「殿下。こう申してはなんですが、そんな必要はございません」

「ほう？」

「殿下もご存知のはず。アルデンホフ大臣が売り出した乗馬服は、すでに大量の注文を受けております。競合店の倍とも言われておりますわ。まことに申しわけないのですけれど、もしもわたくしたちが本当に偵察に来たのだとしても、それは物見遊山《ものみゆさん》と同義。勝敗の決した勝負に参加している当て馬を、ご苦労様と眺める程度の意味しかありませんことよ」

おおお。かなりキツイなあ、久利緒令嬢！　王女の好敵手なのかもしれない。

いや、でもやっぱり険悪すぎて店員さんたちまで剣呑な表情になってきたから、みんなでお茶など飲んで落ち着いてほしい。

よし、店長さんを手伝ってお茶を淹れ……ようかと思ったら、王女がフフンと笑った。

「あとで吠え面かかなきゃいいがな。こっちには奥の手が」

ええっ!?　まさか新案のこと言おうとしてる!?　僕はあわてて王女の言葉を遮った。

「王……茶ーっ！」

しまった。

「王女殿下、皆様、お茶にしませんか」と言おうとしたのに、焦ってかなり省略してしまった。おかげで三人とも、怪訝《けげん》そうに僕を見ている。

「「「……王茶？」」」

口論が止まったから、落ち着かせるという目的は達成されたが。

僕はこの令嬢たちから、いきなり奇声を発するおかしな人物と認識されたであろうな。

第六章　アーネストの決意

雪がひどくなった。

強風が壁と窓を打ち、城内の通路に悲鳴のような風音を響かせている。この調子では、夜が明けてもやみそうもない。

「青月様。そろそろ薬湯を召し上がるお時間でございます」

「わかった」

一気に腰の高さまで積もった雪を見たら、アーネストはどんな顔をするだろう。自然と笑みが浮かぶのを噛み殺して、湯から出た。

アーネストと出会って以来、なにをしてもなにを見ても、常に頭のどこかであいつのことを考えている。この景色を見せたら喜ぶだろうかとか、この菓子はアーネストの好みだろうか、とか。

……自分がこんなに気色の悪い思考をするとは、以前は想像もできなかった。そしてさらに気色悪いことに、そういう自分も悪くないと思ってしまっている。

アーネストは本当にすごい。

基本的に人に指図されることを嫌う俺や寒月を、いつのまにか従わせている。

アーネストが「疲労回復に良いし、打ち身や多少の切り傷にも効くから」と選んでくれた、この薬草がたっぷり入った薬湯だって、あいつの言葉でなければ「毒草でも混ぜたか」と疑い拒んでいただろう。そのくらい俺たち兄弟はひねくれている。

ただし最初は正直、それほど薬効《やっこう》は期待していなかった。アーネストを喜ばせたいから取り入れただけだ。だが使うと確かに躰がすっきりと軽くなり、怪我の回復まで早くなった。おかげで今では、薬草無しの湯浴みでは物足りないほどだ。

湯気と共にふわりと立ちのぼるほのかな香りも、アーネストの肌を思わせて心をほぐしてくれる。同時にあの滑らかでシミひとつない肌を思い出して、股間はかたくなりがちなのが困りものだが。

湯人たちがすかさず寄ってきて、湯の滴る躰を拭き始めた。

「青月殿下。お御腕に傷が増えておりますね」

古参の婆が目ざとく気づいたが、たいした傷ではない。矢がかすった程度。毒矢だが。

「大事ない。アーネストの傷薬と薬湯のお陰で、嘘のように痛みも腫れも引いた」

「なんとまあ。未来の花嫁御寮は『妖精の薬を生み出す』という噂、まことでございましたな」

「そんな噂があるのか？」

「はい。あのお方の薬舗の薬が、とてもよく効くゆえに」

確かに、評判になるのも当然だ。

俺も毒矢で負傷したのち、アーネスト特製の……店には出していない、俺のための、俺だけのための！　膏薬を塗り薬湯を飲んで休んでいたら、劇的に回復した。

昔から敵対する者たちに命を狙われることは珍しくなかったので、定期的に少量の毒を服用し耐性をつけてはいた。

それでも毒矢の傷では、数日は寝て過ごすことになるだろうと覚悟していたのだが……まさかその日のうちに帰路につけるとは思わなかった。

さすがアーネスト特製、俺だけのための膏薬と薬湯。

ウォルドグレイブ家は、妖精王とのあいだに生まれた先祖が、妖精の知識を活かして多くの人を救った功績で伯爵位を授けられたと聞く。話だけ聞けば眉唾《まゆつば》ものだが、その子孫であるアーネストを見れば、言い伝えは真実なのだと確信できた。

昔の俺は、そんな夢物語のような話など馬鹿にしきっていた。

だからエルバータに妖精の血筋の皇子が残っていると聞いたときも、俺はもちろん寒月も、憎悪すべき皇族のひとりとしか考えていなかった。

「それほど美形の皇子なら、せいぜい嬲り者にしてから処刑しても良いだろう」

そう鼻で嗤って。今となってはあのときの自分を蹴り殺してやりたい。もちろん寒月も。アーネストを傷つけることなど、今では冗談でも考えられない。

彼と一緒にいると、とうに失ったと思っていた心のやわらかな部分を刺激される。

王子という地位や金に寄って来る者は山ほどいるが、いつだってその目には打算や媚びや恐怖が浮かび、国外の者からは差別意識がプンプン臭っていた。

けれどアーネストは、最初から裏表なく好意的だった。モフモフに喜ぶにもほどがあるだろうと困惑させられたくらいだ。

それにひどく無防備で、安心しきって。獣人にすら恐れられる虎兄弟に身を委ねて、すやすや眠っていた。あまりに無邪気だから、春の雪みたいに俺たちの警戒心まで融け消えた。

今思えば、あのときすでに、心を鷲づかみにされていたんだ。

アーネストは、知れば知るほど興味深い人間だ。

信じ難いほど美しい容姿なのに、田舎に引きこもっていたせいか、自分に対する周囲の評価におそろしく鈍い。

躰は弱いが、心は決して弱くない。図太いとすら言える。無邪気さと思慮深さが混在し、希望に目を輝かせているかと思えば、虚弱さから未来を諦めている節もある。

そんな彼を見ていると、ひどく不安になるし、甘やかしたくもなる。どうにかして守らねばと、いてもたってもいられなくなる。

アーネスト。アーネスト。

どうしてこんなに惹かれてしまうのだろう。

名前を、顔を、仕草を、言葉を。想うだけで愛しくて、会いたくてたまらなくなる。離れていると、もう会えなくなるのではと不安がよぎる。気づけば考えるのはお前のことばかりだ。

マジで、自分で自分が気色悪い。アーネストは知らない。そのひ弱な躰で、頑強な虎の双子をどれほど振り回し、弱気にさせているか。

今日も俺は……多くの血を流してきた。醍牙の宝である軍馬を狙う密売組織の情報を入手し、一網打尽とはいかずとも、実行部隊の主力を多数、血祭りに上げてきた。よりによって、初デートの日に決行が重なるとは思わなかったが。

しかも寒月と「どちらがデートに行くか」で賭けて、また負けた。あいつはまたイカサマをしたに違いない。だが毎度だまされる俺も俺だ。

捕らえた密売人たちは、地下牢に押し込めている。素直に組織の全容を白状しないのなら拷問官の出番となるだろう。戦わなければ略奪され蹂躙《じゅうりん》される世界だ。今さら己の手を血で汚すことをためらわないし、後悔もない。

だが、ひとつだけ。

アーネスト。お前の知らないところで血生臭いことをしている、こんな俺たちは嫌いか?

もしも知ったら、もう俺たちに抱きついて眠ってはくれなくなるか?

それでもきっと、お前なら理解してくれると思いたい。けどやっぱり、俺たちを見るお前の目に恐怖が浮かんだらと思うと、俺たちはそれが一番怖いんだ。

――『モフモフ赤ちゃん』

不意に、遠い日の記憶が甦った。

奴隷《どれい》商人のもとから逃げ出した俺と寒月を救ってくれた、恩人の母子。最初に俺たちを見つけたのは、その子供のほうだった。母子は俺たちのことを「モフモフ赤ちゃん」と呼んでいた。

彼らと似ていると言ったら、アーネストは怒っていたが……けれどどうしても重なってしまうのは、よく似た匂いと、あの『モフモフ』発言のせいかもしれない。

つらつらと思い耽っていたら、若い男女の湯人が、身をすりつけるようにしてガウンを羽織らせてきた。見下ろすと、媚びと期待をにじませた顔と目が合う。

若い湯人は主人の閨の相手をするのが常だから、見た目の良い者が選ばれる。

しかしもう、まったくそそられない。以前の俺や寒月なら、性欲処理だと割り切ることになんの疑問もなかったが。今となっては、抱きたいのはアーネストだけだ。

……あの躰では、まだまだ無理はさせられないが。

首を振って湯人たちを下がらせてから、あることに気がついた。

「ん？」

「いかがされました、青月殿下」

婆に訊かれたが、「なんでもない」と返し、礼を言って湯殿をあとにする。自室へ戻る前に、寒月に訊きたいことがあった。

◆

暖炉《だんろ》の薪が爆ぜる音で、夢からさめた。

……なんか懐かしい夢を見てたな……

アーネストに付き添ううちに、一緒に眠っちまってたらしい。風に叩かれカタカタと音を立てる窓を見れば、相変わらずの吹雪。だが部屋の中はあたたかい。

昔から俺は、他人と床に入ってもヤるだけで、一緒に眠った試しがなかった。だっていつ寝首を掻かれるか知れねえからよ。

けど、こいつを道で拾って帰って添い寝したときは、気づけばグースカ寝ていた。あれは地味に驚いたわ。俺以上に用心深い青月ですら、ぜったい添い寝の順番を譲ってくれなかったし。あいつは冷淡なくせに、一度気に入ると執着が激しいからな。こわっ！

とにかく、アーネストほど警戒心を抱かせない人間は珍しい。

そのアーネストは、城に帰るやまた微熱を出したので早々に休ませた。本人は「楽しくて、はしゃぎ過ぎたかも」なんて恐縮していたが……寒い中、慣れない場所を回って、大勢の人間に会って。おまけに歓宜の店で休んでいるかと思いきや、商品開発の相談に乗ったり、元婚約者候補たちと鉢合わせていたりしたというから、疲れが出て当然だっつーの。

はあ……浮かれてデートになんて連れ出すんじゃなかった。

醍牙に来て以降、城から出たことがなかったろうから、俺たちの住む街をちょこっとでも見せてやりたかったんだが。しかし……

「心配させてごめん、寒月。でもまた、醍牙のいろんなところを見せてね」

俺が気に病んでいることを察して、可愛い顔でそんなことを言われたら。「もう春になるまで外出はやめとけ」なんて、言えねえじゃねえか。

ずりーよな……可愛い寝顔しやがって、コノヤロウ。すやすやと小さな寝息をたてる顔を、じっくりと見つめた。睫毛なげえ。鼻筋キレイ。なめらかほっぺ。唇サクランボみてえ。

……見飽きねー。『美人は三日で飽きる』と聞いたことがあるが、んなわけねえべ。いつまでも見てられるわ。一生見ていても飽きねーよ、コレ。

……さらに可愛いのがさあ。安心してゆっくり休ませるために、獣型で添い寝しているんだけど。そうするとこいつは、本当に遠慮なく抱きついてくるのよな。

それって素っ裸の俺に抱きついているのと一緒だぜ？　人の姿だと恥じらうくせに、獣型の俺には、なんでそんなに大胆なのか。

俺の胸に顔をうずめて、スーハー匂いを吸って「良い匂い」なんて笑って、しまいには俺の胴をまたいでセミみたいにしがみついたまま熟睡しているが。

それ全部、人の姿のときにやってくれって話だぜ。おかげで俺ぁ、股間が凶悪な状態になるのを抑えるのに必死だっつーの。惚れた相手が美脚をひらいて俺にまたがっているというのに、今の俺は単なる抱き枕。醍牙のセックスシンボルと言われる、この俺様がだ。

あー……。あの貴重な、たった一回ぽっきり、アーネストにそういう意味で触れたあのときも……俺と青月は、ほぼ獣型のままだった。

本当なら人の姿に戻って、細やかに丁寧に愛撫《あいぶ》しまくりたかったが。そうもいかねえ事情があるのさ。話せば短い事情だけどよ。つまり、自制のためだ。とほほ。

だってよう。こんなキスだけで真っ赤になる童貞《どうてい》丸出しの、びっくりするほど綺麗なピンクちんこの持ち主の初体験だぜ？

しかもこいつはガラス細工みたいに脆いときている。いくら俺たちがモーレツに興奮したとしても、最後までは絶対できんし。しつこく愛撫《あいぶ》して、イかせまくるっつーわけにもいかねえ。

その点、獣型なら……指くらいなら、ちょっぴり挿れてみてもいいかな～？　なんて誘惑に駆られたとしても、虎の指じゃ無理な話だしよ。

それ以上のことも、『ダメダメ！　今虎だから！』って自制できるじゃん。

初めて惚れた、大事な大事な相手だ。まちがってもやわらかな肌を傷つけることのないように、股間の息子がどれほど『準備万端！』と主張しようと、いいから寝てろと言い聞かせたさ。

ああ……あんときのアーネスト、めちゃめちゃ色っぽかったなあ……。真っ白い肌が桃色に染まって、股間を直撃する可愛い声出して。

あ、やべ。思い出しただけで、また元気盛りの息子がムクムクと。賢者たれ、息子よ。凪げ。凪ぐのだ。何かコーフンを静めることを考え——あ。ちょうどいいのが来た。

俺の耳は、部屋に近づく足音を捉えていた。まちがえようのない足音を。向こうもそれがわかっているのだろう、ノックもなく扉を開けた。

「——てめえ。自分だけデートした上に、なんでアーネストの部屋で共寝してやがる」

ガルルと唸っている。

青月の奴、本気で機嫌悪いな。そりゃそうか。俺と違って、こいつのデート相手は密売人どもだったわけだし。おまけに俺らがラブラブで抱き合ってりゃ、そりゃムカつくわな。ウェーイ。

『また熱出したんだよ、こいつ。だからあったためてる』

「熱？　だいぶ高いのか？　風邪か」

途端、怒りを忘れて心配顔。こいつも大概アーネストにメロメロだよな。

『微熱だ。薬湯も飲んでたし、寝てれば回復するだろう』

「そうか……」

気遣わしげに眉根を寄せていると思ったら、もう銀の虎になりやがった。

そうして当然のように寝台に乗ってきたから、横にずれて場所を空けてやった。賭けでイカサマしてデートを勝ち取った負い目があるから仕方ねえ。

ま、アーネストは相変わらず俺をまたいで乗っかったままなので、俺と一緒に移動したわけだが。

青月はそれが面白くないようで、尻尾をパシパシ打ち付けた。

『独り占めするな』

『仕方ねえだろ、こいつが抱きついて離れねえんだから』

ふふんと笑ってやると、尻尾がさらに強く寝台を叩いた。

そのせいか知らんが、アーネストが「んん」と可愛くうなって、ころんと俺の上から転がり落ちた。それで起きるかと思いきや、そのままクゥクゥ寝続けていて。

『アーネスト』

囁いた青月が鼻でキスすると、アーネストはそちらへ寝返りを打って、今度は青月の胸に顔をうずめてしまった。たちまち嬉しそうに目を細めた青月は、俺を見てフフンと笑う。

てめえ、性格変わったな。以前は表情筋が壊れてるんじゃねえかっつーくらい無表情で、悪巧みしてるときしか笑わなかったくせに。

『んで？　なにか用があったんじゃねえのかよ』

真ん中に挟んだアーネスト越しに尋ねると、青月は『ああ、そうだった』とうなずいたものの、視線はデレデレとアーネストに注がれたままだ。

このだらしない顔。こいつのことを「氷の貴公子」なんて呼んでキャーキャー言ってる奴らに見せてやりたいぜ。こんなん、ただのムッツリだっつーの。

そのムッツリが、ムッツリと言った。

『浬祥《リショウ》が来る。聞いているか？』

俺は『ああ！』とトラ耳をピクピク動かし肯定した。

『そうだった、そうだった！　お前が戻ってきたら言おうと思って、すっかり忘れてたわ』

『やっぱりか……。そういうことはアーネストの寝台に潜り込む前に、とっとと報告しろ。この馬鹿』

青月はギロリと俺を睨むと、ガルッと唸りかけたが――アーネストが寝ているので、すぐに声をひそめた。

一方俺も、馬鹿呼ばわりにムカつきつつも、同じくアーネストを起こしたくないばかりに怒鳴るのをこらえ、ひそひそ声で我慢する。

なんだかもはや、幼子に聞かれないよう喧嘩する夫婦のようだ。うえっ。

『俺だって今日いきなり知らされたんだ。おかげでデート中に確認に走らなきゃならなかったんだぞ！』

『で、オッサンも来るのか？』

この野郎……俺の文句をまるっと無視しやがった。

まあいい。浬祥はともかく、オッサンのことが気がかりなのはよくわかる。

『俺が聞いた限りでは、浬祥のみだ』

『そうか……。だが厄介だな』

『だな。浬祥がただ遊びに来るだけのはずがねえ』

自然と、俺ら二人の視線はアーネストに向かった。アーネストはまだ青月の胸に顔を埋めたままなので、俺から見えるのは顔じゃなく後頭部だが。

……くそう。まさかこの俺に、誰かの後頭部を見て胸をときめかせる日が来ようとは。寝癖まで愛おしすぎるじゃねえか、この妖精っ子めが。

それはともかく。浬祥ってのは、俺らの従兄弟だ。そしてオッサンてのは、奴の父親。名を梅木《センボク》という。うちの親父の弟だから、俺らの叔父ってこと。

しかしオッサン、親父とまったく似ていない。図体がデカイのは似ているが、それ以外は似ていない。特に性格が真逆。正反対。

青月もオッサンを思い出しているのか、嫌そうに顔をしかめた。

『またいつものアレか』

『ああ。オッサンは虎の後継者にこだわっているからな』

オッサンは、自分の領地から出てくることがあまりない。水産資源の多い豊かな領地だが国境に近く、資源を狙う異民族とのいざこざが絶えない。

だから凶悪なツラを活かして睨みをきかせているわけだ。

その調子で領地でおとなしくしてりゃいいものを、自分が多忙なときは息子を伝書鳩代わりに寄越してまで、あれこれ口出ししてきやがる。その口出しが俺たちに関わるときは、まず同じ内容だ。

『昔っからなにかといえば「おまえたちは王の息子なのだから、虎の跡継ぎをつくる義務があるのだ」だからな。馬鹿みてえに繰り返し繰り返し』

『ウザイことこの上ないな』

『おう。叔父でなければとっくに頭に牙をブッ刺して、間欠泉《かんけつせん》のように流血させてたぜ』

すると青月は、口元だけの笑みを浮かべた。

『叔父であっても、アーネストに害意を持って出しゃばるつもりなら、噴水のように流血させる』

こらこらこら。そのひんやり笑顔でお前が発言すると、冗談に聞こえないんだっつーの。こいつこえーよ、ほんと。ま、いざとなれば俺もやるけど。

『この前、城でアーネストに絡んでた嬢ちゃんたちを、俺らが追っ払ったじゃん？　あれがオッサンの耳に入ったんじゃねえか？』

そう言うと、銀の虎が首肯した。

『かもな。タイミング的に』

『うぜえなあ』

『また皓月《コウゲツ》のことを持ち出すぞ』

『どうかね。来るのが浬祥だけなら、浬祥はその話を嫌がるだろう。たとえ伝言だろうが、俺らに皓月だのクソ女だのの話をしたら、盛大にボコられるってわかってるべ？』

はあ。名前を口にするのも嫌だが、皓月ってのは、クソ女こと泉果《センカ》正妃の息子だ。俺たちよりひとつ年下の第三王子。だがクソ女は……

「皓月は嫡男《ちゃくなん》なのですから、次代の王は当然、皓月です！」

と主張し続けている。なにをほざいてんだか。コソコソ隠れたまま出てくる気概もないくせに、醍牙の王として認められるわけがねえ。

虚弱体質のアーネストのほうが、あいつらよりよっぽど肝が据わってるぜ。

梅木のオッサンは、俺らとクソ女の因縁を当然知っている。その上で。

「もしもお前たちが真面目に後継者をつくる気がないのなら、皓月を王に推す」

なんて言ってくるのだ。マジうぜえ。マジ間欠泉《かんけつせん》にしたい。

別に俺らは王位に執着してねえが、皓月なんぞを王にして、あの女を喜ばせてやるつもりもさらさらない。だからって、オッサンの思い通りになると思うなよ。

『ま、浬祥が来れば用件はわかるさ』

青月は『そうだな』と瞬いてから、『そうだ』と改めて俺を見た。

『さっき、あの恩人の親子を思い出していたんだが』

『ああ。そういや俺も夢で見てたかも』

『あの親子の捜索を指揮していたのは、オッサンじゃなかったか？』

◆

「ねえ白銅くん。生きものの自然治癒力って、素晴らしいと思わない？」

「……はい……」

「ちょっとした傷なら、躰が治すすべを知っているんだものね。意識上では『痛いー！』って騒いだり、不自由さでヘコんだり、うっかり傷口を引っ掻いちゃって『いたたたたっ！』ってなったり、とにかく『痛い』と思っているだけなんだけど。その間にちゃんと瘡蓋になって、治ってくれてるんだよねえ」

「はい……」

「だからね。心の傷もね。今はとっても痛いけれど、時がたてばいつのまにか回復するよ。生きるためには心だって、『なるべく痛くないようにしよう』と働くものなんだね」

「心の傷も……本当に治りますか……？」

「本当に治るかどうかは、人それぞれだけども」

「ううっ！」

「わあっ、泣かないで白銅くん！　でも今回の心の傷はきっと治るよ！　だってまだ機会はあるじゃないか、マルム茸の合体を見る機会は！」

「わあん、アーネスト様あぁ」

落ち込んで泣く白銅くん。可哀想に……

彼は自分を責め続けているのだ。ずーっとマルム茸を見張っていたのに、何度か寝落ちしてしまったらしくて。無理もないよ。ちっとも動かないキノコをただひたすら見ているだけなんだから、誰だって眠くなる。

そして何度目か、机に突っ伏した姿勢で寝落ちしたあと、目覚めて顔を上げると……

なぜか顔の下に、マルム茸が移動していたらしい。そしてマルム茸は、白銅くんの顔に潰されて、ぺったんこになっていたのだ。

だから今、僕の机の上には、巨大化したマルム茸が一個と、ぺったんこになった通常サイズのマルム茸が一個ある。貴重なマルム茸を潰した上に、合体を見る機会まで失ってしまったと、白銅くんは落ち込んでいるのだ。

でも、ちょっと不自然なんだよね。位置的には、顔の前方にキノコがあったわけで。突っ伏したときに顔で潰す恐れのある位置なんかに、マルム茸を置かないと思う。そんな粗忽《そこつ》な性格じゃないもの、白銅くんは。

「ねえ白銅くん。これは絶対おかしいよ」

「おかしい？」

「状況的にマルム茸は、自分から白銅くんに潰されにいったとしか思えない」

「ええっ!?　それってマルム茸自殺説ですか!?　そんなわけないですよう」

「自殺かどうかはともかく。僕は初めて知ったことがある」

「な、なんですか？」

「マルム茸って、こんなに綺麗にぺったんこになるんだね」

「うっ、ひっく、ひぃぃぃっく」

「わああっ、ごめんよ白銅くん！　責めてるわけじゃないよ！　ほらほら、さわってごらん」

涙に濡れた白銅くんの小さな手をとり、マルム茸に触れてもらうと、オレンジ色の涙目が僕を見上げた。

「しっとりしてる……」

「うん」

潰れたのはあのデートの日で、僕はその夜から三日ほど臥せっていたので（正確には、二日目にはもう治っていたのに、双子命令で休まされていたのだが）、その間、マルム茸は潰れたまま放置されていた。

でもぺたんこマルム茸は未だ瑞々しいままだし、巨大化したマルム茸もどこから栄養を採っているのか、まったく萎れる様子がない。謎。謎すぎる。

とりあえず。僕は枕元から薬湯の入った茶器を持ってきて、椀に入れたぺたんこマルム茸に少し熱めの薬湯をかけて浸した。それから窓を開けて窓枠に積もった雪を椀に入れ、今度は冷水にさらす。

「アーネスト様？」

不思議そうに見ていた白銅くんだが、水分を吸収したぺたんこマルム茸がぷくぷくと膨らみ始めると、「あっ！」と嬉しそうな声を上げた。

「膨らんだー！　すごい、すごいです、アーネスト様！」

「よかったねえ」

視線の先で、マルム茸はどんどん元の真ん丸の傘へと戻っていく。

「これも薬湯の効能ですか⁉」

「ううん。普通に萎びた野菜をシャキシャキに戻す方法なんだけど、キノコに試したのは初めて。まさかここまで復活するとは」

あれほどペタンコだったのに、どこにも折れたり割れたり傷んだ様子がない。完璧に復活している。

「うーむ。これはまるで……」

「まるで？　なんですかアーネスト様」

白銅くんの元気も復活。目を輝かせて僕を見ている。よかった、よかった。

「ペッタンコにもなれますよと、教えてくれたみたいじゃない？」

「ええっ！」

「あはは、まさかね」

と、言いつつ、僕の頭の中ではすでに、マルム茸を研究するための計画が始動していた。

合体して巨大化したり、傷まずペッタンコになったりする驚異的な回復能力を持つキノコ。うおお。薬草オタクの血が騒ぐ。

マルム茸は貴重な資金源だったので、ダースティンでマルム茸を研究する余地はなかった。速やかに売却するか、それができない場合は地元の祭りでシチューにして、領民たちへの景品代わりに提供するなどしていた。だから実は、僕自身も食べたことがない。

「白銅くん。これからは本腰を入れて、マルム茸の謎を追求していこうじゃないか！」

「はい！　ぜひお手伝いさせてください！」

ガシッと手を取り合い、白銅くんの心の傷が癒えたことを確認したところで。見つめ合った、そのわずかな沈黙の中に、妙な音が聞こえてきた。

……なんだろう、この音。ラッパ？　……いや違う。人の声だ、これ。

首をかしげていると、僕より先に音に気づいて聞き耳を立てていた白銅くんのお耳が、ピョコンと猫耳に変わった！

「は、白銅くん、それ……！　きゃわいぃ！」

つやつやした灰白色のなんて可愛い猫耳……！　初めて見たよ、猫獣人のお耳！　可愛い白銅くんの、可愛い猫耳！　これぞ可愛いの大渋滞。なんて破壊力のある可愛さなんだー！

久々にモフモフ変質者と化して、ハァハァしながら手をのばした僕だったが、白銅くんの大きなおめめが見ひらかれて、瞳孔《どうこう》が細くなり、音のするほうに全集中していることに気がついた。

それは猫の警戒態勢そのもの。獣化《じゅうか》しているときならきっと、背を丸めて毛を逆立てていただろう。思わず耳を変容させてしまうほど、なにかに警戒しているのだ。

声をかけていいものか迷っていると、謎の音、いや声が、だんだん近づいてきた。

ん？　歌だ。これは誰かの歌声だ。しかも妙にハイテンション。

「ズッチャッ、ウッ！　ズドドン、チャッ、ズドドン、チャッ！」

なんだこれ。

ぼーっとしていたら、白銅くんが我に返った様子で僕に視線を戻し、ギュッと手を握ってきた。

「お気をつけください、アーネスト様！　あの人が来ます！」

「え、誰？」

「浬祥様です！　なぜかこちらに向かっています！」

「浬祥様」

双子から聞いている。彼らの従兄弟だとか。王城に来ることも聞いていたけど、特に要注意人物とは言われていないので、白銅くんがなぜこんなに警戒しているのかわからない。

陽気な声と足音が扉の前に至った。ココココンとリズミカルにノックが響く。

「ズダダダジャン！　ぼく登場！　さあ、出ておいで子猫ちゃんたち！」

……これか。白銅くんが警戒していたのは、このノリか。

でも扉の前で待っているし、王族なのだろうし、無視するわけにもいかない。対応しようとした僕を、白銅くんが人差し指を口に押し当て制した。うなずいて黙っていると廊下から焦れたような声が上がる。

「居留守を使うつもりかーい？　わかっているぞー。ぼくの耳は子猫たちの息遣いを捉えているぞー」

するとと白銅くん、肩をすくめて「ハン」と笑った。こんなニヒルに笑う白銅くん、初めて見た。ニヒルな猫耳。新鮮可愛い。

和んでいると、「無視するなら開けちゃうからなっ」と言うなり、扉がひらいた。

入ってきたのは、鮮やかなオレンジの髪と緑の目をした、華やかな顔立ちの青年。長身だけれど双子ほどではなく、双子を見慣れているからか細身に見える。でもまくり上げた袖から覗く前腕だけでも、ミシッと筋肉がついているのがわかった。

「白銅め！　なぜぼくを無視する！」

「どうせ勝手に入って来るからです」

「この生意気子猫っ！」

扉の前で仁王立ちする白銅くんに抗議していた従兄弟さんだが、後方でぼーっと佇む僕と目が合うと、「あ」と目を丸くした。

そのまましばし、僕のことを上から下までじーっと見つめて、ふらりとよろける。

「こ、ここ、これはまた……ゴージャスかつ清楚なトンデモ美人」

ブツブツ呟く従兄弟さんを、白銅くんが睨みつけた。

「アーネスト様をじろじろ見ないでください！」

「いいじゃないか見るくらい！」

「寒月様と青月様に言いつけますよ！」

「だからさ。二人に阻止される前に、こうして直接会いに来たってわけさ。ぼくの恋のライバルにね！」

ビシッ！　と指差されたので、ようやく挨拶ができると思い、微笑んで丁寧にお辞儀した。

「はじめまして、浬祥様。ご機嫌うるわしゅう」

「……恋のライバルと言ったこと、華麗に聞き流したね」

「アーネスト様は不要な情報は遮断する天才なのです」

ん？　あ、ほんとだ。

「失礼いたしました。鯉《こい》のリバイバルとは何でしょう？」

「白銅。彼はちょっとズレているね」

「失礼な！　おっとりさんと言ってください！」

なにやら揉めているが親しそう。白銅くんは顔が広いなあと感心していたら、従兄弟さんが「きみ！」と僕を見据えた。

「いいかね、アーネストくん。鯉《こい》のリバイバルではない。恋のライバルだ」

「というと？」

「寒月と青月の恋人の座だよ！　ぼくはきみなんかよりずーっと前から、二人を狙っていたのだ！」

「えっ」

なんと……これは驚き。

「ということは、浬祥様も婚約者候補のおひとり……？」

「違いますよ、アーネスト様！」

白銅くんがズバッと否定した。

「浬祥様が一方的に好いているだけで、殿下方からは、まったく相手にされていません！」

「子猫め！　大人の駆け引きは子供にはわからん！」

僕もちょっとわからないというか、混乱している。えーと、つまり？

「浬祥様はこちらに、どのようなご用向きで？」

「正々堂々、双子の目を盗んで、きみを見に来たのさ！」

「ちっとも正々堂々じゃないじゃないですか」

また「ハン」と笑う白銅くんを、「子猫は黙ってなさい！」と叱りつけた従兄弟さんは、咳払いして僕を見た。

「きちんと話そう。実はぼくは、父上から陛下への、ある懸念と提案を伝えにやって来た」

「はあ」

「寒月と青月が聞いたら、また激怒するだろうなという内容さ。だから本当は嫌なんだよ、父上が自分で言ってほしい。ぼくが言ったら容赦なくボコられるんだから」

「ははあ」

「でもね。陛下に伝える前にきみに会って、もしもぼくのライバルに相応しいと感じたならば、ぼくはきみの味方になる。贔屓《ひいき》する。そう思っていたのさ」

「ほほう」

そこで従兄弟さんは、ギラッと僕を睨んだ。

「さっきから気の抜けた返事ばかりだが、ちゃんと話を聞いてるのかい⁉」

「聞いてはいるのですが」

「いきなりわけのわからないことを言われても、理解できませんよね！」

僕の言いたいことを言ってくれた白銅くんは、また「子猫め！」と怒られている。ごめんね、白銅くん。僕の理解が追いつかないばかりに。

従兄弟さんは、キッと眦《まなじり》を吊り上げ僕を見た。

「まあいいさ！　結論は出た！　きみをぼくのライバルとは認めない！」

よかった。認められてもどうしたらいいのかわからない。

「『よかった』って顔をするな！　そんなことだからダメなんだ。あの双子をモノにしようというのに、そんなボヤ〜としてちゃ、ヤれるものもヤれないだろう！」

「モノに……ヤれる？」

「そうさ！」

うなずいた従兄弟さんは、「おっと」と白銅くんの猫耳を両手で塞いだ。「ピャッ！」と可愛い声を上げて驚いた白銅くんの抵抗を封じつつ。

「ぼくは昔からずっと、あの双子を抱くことを夢見ているのさ。隙あらば、ヤる。それがぼくの宿願だ！」

「え、え、え？」

抱く……ということは、つまり。お嫁さんでなく、お婿さんになりたいと、そういうこと？　え。でも、でも。

僕の驚きを見透かしたように、従兄弟さんは笑った。

「狙ったところで、ぼくの体格ではあの二人に敵わないと思っているだろう」

僕はブンブン首肯した。そして従兄弟さんも「それは否定しない」とうなずいた。

「何度もあの双子の魅惑的な尻を狙っては、ぶっ飛ばされて返り討ちに遭ってきたさ……。でもね、アーネストくん。志は高く持たなければ。不可能を可能に！　双子をぼくの嫁に！　そんな強い意志が肝心だ。きみにはそれが感じられない。だからライバルとは認めない！」

感じられなくて当然だ……僕は双子のお尻を狙ったことはないのだから。しかし怖いもの知らずだなぁ、従兄弟さん。

「その度胸だけはすごいと思います」

思わず感心したら、従兄弟さんは「そうだろう」と白銅くんの耳を塞いだまま胸を張った。

「だがね。どうしても双子は無理、どちらか一方を選べと言われたならば。ぼくは青月を選ぶよ。この手で、あの鉄仮面みたいな表情を快楽でとろけさせる……どうだい、考えただけで股間が熱くなるだろう？」

と、いきなり扉が蹴破られた。

次の瞬間、跳躍した青月の飛び蹴りで、従兄弟さんが吹っ飛んだ。

◇

従兄弟さんが青月に吹っ飛ばされたその日の午後、王様の書斎《しょさい》にて、話し合いの場が設けられた。

従兄弟さんこと浬祥さんが吹っ飛ばされたから話し合うわけではなく、王弟の梅木公爵が、最近の双子王子の行状に対して懸念を表明し、それに関する意見書を出してきたからだ。

王様はその手紙を読んだ上で、「関係者でお茶しながら話し合いましょ」と招集をかけた。

集められたのは、双子と歓宜王女。

それから、双子の婚約者候補とされる四人の令嬢の父親たち。

お城で僕にキツく当たってきた壱香嬢の父君は、蟹清《カニスガ》伯爵。

同じく繻子那嬢の父君は、守道《モチ》子爵。

王女の店で会った久利緒嬢の父君は、正妃の兄の弓庭後侯爵。

そして琅珠嬢の父君は、お久し振りのアルデンホフ大臣。彼の妻は伯爵家のひとり娘で、いずれアルデンホフ氏が伯爵位を継ぐとのこと。

そのアルデンホフ氏は、僕の顔を見るなりものすごい形相になった。例えるなら、そう……朝から楽しみにしていたおやつのプリンを勝手に食べられていた人、みたいな。

僕はそんな人は見たことがないが、ジェームズがよくその例えを使っていた。

話を戻そう。

ほかに、老舗の馬具取り扱い店の店主たちもいる。白銅くんが耳打ちしてくれたところによると、例の乗馬服の受注数を競う勝負に参加している店の方々らしい。

そして……なぜか僕も出席している。

いきなり王様から「アーちゃんもおいでー。白銅も連れてきていいよ」と書かれた手紙が送られてきた（正確には侍従さんが持ってきてくれた）ので……おいでーと王様に言われたら、一介の召し使いとして従わないわけにはいかない。

しかし出席した皆さんが、不審そうにジロジロと見てくる気持ちはよくわかる。ほんとなぜここにいるのだ、僕は。

「白銅くん。場違いすぎて胃が痛くなってきたよ……」

小声で弱音を吐くと、白銅くんも小声で励ましてくれた。

「大丈夫ですよ！　皆さん、アーネスト様に見惚れているじゃないですか」

白銅くんたら……なんて前向きな勘違いを。王様が白銅くんの同伴を許してくれてよかった。その前向きさが、とても心強いよ。

……ちょっと前までは、僕のそばにいるのはいつも、ジェームズだったのになあ……

僕が生まれる前から、ずーっとウォルドグレイブ家に仕えてくれていて、僕のことも家のことも、僕より知っていたジェームズ。彼と離れて暮らすことになるなんて、想像すらしなかった。ジェームズもそれは同じだったろう。最後まで、醍牙に一緒に来たがっていた。

双子が同行者をひとりも許さなかった件については、二人とも「嫌がらせだった」と認めて謝罪してくれたから、根に持っているとかではないのだけど。

でも……会いたいな……

今も泣き暮らしているかもしれないから、直接会って、僕は元気だと知ってもらいたい。

手紙のやり取りはしているけれど、前回薬草と共に送られてきた手紙以降、返事が途切れているのが気になっている。雪が降ると物流も滞りがちだというから、そのせいだと思いたいけど……もう年だし、体調を崩していないかとすごく心配。

もの思いに沈んでいたら、王女の声で我に返った。

「父上。みなそろったようだし、そろそろ始めては」

「そうだね、そうしよう。では――」

王様の視線が、狸祥さんへと移った。

広々とした書斎《しょさい》には今、長椅子やひとり掛けの椅子が円形に並べられている。

双子と王女は王様のそばに座り、僕と白銅くんも席を勧められたが、遠慮して部屋の隅に控えていることにした。そのほうが、気が楽なので。

椅子と椅子のあいだには脇机もいくつか置かれていて、お茶と焼き菓子が乗っている。

「白銅くん」

また小声で話しかけると、白銅くんの猫耳がこちらを向いた。

そう。実は白銅くん、まだ猫耳のままなのだ。成人するまでは自在に元の姿に戻れないと聞いていた、まさにそれ。僕的には可愛いから大歓迎なんだけど、獣人少年としては恥ずかしいことみたい。耳を変容させる原因となった狸祥さんを、白銅くんはこの先さらに警戒するだろう。

「どうかされましたか？　アーネスト様」

「僕は今、大事な発見をしたかもしれない」

「えっ、なんですか⁉」

「中高年男性たちと、お茶と焼き菓子が並ぶと」

「並ぶと？」

「なんか全体的に茶色っぽいね」

「……は、はい。そうです……ね？」

あ。白銅くん、珍しく困惑している。申しわけない。茶色い話をした理由を続けたかったが、浬祥さんのお話が始まったので口を閉じた。

ちなみに浬祥さんは最初、双子のあいだに座ろうとしたが蹴り出されて、王様の隣にいる。

「えー、それでは。我が父、梅木から預かった手紙を、読み上げさせていただきます」

「その前に浬祥。どうしたの、その姿は。午前に挨拶に来たときは普通だったよね？」

王様が表情を曇らせた。それもそのはず。浬祥さんはあちこち傷だらけの上、上着の袖も破かれて、冬だというのにノースリーブ状態になっている。傷は一応、僕が手当てしたけども。

「心配ご無用です、伯父様！」

浬祥さんは優雅にオレンジ色の前髪を掻き上げた。

「伯父様……あ、失礼。陛下。これは名誉の負傷なのでお気遣いなく！　猛虎の求愛に、怪我はつきものですからね！」

「なんだ、また息子たちにやられたのかい？　懲りないねえ、きみも」

王様も普通に、浬祥さんの求愛活動をご存知らしい。ある意味父親公認。

「寒月と青月も、ダメでしょ乱暴なことしちゃ！」

叱られた双子が——特に青月が、氷のような目を浬祥さんに向けたものの、浬祥さんはウィンクと投げキッスで返した。青月に跳び蹴りされたあと、さらに太鼓のようにボコボコ叩かれていたというのに、なんという不屈の精神力。この打たれ強さ、見習いたい。

「では改めまして。父の手紙を読み上げます」

浬祥さんがにっこり笑った。みなが彼に注目したが、手紙をひらいた浬祥さんは、「おっと、その前に」とまた二つに折ってしまったので、一斉に不満の声が上がった。

浬祥さんは動じず、「まあまあ」と両手でみなをなだめると、双子に視線を向けた。

「寒月、青月。きみたちが最近携わっている仕事で、厄介だなと感じた案件はあるかい？」

寒月が「何をいきなり」と顔をしかめる。

「仕事なんざ、大概うぜえし厄介だろうが」

「お前の存在」

寒月の返答に補足した青月に、浬祥さんは「はっはっはっ！　青月は本当にシャイ月だね！」と腰に手を当てて大笑し、殴りかかろうとした青月を王様が止めた。

「いいから、話を進めてちょうだい。浬祥。その質問は意味のあることなんだよね？」

「もちろんです、伯父様！　ではなくて陛下！」

「だってさ。答えなさい、二人とも」

王様に促された双子は、不機嫌そうに視線を交わした。

「最近の仕事ってことでいいか？」

「かまわないよ。できれば複数挙げてほしい」

寒月の問いにうなずいた浬祥さんは、なぜかチラリと僕を見た。

「領地の仕事を除けば、馬の窃盗《せっとう》や密売を防いだり、州境に頻出するようになった大型害獣の駆除と調査をしたり。あと、先の戦の傷病兵の療養施設不足や、社会復帰のための職探しが難航しているし……」

すらすらと答える寒月に僕はひそかに感動した。ちゃんと仕事していたんだなあ、と。

いや、しているとは思っていたけど、モフモフ姿で添い寝してくれたり、全裸で歩き回ったりといったイメージが先行していたものだから。

大まかな内容を聞いた浬祥さんは、「なるほど」とうなずいた。

「ありがとう寒月。それでは改めて、父の手紙を読ませていただきます。えー、長いので前置きは省きますね」

そう言って一枚まるまる除いて、読み上げられた手紙の内容は。

「『醍牙の守護者たる虎の一族の王子として生を享けた以上、寒月も青月も、その血を継承する義務がある。跡継ぎは絶対に必要だ。身勝手な理由で義務を放棄することは、王族として許されない』……あっ、ちょっ、待っ！　違うから！　これ言ってるのは父上で、ぼくじゃないから－！」

途中から双子が蹴りを入れ始めたので、浬祥さんが逃げ回った。

王様から「こらあ！　いじめてないで、最後までちゃんと聞きなさい！」と叱られて、渋々おとなしくなった双子は僕に視線を向けてくる。

また僕が気に病むことを気遣ってくれているのだろうけど……蹴りはダメだ、蹴りは。

「はあ……続きを読みますよ？　『王子たちが虎の後継者を遺すという義務を放棄するのであれば、わたしは次代の王に、正妃の息子である第三王子皓月を推すことも考慮せねばならない』」

「なんだって！」

ガタンと音を立てて立ち上がったのは、婚約者候補の父君たちのひとり、蟹清伯爵だ。

つるんとした頭頂部にクルンと巻いた小さな髪の束が生えているという、失礼ながら愛嬌《あいきょう》のあるヘアスタイルの彼を見た白銅くんは……

「頭に小さい巻きうんこが乗っているみたいですね」

と真顔で言った。そんなこと言われたら、もうそういう風にしか見えない。

「殿下方には、我らの娘とご縁をいただきたいと願っておるのだ！　いくら栴木公といえ、その推挙は看過できませぬぞ！」

「その通り！」

「皓月殿下は政務にも出ておられないのに……」

アルデンホフ氏と、守道子爵も抗議の声を上げた。

守道子爵はコロンと転がりそうなほど丸いお腹をしていて、蟹清伯爵に続いて立ち上がろうとしたものの、お腹が邪魔して上手く立ち上がれず、何度かやり直した。白銅くんはまたも真顔で……

「起き上がりこぼしみたいですね」

と言い、僕は吹き出さなかった自分を褒めた。

そんな中、正妃の兄である弓庭後侯爵だけが、どっかりと座したまま、呑み込み顔でうなずいている。彼としては、王位を継ぐのが双子でも皓月王子でも、どちらでも旨味があるということか。

弓庭後侯爵は、灰色の長い髭が特徴的。口元の髭はハの字に垂れ下がっていて、もみ上げから続く顎髭と一体化している。白銅くんはひと言。

「髭ですね」

と言い、僕はそれが一番ウケて、笑いをこらえるのに必死だった。

「まあまあ皆さん、落ち着いてください。父の手紙にはまだ続きがあります」

浬祥さんになだめられ、伯爵たちは不満を漏らしながらも腰をおろす。

「では、続きを。『もし二人の王子がどうしても、ウォルドグレイブ伯爵を正妃にと望むのであれば、まずはその者に、それだけの価値があることを証明すべきである』」

「「はああ!?」」

双子がそろって浬祥さんを睨んだが、父親たちは一転。

「その通りだ！」

「美貌《びぼう》だけで正妃は務まりませんからな」

「いくら美しくとも、男に子は産めぬのだから」

拍手を送っている。今度は弓庭後侯爵も一緒に。

「いきなり出てきた敵国の元皇族など、信用ならない！　処刑されてしかるべき人物を正妃に据えるなど、問題がありすぎます！」

アルデンホフ氏が一番盛り上がっている。よっぽど僕が嫌いなんだなあ……

喜ぶお父さん軍団だったが、青月が冷え切った声で。

「――で？」

促すと、ピタリと止まった。続いて寒月も、口角だけを上げた笑顔で浬祥さんを見る。

「どうやって『証明すべき』だって言うんだ？　さっさと読めよ、浬祥。読み終えたらてめえをぶっ飛ばして、それから今度こそ、てめえの親父の頭を間欠泉《かんけつせん》にしてやっからよ」

「か、間欠泉《かんけつせん》？」

沸々と沸き立つ双子の怒りに圧された浬祥さんがあとずさり、王女の足にぶつかった。

「おっと。失礼、歓宜姫」

丁寧にお辞儀して詫びる浬祥さんに無言でうなずいた王女が、弟たちを睨んだ。

「お前たちがいちいち騒ぐから、話が進まない。黙ってろ」

長い腕と脚を組んで弟たちを睨みつける姿が、貫禄たっぷりでカッコイイ。双子は苛々と浬祥さんに向かって舌打ちしたけど、ひとまず引き下がった。

二人ともなんだかんだ言って、お姉さんを立ててるんだよね。

それにしても、先ほどから聞いている限りでは、王女が後継者として扱われていないみたいだけど……醍牙では、女王は認められていないのだろうか。エルバータの歴史上には、女王様も珍しくなかったが。

でもまあ、今は人のことより自分のこと。

王弟の梅木さんは、なにをもって僕の『価値』を証明しろというのか。まずはそれを聞いてみたい。僕の気持ちを読んだみたいに、浬祥さんがまたチラリとこちらを見た。

「では続きを。『正妃の価値の証明とはすなわち、ウォルドグレイブ伯爵が、双子に――延いては王家とこの国に、利益をもたらす存在であると示すことである。その手段として、ひとつ目は、双子が携わっている仕事の内、少なくとも二件を補佐し、解決に導くこと。期限は一年以内とする』」

「「はああ⁉」」

今度は双子ばかりか王女まで、呆れ声を上げた。

「呑気も……アーネストは、国の仕事に関しては門外漢《もんがいかん》だ。しかも一年なんて。その条件は公平ではない！」

わあ。呑気者と言いかけてたけど、ありがとう王女！

あの王女が庇ってくれるなんて、嬉しいなあ。内心でそう喜んでいたら、アルデンホフ氏が、

「そうとも言い切れますまい」とにやりと笑った。

「王子の正妃とあらば、いずれ王妃となり得る身。当然、国務にも深く関わることになります。その点、我らの娘は幼少の頃から妃教育を受けておりますが、その者はそうではありません！」

「妃に必要な知識なら、追々学んでいけば良いこと」

睨みつけた王女に、アルデンホフ氏は嬉しそうに反論した。

「王女殿下。我らは娘本人のみならず、家門の地位と財力で王室を補佐することができるのですよ？　ウォルドグレイブ伯爵とやらにそれができますか？　できないでしょう。うしろ盾となる家門もなければ、財産もない。それどころか莫大な借金持ちです。ならば栴木公の仰る条件くらいは解決していただかねば、我らの娘と張り合う資格はございますまい」

「……よくもまあ、そこまで身勝手なことが言えたものだな、アルデンホフ」

「は？」

間の抜けた声で訊き返したアルデンホフ氏を、王女がビシッと指差した。

「アーネスト個人の力でどうにかせよと言うが、だったらお前たちの娘はどうなのだ。その『お妃教育』とやらを受けた令嬢たちのみで、弟たちが手こずる仕事を解決できるのか？」

「そ、それは恐れながら、屁理屈というものです！」

「なにが屁理屈だ。張り合う資格を言い出したのはきさまのほうだろう！　きさまの言う通り、『娘本人のみならず』そなたら自身も、先祖の代から続く地位や財産を利用している。自分たちは他者の力を借りておいて、この呑気者にのみ個人の力量だけでなんとかせよとは、情けないと思わぬのか！」

「いいぞ　歓宜！」

「言ってやれ」

寒月が拍手を送り、青月が煽る。当然、王女はさらに言ってやった。

「アルデンホフ。お前は才覚ある父親の築いた財があってよかったなあ？　お前個人の力量のみでは、とても伯爵家に相手にされまい」

「なっ！」

真っ赤になったアルデンホフ氏の額に、幾筋も血管が浮かんだ。急所を突かれてしまったらしい。怒りの形相で口をパクパクさせているが言葉にならず、助太刀を望む目で蟹清伯爵たちを見たものの、三人とも顔を背けてしまった。

みんな王女の怒りに巻き込まれたくないのだろう。その気持ちはわかる。

王女がここまでアルデンホフ氏にキツく当たるのは、もともとパクリ商品の件で衝突していたせいでもありそうだし。

一方、黙って成り行きを見ていた老舗馬具店の店主さんたちは、王女の言い分に大きくうなずいている。王女の話によると、アルデンホフ氏は複数のお店に迷惑をかけていたらしいから……店主さんたちも、アルデンホフ氏を擁護する気にはならないようだ。

「歓宜や。あまり失礼なことを言うんじゃありません。手紙にはまだ続きがあるのだし」

王様が優しい声で諌めても、王女の怒りは簡単におさまらなかった。

「そもそも、その手紙が悪い！　なにが価値の証明だ。他国出身の者に勝手も知らぬ地で、王子すら手をこまねく仕事をさせて、失敗ならば正妃の価値がないなどと！　浬祥！　叔父上は見た目ばかりか、頭の中まで岩石になったようだな！」

双子と王様が、同時にブフッ！　と吹き出した。

が、浬祥さんがおそるおそる、「あのね、条件はあと二つあります」と手紙をひらひらさせたので、みなの視線がそこに向かった。

浬祥さんはまた邪魔されることを恐れたのか、急に早口になって読み上げた。

「『二つ目は、五千万キューズの資金を一年以内に得て、知力と財力による支援が可能であると証明すること』『三つ目は、ウォルドグレイブ伯爵が正妃の座を辞退しないのであれば、自ら、双子の子を産む第二妃を指名すること。複数指名も可とする』」

浬祥さんが「以上になります」と手紙を畳むと、不穏な沈黙が降りた。

双子は……離れて見ている僕まで肌がひりつくくらい、激怒しているのが空気で伝わる。

そのせいか、王女にやり込められたアルデンホフ氏はもちろん、蟹清伯爵たちも無言のままうつむいていたが、場の空気をまったく意に介さぬ王様が、明るい声で沈黙を破った。

「――と、我が弟が言ってきたんだよねえ。みんなはどう思うかな？　まず蟹ちゃん、どうぞ」

蟹ちゃんと呼ばれた蟹清伯爵は、気まずそうに双子と王女をチラ見しながら、「そうですな」と咳払いした。

「殿下方はご不満でしょうが、わたしは梅木公のご提案も一理あるかと存じます。醍牙の強みは獣人ゆえの戦力。猛虎の中でも最強を誇る王家の方々は、その筆頭。それがわかっていてなお、正妃に子の産めぬ者を望まれるのであれば、醍牙二十一州の国民を納得させる理由が必要です。梅木公の案ならば、それが可能なのでは？」

「そっか～。もっちゃんはどう思う？」

水を向けられた守道子爵も、丸いお腹を撫でながら同意した。

「わたくしも、梅木公のご提案に賛成いたします」

「弓庭ちゃんは？」

弓庭後侯爵も、長い顎鬚を指で扱きながら首肯した。

「その条件ならば結局は、我らの娘のいずれかが殿下方の妃となるでしょうからな」

その言葉に寒月が牙を剥いたが、王様が目で制し、残るひとりに尋ねた。

「デンホフちゃんは？」

デンホフ。アルちゃんじゃないんだ……

「わたくしは最初から、梅木公のご提案に賛同しております！」

拗ねてる。デンホフちゃん、完全に拗ねてる。

お父さん軍団の意見が出そろったところで、それまで我慢していた青月が口をひらいた。が、またも王様に「待ちなさい」と止められる。

しかし今度は双子も引き下がらなかった。低い唸り声に怯えたか、白銅くんの猫耳がビクッと伏せる。イカ耳だあ。こんなときだが……きゃわいいぃ。

「なにが一年以内に五千万キューズだ！　財力の支援なんていらねえよ！」

寒月の怒声に続き、青月も静かに言い切った。

「アーネストにほかの妃を選ばせろという話も、まったく無意味だ。たとえアーネストがその条件を呑もうと、俺たちは押しつけられた女を抱く気はない」

お父さん軍団が「そんな！」と色めき立ったが、王様はそれも手で制した。そうして、離れて控える僕に優しく微笑む。

「アーちゃん」

目元に笑い皺の浮かぶ笑顔は、やっぱり寒月と似ている。青月はお母さん似なのだろうから、きっとすごく美しい女性だったのだろう。

王様も……孫の顔が見たいよね。王族であればなおさら、みんなが望むよね。その気持ちは痛いほどわかるので、王様もまた、僕に引き下がるよう説得してくるのだろうと思っていた。

けれど王様が口にしたのは、そんな話じゃなかった。

「僕はね、アーちゃんはすでに充分頑張ってると思ってる。素晴らしい薬を民が手に取りやすいよう安価で提供してくれて、各施設に大量に寄付してくれたことは特に称賛に値するよ。感謝状を贈りたいくらいだもん。それなのに、きみにうしろ盾となる家門や財力がないからといって、功績をきちんと評価もせず『価値を証明しろ』だなんて迫るのは、ちょっと傲慢《ごうまん》すぎると思うんだ」

王様のその言葉は、弟の梅木さんのことを言っているようでいて、蟹清伯爵たちにも向けられていると感じた。

お父さん軍団もそう受け取ったようで、ばつが悪そうに視線を泳がせている。

その様子をからかうように横目で眺めながら、王様はにっこり微笑んだ。

「だからね。アーちゃんが弟の提案を拒んでも、アーちゃんの不利益にはしないと国王権限で保証しよう。その上で、アーちゃんの意見も聴かねばね。息子たちと結婚するとなれば、梅木のような考え方の者が次々現れるよ。アーちゃんはその現実に立ち向かう覚悟があるかな？」

双子が庇うように立ち上がったが、今度は僕が首を振って止めた。

王様がこの場に僕を呼んだのは、僕の口からみんなに向けて考えを表明させたかったからなのだとわかったから。

「アーネスト様……」

白銅くんが心配そうに見上げてくる。大丈夫だよと頭を撫でて、改めて王様に向き合った僕に、お父さん軍団の視線が突き刺さった。

「まずは身に余るお言葉とお心遣いに、心から感謝いたします、陛下」

「お父様と呼んでくれていいよ？」

「いえ。それであの、立ち向かう覚悟があるかとのご下問ですが」

「うん」

「まず、先の二つの条件に関しては、挑戦してみたいと思います」

「ほおお」

嬉しそうな声を上げた王様の横で、みなが驚愕の声を上げ、双子があわてて撤回させようとしてきた。

「アーネスト！　馬鹿言うな！」

「そんな条件、放っておけばいいんだ！　お前に難癖をつけるような奴らは、俺たちがぶっ飛ばしてやるから」

喋りながら席を立ち、僕の隣まで来てしまった二人に思わず苦笑した。

心配してくれてありがとう。すごく嬉しい。でもね。

僕は二人に挟まれたまま話を続けた。

「正直、僕の体力的にも、かなり厳しい条件です。そこを押して条件を呑むのですから、見返りをお願いさせていただきたく」

「見返りだと!? 図々しい！」

「なにをおねだりしたいのかな？」

アルデンホフ氏の声は無視して、王様が愉快そうに訊いてきた。

よし。待ってました、その質問。

「もしも条件を達成できたなら、もう殿下方のご婚姻《こんいん》について干渉《かんしょう》されぬよう、梅木公爵閣下にお約束いただきたいのです。子供をつくれとか産ませろとか、子を得るための道具みたいに。殿下方にも女性にも失礼です。それほど仰るなら、まず閣下ご自身が励まれてはいかがでしょう」

みんなの口があんぐりと開いた。双子の目も真ん丸。

言ってやった。言ってやったぞー！

ずーっと腹立たしかったんだ、実は。

次の瞬間、王様が、そして王女が吹き出した。双子は口を開けたまま僕を見ている。そんな彼らと王様を交互に見つめながら話を続けた。

「立ち向かう覚悟は、あります」

アーネスト、と声を出さずに双子が僕を呼ぶ。

王様が笑みを深めて続きを促してきた。

「僕は殿下方とは違って、とてもちっぽけな人間です。巨額の借金を背負った敵国の元皇子で、病弱で、誰もが望むであろう御子も産めません。差し出せるものもないし、遺せるものもない。そういう、ただの召し使いです」

「なに言ってんだよ……！」

「どこもちっぽけじゃないだろう！」

寒月と青月が怒り半分で言ってくれたが、僕は「聞いて」と首を振った。

改めて言葉にすれば、自分の言葉に自分で傷つく。釣り合うものがなにひとつないのだから。こんなにも情けない人間だもの、立派な王子二人の伴侶にはふさわしくないと言われるのが当たり前だよね。僕自身、そう思っているし。

だから今までの僕なら、諦めていたと思う。二人の隣には本来の婚約者候補である令嬢たちが立つべきだと考えて、背中を丸めて引き下がっていたと思う。

でも、今は違う。

二人と出会って、恋を知って、笑ったり怒ったり、悩んだり泣いたりして、気づけたことや心の変化が、いっぱいあるんだ。

「僕が自信を持てるのは、殿下方への想いだけです。ほかにはなにもありません。殿下方がどうして僕を望んでくれるのか、そこは正直、今でも謎なのですが……僕は自分自身に対して、そこまでの価値を見出せないので」

　また双子がなにか言いかけたのを、王女が「黙って聴いてろ」と小声で止めてくれた。ありがとうございます。僕はそんな二人をまっすぐ見つめた。

「でも、二人が大切にしてくれる自分を、粗末に扱ってはいけないと思うのです。二人が宝物みたいに守ってくれているというのに、自分で自分を無価値と決めつけ屑入れに捨てるようなことを、してはいけないと思うのです。だから僕は立ち向かいます。資格を証明しろと言うのなら挑戦します。誰になにを言われてもかまいません。でも寒月殿下と青月殿下が、僕の宝物なので。二人が笑顔になってくれると思えば、勇気が湧くので。大切な宝物のために、できることはなんでもします。それが僕の覚悟です」

◇

　梅木さんの手紙に関する話し合いを終えて、王様の書斎《しょさい》を辞した直後、有無を言わせず双子に抱え上げられた。

　オロオロする白銅くんに、青月が「呼ぶまで食堂でおやつでも食ってろ」と命じて、そのあとは、すれ違う人たちに注目されながら長い廊下を交互にお姫様抱っこで運ばれるという、もはや恒例となりつつある恥ずかしい展開を繰り広げ。

　抗議しながらようやく僕の私室に辿り着いた頃には、主に精神的にぐったりしていた。

寝台に座らされ、双子も一緒に腰を下ろし、すぐさま寒月が僕の額に手をあててきた。

「疲れてるみてえだな。また熱が出たんじゃねえのか？　あんな無茶な条件を呑むからだ！」

「きみたちに運ばれるまで元気だったんだけど……」

「アーネスト。今ならまだ取り消せる。俺たちから親父に言ってやる」

青月も大きな手で頬をつつんできたけれど、僕は「まさか」と苦笑した。

「失敗しても平気な条件なんだから、やると言っておいたほうが得じゃないか」

「「へ？」」

声をそろえた双子、また目を丸くしている。僕が梅木さんを非難したときも、同じ顔をしてたな。そういう顔をしていると子供みたいで、こんな大きな図体をしているのにすっごく可愛い。言わないけど。代わりにわざと、「まったくもう」と呆れたように言った。

「きみたち、カッカしてちゃんと聞いてなかったんだろう。あのとき読み上げられた内容には、『失敗したら結婚できない』とは書かれていなかったんだよ？」

「「……え？」」

きょとんとしている双子に、吹き出してしまった。どうしよう、ほんとに可愛いな。言わないけど。

「失敗した場合の罰則――つまり『失敗したら妃になるのは諦める』とかね。そういう内容が書かれていなかったのか、書かれてあったけど浬祥さんがそこを読まなかったのか、それはわからないけど」

王様は先に手紙を読んだ上で、お茶会に僕らを招いた。手紙を読み上げた浬祥さんは、長い前置きを省くと言って、一枚まるまる除いていた。

それは単に言葉通りの意味だったのか、それとも王様と浬祥さんのあいだでなんらかの話し合いがあったのか、それはわからないが。

「失敗しても罰則はないけど、成功すれば『これで文句はないでしょう』と言える。そういう内容だったということ」

お父さん軍団も気づいていなかっただろうなあ。

王様は上手にみんなを手のひらの上で転がして、僕が条件を達成すれば令嬢たちとの縁談は白紙に戻すと、承知せざるを得ない方向へ誘導していた。

さらに王様はあの場で、僕が条件を達成できたか否かを最終的に判断するのは、王様と浬祥さんとすることを、みんなに承知させていた。

「浬祥は梅木の代理だから、公平でしょ？」と、お父さん軍団を納得させて。

加えて僕が乗馬服について助言したことを王女から聞いていたらしく、同席していた老舗馬具店の店主さんたちにも相談し……

「アーちゃんが歓宜の店の相談役として参加することを、正式に認めてもらえる？　もちろん、競争に忖度《そんたく》なんてしないよ。目に見える数字で公平に。それは厳守するからね」

なにやら含みのある言い方で、王様の視線はアルデンホフ氏に向いているようにも見えた。

僕にはその意図がよくわからなかったが、店主さんたちはピンときたらしい。

視線を交わしてうなずき合い……

「もちろんでございます、陛下。わたくしたち創り手一同、ウォルドグレイブ伯爵のご活躍には感銘を受けておりますれば。大歓迎いたします」

そう言ってお辞儀をするのを、アルデンホフ氏が憎々しげに見ていたけど……。あれはなんだったのだろう。とにかく、僕にとって不利な条件でないのは確かだ。

ようやく腑に落ちたらしき寒月が、大きく安堵の息を漏らした。

「じゃあ……そっか……よかった」

青月もうなずき、頬にキスしてくる。

「……ありがとう、アーネスト。俺たちのために怒ってくれて。そして立ち向かってくれて。人生で一番、嬉しかった」

青い瞳を輝かせ、本当に幸せそうに微笑まれて、胸がキュウッと甘くうずいた。

「俺もお前のおかげで、違う自分が見えてきた。自分のことしか考えなかった以前の自分より、アーネストを守りたいと願う今の自分のほうが、ずっと前向きになれるんだ」

「青月……」

うう。そんなことを言われたら、嬉しすぎてどうにかなってしまいそう……。感激のあまり声を詰まらせていると、

「ああ、俺も。惚れ直した。なんつーか、ほんと……感動した」

寒月からも、反対側の頬にキスされた。

「アーネストのためならなんでもできるなって。弓庭後たちの前で堂々と宣言するお前を見ていて思ったよ。一緒にいれば、お互いもっと強くなれる。……そうだろう？」

「うん、寒月。そうだね。そうだよね」

嬉しすぎてプルプル震えていたら、すかさず青月もう一度キスしてきた。張り合うように、髪に、鼻に、額に、こめかみに。

「ありがとう、アーネスト」

「お前のことは、俺たちが必ず守り通すから。絶対誰にも傷つけさせないから」

口々に言ってくれるのは嬉しいけど、キスする箇所が唇まで移動してきたら、きちんと耳を傾けていられないじゃないか。

「ちょっと、まっ……んっ」

唇で頬を撫でられ、首筋をくすぐられ。寒月と青月、どちらかと唇を重ねるごとに、どちらかが別の箇所にキスの雨を降らせてくる。

「愛してる、アーネスト」

「ん……はあっ、」

「俺たちのたからもの」

「ふ……っ、んっ」

二人とキスするのは、どうしてこんなに気持ちいいんだろう……

やっぱり、好きだからだよね。大好きな相手だから気持ちいいんだよね。

どんどん深くなる口づけも、二人に抱きしめられながら頬をスリスリして甘え合うのも、至福とはこういうことかと酔いしれて……

——ハッ！　いかん、いかん。


「こんなんしてる場合ではない」

双子の顔を左右にグイッと押しやると、両側から不満の声が上がった。

「なんでだよ！」

「なにか予定があるのか？」

「あるに決まってる。ほら、さっさときみたちの仕事について教えて」

寒月が困惑しきった声を上げた。

「まさか本当に、あの条件に挑戦するのか？　失敗しても罰則はねえんだろ？　放置しとけよ」

「いいや、失敗する気はない！」

「なにか考えがあるのか？」

「ない！」

青月の憂い顔に、きっぱりと首を振ると、

「「アーネスト……」」

二人は頭を抱えたが、「あ、そうだ」と青月が先に顔を上げた。

「これ、さっきハグマイヤーが持ってきたんだ」

「手紙？」

青月がごそごそと取り出したのは、厚みのある封筒。その中には、ボロボロになった手紙が入っていた。

「ダースティンから届いたらしいんだが」

「ジェームズからだ！」

懐かしい筆跡を見て、嬉しさのあまり大きな声を上げた。よかった……音沙汰がないから心配していたけど、いつものように分厚い手紙を書く元気はあったみたい。でも……

「手紙、ごわごわボロボロだあ」

「すまん。配達物の箱にきちんと蓋がされていなかったとかで、運送中に雪が入ったんだ。それで雪まみれになってしまったらしい」

「なるほど」

一旦濡れて乾いたから、こんなにボロボロなのか。差出人の署名は読めるけど、中身は紙がくっついてしまって、無理に剥がすと確実に破ける。インクも滲んで、読めるところが殆どないし……

内心かなりガッカリしたが、仕方ない。読めるところを探して拾い読みしていると、ぶ厚い手紙の最後のほうに、こんなことが書いてあった。

『そんなわけですので、アーネスト様。もしもマルム茸を見つけて、さらにもしも、そのマルム茸に異変が起こりましたら、決して召し上がったり売却したりしないよう、くれぐれもお気をつけください。なぜなら……』

そこから先は、滲んで読めない。

マルム茸？　なぜいきなりジェームズが、マルム茸の話を持ち出しているのだろう。

異変ってもしや……マルム茸が合体すること、とか……？　このタイミングでマルム茸について書いて寄越したというのは、偶然ではない気がする。

……なにを伝えたかったの？　ジェームズ。マルム茸になにか秘密があるの？　ああ、直接話せればいいのに！

難しい顔をしている僕を見て、双子は心配そうな表情を浮かべて寄り添ってくる。

「どうかしたのか？」

「心配なことでも書かれていたか？」

僕は「ううん。大丈夫だよ」と笑った。うん、大丈夫。時間はかかるけど、マルム茸についてはまた手紙でジェームズに訊けばいい。

安心してもらいたくて、思い切って二人の頬にチュ、チュ、とキスをした。してしまってからボッと頬が火照ったけど、たちまち明るい笑顔に戻った二人から、またもキスの雨が降ってくる。

大好き。寒月と青月が大好き。心の中の泉から、泣きたくなるような愛おしさが、尽きることなく湧いてくる。

ああ、ジェームズ。

僕はこの国に来て、たくさんの経験をして、恋をして……たいせつな人たちに出会ったよ。

相変わらず躰は弱いし、困難なことだらけだけど。彼らと一緒なら強くなれる。きっと大丈夫、なんとかなると思える。心は強くなれるんだ。

いつか、ジェームズにその話をしてあげたい。

「よかったですね、アーネスト様」って……今度は嬉し泣きしてほしいよ、ジェームズ。

ハッピーエンドのその先へ ー
ファンタジックなボーイズラブ小説レーベル

アンダルシュノベルズ

&arche NOVELS

この恋、甘過ぎる

異世界に来たのでお兄ちゃんは働き過ぎな宰相様を癒したいと思います

猫屋町　／著

兼守美行／イラスト

忙しい両親に代わり幼いころから弟妹の面倒を見てきた料理上手なお兄ちゃん、リツ。ふと目を覚ますと、作り過ぎたマフィンとともに異世界に転移していた。「氷の宰相様」の異名を持つ見目麗しいディーンハルトが、突然空から降ってきたリツを助けたらしい……。非現実的な話に呆然とするリツだったが、ある理由からディーンハルト専属の食事係を務めることに。リツの優しさでたっぷり満たされた彼は、お礼にと優しく迫ってきて!?　執着強めなハイスペ宰相様に甘く愛される、Webで人気のBLファンタジーがついに書籍化！

詳しくは公式サイトにてご確認ください。
https://andarche.alphapolis.co.jp

異世界BLサイト“アンダルシュ”

新刊、既刊情報、投稿漫画、ツイッターなど、BL情報が満載!

この作品に対する皆様のご意見・ご感想をお待ちしております。
おハガキ・お手紙は以下の宛先にお送りください。

【宛先】
〒150-6008 東京都渋谷区恵比寿 4-20-3 恵比寿ｶﾞｰﾃﾞﾝﾌﾟﾚｲｽﾀﾜｰ 8F
（株）アルファポリス　書籍感想係

メールフォームでのご意見・ご感想は右のＱＲコードから、
あるいは以下のワードで検索をかけてください。

アルファポリス　書籍の感想　検索

ご感想はこちらから

本書は、「アルファポリス」（https://www.alphapolis.co.jp/）に掲載されていたものを、
改稿・加筆のうえ、書籍化したものです。

召《め》し使《つか》い様《さま》の分際《ぶんざい》で

月齢（げつれい）

2023年 7月 20日初版発行

編集－加藤美侑・森 順子
編集長－倉持真理
発行者－梶本雄介
発行所－株式会社アルファポリス
〒150-6008 東京都渋谷区恵比寿4-20-3 恵比寿ｶﾞｰﾃﾞﾝﾌﾟﾚｲｽﾀﾜｰ8F
TEL 03-6277-1601（営業） 03-6277-1602（編集）
URL https://www.alphapolis.co.jp/
発売元－株式会社星雲社（共同出版社・流通責任出版社）
〒112-0005 東京都文京区水道1-3-30
TEL 03-3868-3275
装丁・本文イラスト－北沢きょう
装丁デザイン－AFTERGLOW
（レーベルフォーマットデザイン―円と球）
印刷－中央精版印刷株式会社

価格はカバーに表示されてあります。
落丁乱丁の場合はアルファポリスまでご連絡ください。
送料は小社負担でお取り替えします。

ISBN978-4-434-32295-2 C0093